O melhor de mim

O ARQUEIRO

GERALDO JORDÃO PEREIRA (1938-2008) começou sua carreira aos 17 anos, quando foi trabalhar com seu pai, o célebre editor José Olympio, publicando obras marcantes como *O menino do dedo verde*, de Maurice Druon, e *Minha vida*, de Charles Chaplin.

Em 1976, fundou a Editora Salamandra com o propósito de formar uma nova geração de leitores e acabou criando um dos catálogos infantis mais premiados do Brasil. Em 1992, fugindo de sua linha editorial, lançou *Muitas vidas, muitos mestres*, de Brian Weiss, livro que deu origem à Editora Sextante.

Fã de histórias de suspense, Geraldo descobriu *O Código Da Vinci* antes mesmo de ele ser lançado nos Estados Unidos. A aposta em ficção, que não era o foco da Sextante, foi certeira: o título se transformou em um dos maiores fenômenos editoriais de todos os tempos.

Mas não foi só aos livros que se dedicou. Com seu desejo de ajudar o próximo, Geraldo desenvolveu diversos projetos sociais que se tornaram sua grande paixão.

Com a missão de publicar histórias empolgantes, tornar os livros cada vez mais acessíveis e despertar o amor pela leitura, a Editora Arqueiro é uma homenagem a esta figura extraordinária, capaz de enxergar mais além, mirar nas coisas verdadeiramente importantes e não perder o idealismo e a esperança diante dos desafios e contratempos da vida.

Nicholas Sparks
O melhor de mim

Título original: *The Best of Me*
Copyright © 2011 por Nicholas Sparks
Copyright da tradução © 2012 por Editora Arqueiro Ltda.

Todos os direitos reservados. Nenhuma parte deste livro pode ser utilizada ou
reproduzida sob quaisquer meios existentes sem autorização por escrito dos editores.

tradução: Fabiano Morais

preparo de originais: Sheila Til

revisão: Caroline Mori, José Grillo e Luis Américo Costa

diagramação: Natali Nabekura

capa: Raul Fernandes

imagens de capa: Getty Images

impressão e acabamento: Lis Gráfica e Editora Ltda.

CIP-BRASIL. CATALOGAÇÃO NA PUBLICAÇÃO
SINDICATO NACIONAL DOS EDITORES DE LIVROS, RJ

S726m	Sparks, Nicholas
	O melhor de mim / Nicholas Sparks [tradução de Fabiano Morais]; São Paulo: Arqueiro, 2014.
	224 p.; 14 x 21 cm; ed. popular
	Tradução de: The best of me
	ISBN 978-85-8041-255-0
	1. Ficção americana. I. Morais, Fabiano. II. Título.
14-09086	CDD: 813
	CDU: 821.111(73)-3

Todos os direitos reservados, no Brasil, por
Editora Arqueiro Ltda.
Rua Funchal, 538 – conjuntos 52 e 54 – Vila Olímpia
04551-060 – São Paulo – SP
Tel.: (11) 3868-4492 – Fax: (11) 3862-5818
E-mail: atendimento@editoraarqueiro.com.br
www.editoraarqueiro.com.br

Para Scott Schwimer, um amigo maravilhoso.

1

As alucinações de Dawson Cole começaram depois da explosão na plataforma, o dia em que ele poderia ter morrido. Ele achava que tinha visto de tudo em seus 14 anos trabalhando em plataformas de petróleo. Em 1997, testemunhara um helicóptero perder o controle durante o pouso. O gigante de aço caíra no convés, transformando-se em uma violenta bola de fogo, e Dawson sofrera queimaduras de segundo grau nas costas ao tentar resgatar os passageiros. Treze pessoas morreram, a maioria delas passageiros do helicóptero. Quatro anos depois, quando um guindaste desmoronou em uma plataforma, um destroço de ferro do tamanho de uma bola de basquete passou zunindo perto de sua cabeça, a milímetros de arrancá-la. Em 2004, ele era um dos poucos trabalhadores que ainda estavam na plataforma quando um furacão a atingiu, trazendo ventos de mais de 150 quilômetros por hora e ondas tão grandes que ele pensou nos procedimentos de emergência que devia seguir no caso de a plataforma virar. Mas sempre houve outros perigos além desses. Pessoas escorregavam, peças se quebravam. Cortes e contusões eram rotina naquele trabalho. Dawson presenciara muitos ossos quebrados, dois surtos de intoxicação alimentar que afetaram toda a equipe e, dois anos antes, em 2007, vira um navio de abastecimento começar a afundar logo depois de se afastar da plataforma e seus tripulantes serem resgatados no último minuto por uma lancha da Guarda Costeira.

Mas a explosão foi diferente. Como não houve vazamento de petróleo – os dispositivos de segurança evitaram uma catástrofe –, a história mal chegou aos noticiários, sendo esquecida em poucos dias. Porém, para as pessoas que estavam no local, inclusive Dawson, foi um verdadeiro pesadelo. Era uma manhã comum. Ele estava monitorando as estações de bombeamento quando, de repente, um dos tanques de armazenamento explodiu. Antes que ele pudesse sequer entender o que estava acontecendo, o impacto da explosão o lançou para um depósito ao lado. Em seguida, o fogo tomou tudo. Coberta de graxa e óleo, a plataforma inteira logo se tornou um inferno de chamas. Duas outras explosões fortes sacudiram a estrutura com mais violência ainda. Dawson se lembrava de estar arrastando algumas pessoas para afastá-las do fogo quando uma quarta explosão, mais forte que as anteriores, o arremessou longe novamente. Ele tinha uma vaga lembrança de cair em direção à água, uma queda que, para todos os efeitos, deveria tê-lo matado.

Como muitos outros, ele não tivera tempo de vestir um colete salva-vidas nem de procurar um bote. Quando voltara a si, estava boiando no golfo do México, a cerca de 150 quilômetros da costa da Louisiana. Entre uma onda e outra, conseguira avistar um homem de cabelos pretos acenando ao longe, como se fizesse

7

sinal para que Dawson nadasse até ele. Cansado e zonzo, começara a dar braçadas na direção do homem, lutando contra as ondas. Acreditava estar se aproximando, mas a ondulação do mar tornava impossível saber ao certo. As roupas e as botas o impeliam para baixo e, quando seus braços e pernas começaram a perder as forças, ele teve certeza de que iria morrer. Foi quando viu um colete salva-vidas em meio a alguns destroços. Então, usando a pouca energia que lhe restava, nadou até ele. Mais tarde, descobriria que estivera na água mais de quatro horas e que se afastara mais de um quilômetro e meio da plataforma antes de ser resgatado por um navio de abastecimento que fora às pressas para o local.

Ele foi levado a bordo e carregado para o convés inferior, com os demais sobreviventes. Dawson estava trêmulo por conta da hipotermia e bastante desorientado. Embora sua visão estivesse embaçada – depois descobriria ter sofrido uma concussão leve –, pôde perceber a sorte que tivera. Viu homens com queimaduras graves nos braços e nos ombros, enquanto outros sangravam pelos ouvidos ou tinham sofrido fraturas. Conhecia a maioria deles pelo nome. Não havia muitos lugares aonde ir na plataforma – ela era basicamente um vilarejo no meio do oceano – e todos acabavam se encontrando no refeitório, na sala de recreação ou na academia mais cedo ou mais tarde.

Um homem, no entanto, lhe parecia vagamente familiar. Vestia um casaco azul que algum tripulante do navio devia ter lhe emprestado e, da outra extremidade do recinto abarrotado, encarava Dawson. Seus cabelos eram pretos e ele aparentava uns 40 anos. Dawson achou que ele parecia deslocado ali, mais lembrando alguém que trabalhasse em um escritório do que em uma plataforma no mar. O homem acenou e o vulto que Dawson avistara na água lhe veio à cabeça. *Era* ele. De repente, sentiu os pelos da nuca se eriçarem. Antes que pudesse identificar a origem daquela inquietude, um cobertor surgiu sobre seu ombro e ele foi levado até um canto onde um médico aguardava para examiná-lo.

Quando voltou a sentar, o homem de cabelos pretos havia desaparecido.

Ao longo da hora seguinte, mais sobreviventes foram levados a bordo; porém, à medida que seu corpo voltava a se aquecer, Dawson começou a imaginar o que teria acontecido ao restante da tripulação. Homens com os quais havia trabalhado por anos a fio continuavam desaparecidos. Mais tarde, descobriria que 24 pessoas tinham morrido. Com o tempo, a maioria dos corpos foi encontrada, mas não todos. Enquanto se recuperava no hospital, Dawson não conseguia parar de pensar que algumas das famílias nem ao menos tiveram a possibilidade de se despedir das pessoas que amavam.

Depois da explosão, ele começou a ter dificuldade para dormir. Não por causa de pesadelos, mas porque não conseguia se livrar da sensação de estar sendo observado. Ele se sentia… *assombrado*, por mais ridículo que parecesse. Dia e noite, notava algum movimento com o canto do olho, mas, sempre que se virava, não havia nada nem ninguém. Começou a achar que estava enlouquecendo. O médico achou que aquilo talvez pudesse ser algum tipo de estresse pós-traumático e que seu cérebro talvez ainda não estivesse totalmente curado da concussão. Aquilo fazia sentido, mas não convencia Dawson. Ele apenas assentiu e o médico lhe prescreveu pílulas para dormir. Dawson nem se deu o trabalho de comprá-las. Ele recebeu uma licença remunerada de seis meses enquanto as questões jurídicas eram avaliadas. Três semanas depois, a empresa em que trabalhava lhe ofereceu um acordo e ele assinou os papéis. A essa altura, um bando de advogados já havia entrado em contato com Dawson – todos ávidos por assumir uma ação coletiva –, mas ele não queria se aborrecer. Apenas aceitou o acordo e, no dia em que recebeu o cheque, o depositou.

Com dinheiro suficiente para que algumas pessoas o considerassem rico, logo depois Dawson transferiu a maior parte do valor para uma conta nas ilhas Cayman. Dali, o montante foi enviado para uma conta corporativa no Panamá, que tinha sido aberta quase sem burocracia, e então transferido para seu destino final. Como sempre, seria quase impossível rastrear o dinheiro.

Ele ficou apenas com o suficiente para o aluguel e algumas despesas básicas. Não precisava de muito. Nem queria muito. Morava em uma casinha simples no final de uma estrada de terra nos arredores de Nova Orleans. Quem a visse provavelmente acharia que seu maior mérito era não ter sido levada pelo furacão Katrina, em 2005. O revestimento das paredes externas estava rachado e já sem cor. O interior consistia em um banheiro, um quarto, uma sala de estar mínima e uma cozinha em que mal cabia um frigobar. O isolamento térmico era precário e, com o passar dos anos, a umidade havia deformado o piso, o que dava a impressão de se estar sempre andando em declives. O linóleo da cozinha estava rachado nos cantos, o carpete que cobria algumas áreas estava puído e a mobília fora comprada em bazares. Não havia uma só fotografia enfeitando as paredes. Embora Dawson morasse ali fazia quase 15 anos, aquele era mais o lugar em que ele dormia, tomava banho e fazia suas refeições do que propriamente um lar.

Apesar de velha, sua casa estava quase sempre tão impecável quanto as dos bairros chiques da cidade. Dawson era – sempre fora – um tanto obcecado por limpeza e organização. Duas vezes por ano vasculhava tudo em busca de rachaduras e frestas, que consertava para manter roedores e insetos longe. Sempre que estava prestes a embarcar, esfregava com desinfetante o chão da cozinha e o do banheiro e tirava dos armários qualquer coisa que pudesse estragar ou mofar. Durante sua ausência, sobretudo no verão, qualquer coisa que não fosse enlatada corria esse risco. Geralmente ele trabalhava por 30 dias, depois ficava outros 30 de folga. Quando voltava, fazia outra faxina completa, mantendo tudo bem arejado para se livrar do cheiro de mofo.

Era um recanto silencioso, e isso era tudo de que ele precisava. Ficava a quase meio quilômetro da estrada principal e ainda mais distante de qualquer vizinho. Depois de passar um mês na plataforma, essa tranquilidade era exatamente o que ele queria. Uma das coisas com as quais nunca se acostumara no trabalho era o barulho incessante. Um barulho anormal. Guindastes repondo suprimentos, helicópteros voando, motores girando, o martelar ininterrupto de metal contra metal – a cacofonia não parava nunca. As plataformas bombeavam petróleo 24 horas por dia, o que significava que a barulheira não tinha fim nem mesmo quando Dawson estava tentando dormir. Ele fazia o possível para ignorá-la quando estava embarcado, mas, sempre que voltava para casa, ficava impressionado com o silêncio quase impenetrável mesmo nas horas em que o sol estava alto no céu. Pela manhã, conseguia ouvir os pássaros nas árvores e, ao cair da noite, ficava escutando como as cigarras e os sapos às vezes cantavam em sincronia.

Em geral, isso era relaxante, mas de vez em quando fazia com que ele se lembrasse do lugar de onde viera. Quando isso acontecia, Dawson ia para dentro de casa, forçando-se a afastar a lembrança. Ele tentava se concentrar nas rotinas simples que dominavam sua vida em terra firme. Comia, dormia, corria, levantava peso e consertava seu carro. Pegava a estrada e fazia longas viagens sem destino. Vez por outra, ia pescar. Lia todas as noites e, de vez em quando, escrevia uma carta para Tuck Hostetler. Isso era tudo. Não tinha televisão nem rádio e, embora possuísse um telefone celular, nos contatos só havia números de pessoas do trabalho. Fazia compras e passava na livraria uma vez por mês, mas, fora isso, nunca passeava por Nova Orleans. Em 14 anos, nunca tinha ido à Bourbon Street ou caminhado pelo Quarteirão Francês, jamais tomara um café no Du Monde, nem a famosa mistura de licor de romã, rum e suco de frutas do Lafitte's. Em vez de ir a uma academia, malhava nos fundos da casa, sob uma lona que havia pendurado entre a parede e duas árvores. Não ia ao cinema e não passava as tardes de domingo assistindo a jogos de futebol na casa de amigos. Estava com 42 anos e não tinha uma namorada desde a adolescência.

A maioria das pessoas não gostaria nem seria capaz de viver dessa forma, mas elas não o conheciam, não sabiam quem ele tinha sido ou o que fizera. Dawson preferia que as coisas continuassem assim.

Então, em uma tarde quente de meados de junho, quando Dawson estava de licença havia quase nove semanas, um telefonema inesperado fez com que suas lembranças voltassem à tona. Pela primeira vez em quase 20 anos, finalmente voltaria à sua cidade natal. A ideia o deixava apreensivo, mas ele sabia que não tinha escolha. Tuck era mais que um amigo: fora um verdadeiro pai para ele.

Em meio ao silêncio, enquanto refletia sobre o ano que havia sido um divisor de águas em sua vida, Dawson tornou a perceber um movimento com o canto do olho. Quando se virou, não havia absolutamente nada ali. Mais uma vez se perguntou se não estaria enlouquecendo.

Quem havia telefonado fora Morgan Tanner, um advogado da cidade de Oriental, na Carolina do Norte, para lhe informar que Tuck Hostetler tinha falecido.

– Há algumas providências que precisam ser tomadas pessoalmente – explicou Tanner.

Assim que desligaram, Dawson agendou seu voo e reservou um quarto em uma pousada da região. Em seguida, telefonou para uma floricultura e encomendou um buquê de flores.

Na manhã seguinte, depois de trancar a porta, seguiu para os fundos da casa, em direção ao galpão de zinco onde guardava seu carro. Era uma quinta-feira, 18 de junho de 2009, e ele levava consigo seu único terno e uma bolsa de viagem que arrumara no meio da noite, enquanto não conseguia dormir. Abriu o cadeado e rolou a porta para cima, observando a luz do sol banhar o carro que vinha restaurando e consertando desde os tempos de escola. Era um Mustang 1969 esportivo, com carroceria contínua. O tipo de carro que fazia as pessoas pararem para olhar quando Nixon era presidente e continuava causando o mesmo efeito nos dias de hoje. Parecia ter acabado de sair da linha de montagem e, ao longo dos anos, inúmeros desconhecidos haviam mostrado interesse em comprá-lo. Dawson recusara todas as ofertas. "É mais do que um carro", dizia a eles, sem dar maiores explicações. Tuck teria entendido perfeitamente.

Dawson jogou a bolsa no banco do carona e estendeu o terno sobre ela antes de sentar ao volante. Girou a chave, fazendo o motor dar partida com um rugido alto, e manobrou o carro até o caminho de cascalho, descendo em seguida para trancar o galpão. Nesse meio-tempo, repassou uma lista em sua cabeça para se certificar de que não se esquecera de nada. Dois minutos depois, estava na estrada principal e, meia hora mais tarde, parava o carro no estacionamento do aeroporto de Nova Orleans. Detestava a ideia de deixá-lo ali, mas não tinha escolha. Recolheu suas coisas e seguiu para o terminal, onde pegou a passagem no balcão da companhia aérea.

O aeroporto fervilhava. Homens e mulheres andavam de braços dados, famílias iam visitar os avós ou a Disney, estudantes faziam o trajeto da universidade para casa ou vice-versa, homens de negócios falavam ao celular enquanto arrastavam suas malas de rodinhas. Ele foi para a fila de embarque, que se movia lentamente, e esperou sua vez. Mostrou seus documentos e respondeu ao questionário básico de segurança antes de receber o cartão de embarque. Faria uma escala de pouco mais de uma hora em Charlotte. Não era ruim. Depois que aterrissasse em New Bern e pegasse o carro que alugara, teria mais 40 minutos de estrada pela frente. Se não houvesse atrasos, estaria em Oriental no fim da tarde.

Só foi perceber quanto estava cansado quando sentou em seu lugar no avião. Não sabia bem a que horas finalmente pegara no sono – da última vez que havia conferido, eram quase quatro da manhã –, mas imaginou que fosse dormir bastante durante o voo. Além disso, poderia descansar um pouco mais quando chegasse à cidade, uma vez que não teria muito o que fazer lá. Era filho único e sua mãe o abandonara quando ele tinha 3 anos. O pai, por sua vez, fizera ao mundo o favor de beber até morrer. Fazia anos Dawson não falava com alguém da família. Não pretendia retomar os laços àquela altura.

Seria uma viagem rápida, do tipo bate e volta. Ele não tinha intenção de se demorar mais do que o necessário, apenas cuidaria do que precisava ser feito. Podia até ter sido criado em Oriental, mas nunca pertencera àquele lugar. A cidade que ele conhecia não se parecia em nada com a imagem que se vendia aos turistas. Para a maioria das pessoas que passava uma tarde ali, Oriental devia parecer uma cidadezinha pitoresca, apreciada por artistas, poetas e aposentados que não queriam nada mais do que passar seus últimos anos de vida velejando no rio Neuse. Havia um centro comercial, com direito a antiquários, galerias de arte e cafés, assim como mais festivais do que parecia possível para uma cidade com menos de mil habitantes. Mas a verdadeira Oriental, a que ele conhecera, era aquela das famílias que habitavam a região desde o período colonial. Pessoas como o juiz McCall e o xerife Harris, como Eugenia Wilcox e as famílias Collier e Bennett. Eram elas que sempre tinham sido as donas da terra e das plantações, que vendiam a madeira e comandavam os negócios. Eram elas a poderosa influência oculta na região que sempre lhes pertencera – e que mantinham do jeito que desejavam.

Dawson sentira isso na própria pele aos 18 anos e novamente aos 23, quando finalmente fora embora dali. Não era fácil ser um Cole em nenhuma parte do condado de Pamlico, sobretudo em Oriental. Até onde sabia, todos os Cole desde seu bisavô tinham passado pela prisão em algum momento. Vários tinham sido condenados, por tudo o que se pudesse imaginar, desde roubo seguido de agressão, passando por incêndio criminoso e tentativa de homicídio, até assassinato. A propriedade de solo rochoso e matas que abrigava a família e os agregados era como um país à parte, com leis próprias, e nela se espalhavam cabanas decrépitas, casebres e celeiros entulhados de lixo. A menos que não tivesse escolha, até o xerife evitava entrar nela. Caçadores mantinham distância, supondo, com razão, que a placa que dizia invasores serão recebidos à bala não era um simples alerta, mas uma promessa.

Da família Cole faziam parte contrabandistas de bebida, traficantes de drogas, beberrões, cafetões, assaltantes, homens que batiam nas esposas, pais e mães que agrediam os filhos, mas, sobretudo, sua marca registrada era a violência. Segundo um artigo publicado em uma revista, era uma das famílias mais cruéis e vingativas da região. O pai de Dawson não era exceção. Passara boa parte da vida, dos 20 anos ao começo dos 30, na cadeia devido a vários crimes, inclusive apunhalar um homem com um picador de gelo por ter ultrapassado seu carro na estrada. Por duas vezes, ele havia sido julgado por assassinato e absolvido, depois que as testemunhas desapareceram. Até os parentes sabiam que era melhor não irritá-lo. Como e por que sua mãe se casara com ele era algo que Dawson não conseguia sequer imaginar. Não a culpava de ter fugido. Quisera fazer o mesmo durante a maior parte da infância. Também não a culpava de não tê-lo levado junto. Os homens da família Cole eram estranhamente possessivos quanto a seus filhos. Dawson não tinha dúvidas de que o pai os teria caçado e pegado o filho de volta de qualquer forma. Ele chegara a dizer isso mais de uma vez, porém Dawson não tivera coragem de perguntar o que o pai teria feito se ela se recusasse a devolvê-lo. Já sabia a resposta.

Ele se perguntou quantos de seus parentes ainda estariam morando naquela propriedade. Quando enfim fora embora, viviam ali, além de seu pai, um de seus avôs, quatro tios, três tias e 16 primos. Àquela altura, os primos já teriam os próprios filhos, então devia haver ainda mais gente lá, mas ele não tinha a menor vontade de descobrir. Aquele podia ter sido o mundo em que Dawson crescera, mas, assim como Oriental, nunca fora o lugar ao qual pertencia. Talvez sua mãe, seja lá quem fosse, tivesse algo a ver com isso, mas Dawson não era como aquela gente. Ao contrário dos primos, ele tirava boas notas e nunca brigava na escola. Não se envolvia com drogas nem bebida e, na adolescência, evitava sair com os primos quando eles iam de carro até a cidade em busca de encrenca. Nessas ocasiões, geralmente lhes dizia que precisava cuidar da destilaria ou ajudar a depenar um carro que alguém da família roubara. Ficava na dele e fazia de tudo para passar o mais despercebido possível.

Era como andar em uma corda bamba. Os Cole podiam ser criminosos, mas não eram burros. Dawson sabia instintivamente que deveria se esforçar ao máximo para não deixar que notassem quanto era diferente. Devia ser o único aluno em toda a história de sua escola que fazia as provas tentando não acertar tudo ou que adulterava o boletim para baixar as próprias notas. Descobrira como esvaziar uma lata de cerveja às escondidas quando alguém virava as costas, furando-a com uma faca. Fazia serão até tarde no trabalho para ter uma desculpa para evitar os primos. Isso deu certo por um tempo, mas logo começaram a surgir rachaduras em sua fachada. Um professor comentou com um amigo de birita de seu pai que ele era o melhor aluno da turma, tias e tios começaram a se dar conta de que, entre todos os primos, ele era o único que nunca infringira a lei. Ele era diferente em uma família que valorizava a lealdade entre si e a conformidade com os próprios padrões acima de tudo o mais. Não poderia haver pecado maior do que esse.

Seu pai ficara furioso. Embora Dawson estivesse acostumado a apanhar desde muito pequeno – quando o pai usava cintos e correias –, aos 12 anos as surras começaram a piorar. Seu pai batia em suas costas e no peito até que ficassem azulados, então voltava uma hora depois, concentrando-se no rosto e nas pernas.

Os professores sabiam o que estava acontecendo, mas temiam pelas próprias famílias e ficavam calados. Até o xerife fingia não ver os hematomas e vergões do menino enquanto ele voltava caminhando da escola. Já o restante da família não via problemas no que estava acontecendo. Abee e Ted, seus primos mais velhos, o agrediram mais de uma vez, surrando-o tão feio quanto seu pai. Abee porque achava que Dawson estava fazendo por merecer; Ted, por pura diversão. Alto e corpulento, de punhos enormes, Abee era violento e tinha pavio curto, porém era mais inteligente do que parecia. Ted, por outro lado, era ruim de nascença. No jardim de infância, golpeara um colega com um lápis enquanto brigavam por uma menina. Antes de ser finalmente expulso, no quinto ano, já havia mandado outro colega de classe para o hospital. Diziam que tinha matado um viciado quando ainda era adolescente. Dawson calculara que seria melhor não revidar. Em vez disso, aprendera a se proteger enquanto levava os golpes, até que os primos se entediassem ou ficassem cansados.

Apesar de tudo, ele não participava dos negócios da família, e cada vez se convencia mais de que nunca o faria. Debaixo da cada chuva de pancadas, ele tentava imaginar a coragem que a mãe tivera ao cortar todos os laços com aquela família. Com o tempo, descobriu que quanto mais gritava, mais o pai batia, então passou a ficar calado. Por mais violento que o pai fosse, não passava de um valentão, e Dawson sabia que valentões só entram em brigas que sabem que vão vencer. Sabia também que chegaria uma hora em que ele seria forte o bastante para revidar, em que não teria mais medo.

Então se esforçou ao máximo para acelerar esse processo. Amarrou a uma árvore um saco cheio de trapos, que esmurrava por horas a fio. Usava pedras e peças de motor como peso sempre que podia. Fazia barra, flexões e abdominais. Antes de completar 13 anos, ganhara 4,5 quilos de músculos. Aos 14, ganhara outros nove. Estava crescendo, também. Aos 15 anos, já era quase tão alto quanto o pai.

Um mês depois de completar 16 anos, quando o pai quis atacá-lo com um cinto depois de uma noite de bebedeira, Dawson se levantou e o arrancou de sua mão. Jurou ao pai que, se voltasse a tocar nele mais uma vez que fosse, ele o mataria.

Naquela noite, sem ter para onde ir, Dawson se refugiou na oficina de Tuck. Quando ele o encontrou, na manhã seguinte, o rapaz lhe pediu um emprego. O homem limpou as mãos no lenço que mantinha no bolso de trás da calça, analisando-o enquanto pegava um cigarro. Na época, tinha 61 anos e era viúvo havia dois. Tuck não tinha motivo para ajudar Dawson, que, além de um estranho, era também um Cole. Quando falou, o hálito exalou um cheiro de álcool e a voz saiu ríspida por conta dos cigarros sem filtro que fumava desde criança. Seu sotaque, como o de Dawson, era totalmente interiorano:

– Imagino que saiba desmontar carros, mas faz alguma ideia de como montá-los de volta?

14

– Sim, senhor – respondera Dawson.

– Tem que ir à escola hoje?

– Sim, senhor.

– Então volte aqui depois da aula e verei o que posso fazer.

Dawson apareceu, conforme o combinado, e fez de tudo para provar seu valor. Depois do expediente, choveu durante a maior parte da noite. Quando Dawson voltou às escondidas para a oficina em busca de abrigo, Tuck esperava por ele. O homem não falou nada. Em vez disso, deu uma longa tragada em seu cigarro, estreitando os olhos em silêncio. Depois de um tempo, voltou para dentro de casa. Dawson nunca mais passou uma noite na propriedade da família. Tuck não cobrava aluguel e o rapaz comprava a própria comida.

Com o passar dos meses, pela primeira vez na vida, Dawson começou a pensar no futuro. Economizava o máximo que podia, permitindo-se apenas o luxo de comprar um carro em um ferro-velho e, às vezes, chá em uma lanchonete. À noite, depois do trabalho, consertava seu carro enquanto tomava o chá e sonhava ir para a faculdade, algo que nenhum Cole fizera antes. Cogitou entrar para o Exército, ou simplesmente alugar um canto só para ele, mas, antes que pudesse tomar uma decisão, seu pai apareceu de repente na oficina. Veio acompanhado de Ted e Abee. Ambos traziam tacos de beisebol e ele conseguiu ver o volume de um canivete no bolso de Ted.

– Me dê o dinheiro que você ganhou – disse o pai sem rodeios.

– Não – respondeu Dawson.

– Sabia que iria dizer isso, moleque. Você pode me dar o que me deve por ter fugido ou Ted e Abee podem lhe dar uma surra e pegar a grana. Dawson ficou calado. O pai cutucou as gengivas com um palito de dente.

– Veja bem, tudo o que preciso para acabar com essa sua vidinha é que alguém cometa um crime lá na cidade. Um arrombamento, talvez, ou um incêndio. Quem sabe? Depois, é só plantar umas provas, dar um telefonema anônimo para o xerife e deixar a lei fazer seu trabalho. Você vai estar sozinho aqui a noite inteira, sem nenhum álibi, e por mim pode passar o resto da vida apodrecendo em uma cela. Não dou a mínima. Então, por que não me passa a grana de uma vez?

Dawson sabia que o pai não estava blefando. Mantendo o rosto impassível, tirou o dinheiro da carteira. Depois de contar as notas, seu pai cuspiu o palito no chão e sorriu.

– Eu volto na semana que vem.

Dawson se virava com o que tinha. Conseguia separar um pouco do dinheiro que ganhava para continuar a consertar o carro e comprar o chá, mas a maior parte do salário ia para o bolso do pai. Desconfiava que Tuck soubesse o que estava acontecendo, mas o homem nunca abordou o assunto diretamente – não por medo dos Cole, mas porque não era da sua conta. Em vez de tocar no assunto, Tuck começou a preparar comida de mais para um homem que jantava sozinho. – Sobrou um pouco, se você quiser – dizia, levando um prato até a oficina. Geralmente, voltava para dentro de casa sem falar mais nada. Era assim que a relação dos dois funcionava, e Dawson respeitava isso. Ele respeitava Tuck. À sua maneira, aquele homem se tornara a pessoa mais importante de seu mundo, e o rapaz não conseguia imaginar nada que pudesse mudar esse fato.

Até o dia em que Amanda Collier entrou em sua vida.

Embora conhecesse Amanda havia muito tempo – existia apenas uma escola de ensino médio no condado de Pamlico e os dois tinham estudado juntos a vida toda –, foi somente no último ano que eles trocaram mais do que algumas poucas palavras pela primeira vez. Ele sempre a achara bonita, mas não era o único: Amanda era popular, o tipo de garota que estava sempre cercada de amigas no refeitório enquanto os rapazes competiam por sua atenção. Além disso, ela não só era representante de turma, como também animadora de torcida. Para completar, era rica e tão inacessível para Dawson quanto uma artista de tevê. Ele nunca havia lhe dirigido uma palavra, até que os dois acabaram se tornando parceiros de laboratório na aula de química.

Enquanto trabalhavam em tubos de ensaio e estudavam juntos para as provas do semestre, Dawson percebeu que ela era totalmente diferente do que ele havia imaginado. Primeiro, o fato de ela ser uma Collier e ele ser um Cole não parecia fazer a menor diferença para Amanda. Seu riso era solto e desenfreado e, quando ela sorria, havia algo de travesso em sua expressão, como se soubesse de algo de que ninguém mais suspeitava. Seu cabelo era louro, da cor do mel, e seus olhos, azuis como um céu de verão. De vez em quando, enquanto os dois anotavam fórmulas em seus cadernos, ela tocava o braço de Dawson para chamar sua atenção. A sensação de seu toque durava horas e horas. À tarde, trabalhando na oficina, Dawson muitas vezes se via incapaz de parar de pensar em Amanda. Demorou a primavera inteira para criar coragem e convidá-la a tomar um sorvete e, por volta do final do ano letivo, os dois já estavam passando cada vez mais tempo juntos.

Isso foi em 1984 e ele tinha 17 anos. Quando o verão acabou, ele já sabia que estava apaixonado e, quando o ar ficou mais fresco e as folhas de outono começaram a cobrir o chão de vermelho e amarelo, não tinha dúvidas de que queria passar o resto da vida com Amanda, por mais louco que isso parecesse. Eles continuaram juntos no ano seguinte: estavam cada vez mais unidos e passavam todo momento que podiam ao lado um do outro. Com Amanda, era fácil para Dawson ser ele mesmo. Pela primeira vez na vida, ele se sentia feliz.

Mesmo depois de tanto tempo, às vezes a única coisa em que conseguia pensar era naquele último ano juntos. Ou, melhor dizendo, a única coisa em que ele conseguia pensar era em Amanda.

❖

Dawson se acomodou no avião. Pegara um lugar à janela, na metade traseira da aeronave, ao lado de uma jovem: ruiva, 30 e poucos anos, alta, braços e pernas longos. Não fazia exatamente seu tipo, mas era bonita. A ruiva esbarrou nele enquanto procurava o cinto de segurança e se desculpou com um sorriso.

Dawson meneou a cabeça, mas, percebendo que ela estava prestes a puxar assunto, olhou pela janela. Enquanto observava o carro de bagagens se afastar do avião, deixou-se levar, como tantas vezes, por suas antigas recordações de Amanda. Lembrou-se das ocasiões em que foram nadar no rio Neuse naquele primeiro verão, seus corpos molhados roçando um no outro; de como Amanda costumava se empoleirar em um banco da oficina de Tuck enquanto ele trabalhava em seu carro, abraçando os joelhos e fazendo-o imaginar que tudo o que queria era ficar ali, a observá-la para sempre. Em agosto, quando Dawson finalmente conseguiu fazer o carro funcionar, ele a levara à praia. Lá, os dois se deitaram em toalhas, suas mãos entrelaçadas, enquanto conversavam sobre seus livros e filmes favoritos, sobre seus segredos e sonhos.

Eles também discutiam e, nessas ocasiões, Dawson conhecia a personalidade forte de Amanda. Os desentendimentos entre os dois não eram frequentes, mas tampouco eram raros. O curioso era que, por mais depressa que os ânimos se exaltassem, eles quase sempre voltavam a se acalmar com a mesma rapidez. Às vezes uma bobagem os fazia brigar feio – Amanda podia ser muito teimosa –, mas geralmente isso não dava em nada. Mesmo quando Dawson ficava irritado de verdade, não conseguia deixar de admirar a franqueza dela, porque Amanda era a pessoa que mais se importava com ele.

Além de Tuck, ninguém entendia o que ela teria visto em Dawson. Embora a princípio houvessem tentando esconder o relacionamento, Oriental era uma cidade pequena e as pessoas inevitavelmente começaram a fofocar. As amigas de Amanda se afastaram uma a uma e foi apenas questão de tempo até que os pais dela descobrissem o motivo. Ele era um Cole e ela, uma Collier, o que era mais do que suficiente para causar espanto. No começo, os pais de Amanda se agarraram à esperança de que ela estivesse apenas passando por uma fase rebelde e tentaram ignorar o assunto. Quando isso não deu certo, as coisas ficaram mais difíceis para ela. Eles confiscaram sua carteira de motorista e a proibiram de usar o telefone. Durante o outono, ela passou semanas a fio de castigo e foi proibida de sair nos fins de semana. Dawson nunca teve permissão de entrar na casa da família e, na única vez em que o pai de Amanda lhe dirigiu a palavra, foi para chamá-lo de "vagabundo imprestável". A mãe de Amanda implorou a ela que terminasse o namoro e, em dezembro daquele ano, o pai parou de falar com a filha.

A hostilidade que cercava o casal só serviu para aproximar os dois ainda mais e, quando Dawson começou a segurar a mão da namorada em público, Amanda a agarrava com força, desafiando qualquer um a mandar que ela a largasse. Mas Dawson não era ingênuo. Por mais que gostasse de Amanda, sempre teve a sensação de que estavam apenas adiando o inevitável. Tudo e todos pareciam conspirar contra eles. Quando seu pai descobriu a respeito de Amanda, começou a perguntar sobre ela quando ia recolher o salário do filho. Embora não houvesse nada claramente ameaçador em seu tom de voz, o simples fato de ouvi-lo dizer o nome de sua namorada bastava para embrulhar o estômago do rapaz.

Em janeiro Amanda completou 18 anos; porém, por mais que estivessem furiosos com o namoro, os pais não a expulsaram de casa. Àquela altura, ela já não se importava com o que eles pensavam – ou pelo menos era isso que sempre dizia ao namorado. Às vezes, depois de mais uma discussão feroz com os pais, ela escapava pela janela do quarto no meio da noite e ia para a oficina. Geralmente Dawson estava esperando por ela, mas vez por outra acordava com Amanda empurrando-o para o lado enquanto se juntava a ele na esteira em que dormia, no chão. Eles então caminhavam até o riacho, onde Dawson passava o braço ao redor da namorada e os dois ficavam sentados em um dos galhos baixos de um antigo carvalho. Ali, sob o luar, enquanto as tainhas saltavam na água, ela contava a discussão que tivera com os pais, às vezes com a voz trêmula, mas sempre tomando cuidado para não magoar Dawson. Ele a amava por isso, mas sabia muito bem o que os pais dela pensavam a seu respeito. Certa noite em que lágrimas escorriam dos olhos de Amanda, depois de outra dessas brigas, ele sugeriu com brandura que talvez fosse melhor que os dois parassem de se ver.

– É isso que você quer? – balbuciou ela, com a voz embargada.

Ele a puxou para si, envolvendo-a nos braços.

– Eu só quero que você seja feliz – sussurrou.

Ela se apertou contra o corpo do namorado, descansando a cabeça em seu ombro. Enquanto a abraçava, Dawson se odiou mais que nunca por ter nascido na família Cole.

– É quando estou com você que sou mais feliz – murmurou ela.

Mais tarde naquela noite, eles fizeram amor pela primeira vez. E, pelas duas décadas seguintes, e ainda depois, ele carregou dentro de si as lembranças e aquelas palavras, sabendo que valiam para os dois.

⚜

Depois de aterrissar em Charlotte, Dawson jogou sua bolsa de viagem e o terno sobre o ombro e atravessou o terminal, mal notando o burburinho à sua volta enquanto remoía as recordações de seu último verão com Amanda. Na primavera daquele ano, ela recebera uma carta dizendo que havia sido aceita na Universidade Duke, seu sonho de infância. O fantasma de sua partida, aliado ao isolamento que sofria por parte da família e dos amigos, só aumentou o desejo dos dois de ficar o máximo de tempo possível juntos. Eles passavam horas na praia e davam longos passeios de carro com o rádio no último volume, ou simplesmente ficavam à toa na oficina de Tuck. Juraram que nada mudaria depois que ela fosse para a faculdade: ou ele iria de carro até Durham ou ela viria visitá-lo. Amanda não tinha dúvidas de que eles dariam um jeito.

Seus pais, no entanto, tinham outros planos. Em uma manhã de sábado de agosto, pouco mais de uma semana antes de ela partir para Durham, eles a puseram contra a parede antes que ela pudesse escapulir de casa. Sua mãe foi a única a falar, embora Amanda soubesse que o pai concordava com cada palavra pronunciada por ela.

– Isso já foi longe demais – começou a mãe, e em seguida, em um tom de voz surpreendentemente calmo, disse que, se Amanda continuasse a se encontrar com Dawson, teria de sair de casa e começar a pagar as próprias contas. Os pais também não pagariam sua faculdade. – Por que deveríamos gastar dinheiro com seus estudos, se você está jogando sua vida fora?

Quando Amanda começou a protestar, a mãe a interrompeu na mesma hora:

– Ele irá arrastá-la para a lama, Amanda, mas você ainda é jovem demais para entender isso. Então, se quer ter a liberdade de uma adulta, terá de assumir as responsabilidades de uma adulta. Pode ficar com Dawson e jogar sua vida no lixo, nós não vamos impedi-la. Mas também não vamos ajudá-la.

Amanda saiu correndo de casa, pensando apenas em encontrar Dawson. Quando chegou à oficina, chorava tão forte que não conseguia falar. O namorado a abraçou firme, deixando os fragmentos da história virem à tona quando finalmente os soluços de Amanda se aplacaram.

– Podemos morar juntos – disse ela, seu rosto ainda úmido.

– Onde? – perguntou ele. – Aqui, na oficina?

– Não sei. Nós vamos dar um jeito.

Dawson ficou calado, olhando para o chão.

– Você precisa ir para a faculdade – disse ele enfim.

– Que se dane a faculdade! – protestou Amanda. – O que importa para mim é você.

Ele deixou os braços caírem.

– E o que importa para mim é você. E é por isso que não posso fazer com que perca a faculdade.

Ela balançou a cabeça, perplexa.

– Você não está me fazendo perder nada. Meus pais, sim. Estão me tratando como se eu ainda fosse criança.

– É por minha causa. Nós dois sabemos disso. – Ele chutou o chão. – Quando você ama uma pessoa, precisa libertá-la, não é?

Pela primeira vez, um brilho surgiu nos olhos de Amanda.

– E, se ela voltar, é porque o destino quis assim? É isso que você acha que está acontecendo? Que nossa vida virou um clichê? – Ela agarrou o braço de Dawson, fincando os dedos em sua pele. – Nós não somos um clichê – prosseguiu Amanda. – Vamos encontrar uma maneira. Posso arranjar um emprego de garçonete ou coisa parecida, daí podemos alugar um apartamento.

Ele manteve a voz calma, esforçando-se para que ela não falhasse.

– Como? Acha que meu pai vai parar o que está fazendo?

– Podemos nos mudar daqui.

– Para onde? Com o quê? Eu não tenho nada. Será que você não entende isso?

– Ele deixou as palavras no ar e, quando ela não respondeu, prosseguiu: – Só estou tentando ser realista. É da sua vida que estamos falando. E eu... não posso mais fazer parte dela.

– O que quer dizer com isso?

– Quero dizer que seus pais têm razão.

– Você não está falando sério.

Ele escutou algo muito parecido com medo na voz de Amanda. Por mais que quisesse abraçá-la, recuou um passo.

– Volte para casa.

Ela andou em sua direção:

– Dawson...

– Não! – explodiu ele, afastando-se rapidamente. – Você não está ouvindo. Acabou, está bem? Nós tentamos, não deu certo. A vida continua.

Ela ficou pálida, o rosto quase sem vida:

– Então é assim?

Em vez de responder, ele se forçou a lhe dar as costas e andar em direção à oficina. Sabia que, se olhasse uma só vez para Amanda, mudaria de ideia. Não podia fazer isso com ela. Não faria. Enfiou-se debaixo do capô de seu carro e ali escondeu dela suas lágrimas.

Quando Amanda finalmente foi embora, Dawson deslizou até o chão de concreto empoeirado e ficou horas ali, até Tuck sair da casa e se sentar ao seu lado. Durante um bom tempo, o homem ficou em silêncio.

– Você terminou com ela – disse enfim.

– Não tive escolha. – Dawson mal conseguia falar.

– É – assentiu Tuck. – Também ouvi isso.

O sol estava alto no céu, banhando tudo com uma quietude que lembrava a morte.

– Eu fiz a coisa certa?

Tuck enfiou a mão no bolso e sacou um maço de cigarros, ganhando tempo antes de responder. Por fim, puxou um cigarro:

– Não sei. Não vou negar que parece haver certo encanto quando vocês estão juntos. E esse encanto torna mais difícil esquecer as coisas. – Tuck lhe deu um tapinha nas costas e se levantou para ir embora. Foi o máximo que jamais dissera sobre Amanda.

Enquanto Tuck se afastava, o rapaz estreitou os olhos contra o sol e as lágrimas voltaram a escorrer. Sabia que Amanda sempre seria a melhor parte dele, o "eu" que Dawson passaria a vida inteira desejando conhecer.

O que ele não sabia era que não voltaria a vê-la ou a falar com ela. Na semana seguinte, Amanda se mudou para o alojamento da Universidade Duke e, um mês depois, Dawson foi preso.

Ele passou os quatro anos seguintes atrás das grades.

2

Amanda desceu de seu carro e correu os olhos pela cabana que um dia fora o lar de Tuck. Havia passado três horas dirigindo e era bom esticar as pernas. Seu pescoço e os ombros continuavam tensos, um lembrete da discussão que tivera com Frank pela manhã. Ele não entendia sua insistência em ir ao funeral e, pensando bem, talvez tivesse razão. Em quase 20 anos de casamento, ela nunca mencionara o nome de Tuck Hostetler. Se fosse o contrário, provavelmente ela também ficaria irritada.

Mas a briga não tinha sido por causa de Tuck nem dos segredos dela, nem mesmo se devia ao fato de que ficaria mais um fim de semana longe da família. No fundo, os dois sabiam que não passava de uma continuação da mesma briga que vinham tendo ao longo da maior parte dos últimos 10 anos, e ela se desenrolara da maneira habitual. Não havia sido acalorada ou violenta – seu marido não fazia esse tipo, graças a Deus – e, no final, Frank tinha até murmurado uma desculpa seca antes de sair para o trabalho. Como sempre, Amanda passara o restante da manhã e toda a tarde se esforçando ao máximo para esquecer aquilo. Afinal de contas, não havia nada que pudesse fazer a respeito e, com o tempo, aprendera a se anestesiar em meio à raiva e à inquietação que passaram a ser marcas registradas do relacionamento dos dois.

Durante a viagem até Oriental, os telefonemas de seus dois filhos mais velhos, Jared e Lynn, tinham sido momentos de distração bem-vindos. Eles estavam de férias e, no decorrer das últimas semanas, a casa estivera repleta da algazarra típica dos adolescentes. O funeral de Tuck coincidira com o fim de semana que ambos passariam fora – Jared com uma garota chamada Melody e Lynn passeando de barco com uma amiga da escola e a família dela. Já Annette – o "maravilhoso acidente" do casal, como Frank a chamava – passaria duas semanas em uma colônia de férias. Provavelmente também teria telefonado, se o uso de celulares não fosse proibido por lá – o que era uma boa coisa, porque, do contrário, a pequena tagarela sem dúvida estaria ligando de manhã, de tarde e de noite.

Pensar nos filhos lhe trouxe um sorriso aos lábios. Apesar de seu trabalho voluntário no Centro de Oncologia Pediátrica do hospital da Universidade Duke, sua vida girava basicamente em torno dos três. Desde o nascimento de Jared, Amanda se tornara mãe em tempo integral e, embora tivesse aceitado de bom grado a experiência e de modo geral a adorasse, parte dela nunca deixara de se aborrecer com as limitações que a função impunha. Amanda gostava de se ver como algo além de esposa e mãe. Entrara para a faculdade para se tornar professora e chegara inclusive a cogitar fazer pós-graduação, pensando em lecionar em alguma das universidades da região. Havia começado a dar aulas para o terceiro ano do ensino fundamental depois de se formar... mas então a vida de alguma forma mudara os planos. Agora, aos 42 anos, às vezes se surpreendia dizendo de brincadeira que mal podia esperar para crescer e poder decidir o que fazer da vida.

Alguns poderiam chamar isso de crise da meia-idade, mas Amanda tinha suas dúvidas sobre se era mesmo disso que se tratava. Ela não tinha vontade de comprar um carro esportivo, fazer uma cirurgia plástica ou fugir para alguma ilha no Caribe. Também não era uma questão de tédio, de jeito nenhum: os filhos e o hospital lhe davam trabalho de sobra. Era mais uma sensação de que, de alguma forma, ela havia perdido de vista a pessoa que um dia pretendera ser – e não sabia bem se ainda teria oportunidade de reencontrá-la.

Durante um bom tempo ela se considerara uma mulher de sorte, em grande parte por causa de Frank. Eles tinham se conhecido na festa de uma fraternidade durante seu segundo ano na Duke. Apesar do barulho da festa, os dois conseguiram encontrar um canto sossegado, onde ficaram conversando até a madrugada. Dois anos mais velho que Amanda, Frank era sério e inteligente e, mesmo naquela primeira noite, ela não teve dúvidas de que ele teria sucesso no que quer que decidisse fazer. Isso bastou para a história dos dois começar. Em agosto, ele foi para a Escola de Odontologia da Universidade da Carolina do Norte, em Chapel Hill, mas eles continuaram namorando pelos dois anos seguintes. O noivado foi mera consequência e, em julho de 1989, poucas semanas depois de Amanda se formar, os dois se casaram.

Depois de uma lua de mel nas Bahamas, ela começou a dar aula em uma escola de ensino fundamental da região, mas, quando Jared nasceu, no verão seguinte, Amanda tirou uma licença. Lynn veio 18 meses depois, e a licença se tornou permanente. A essa altura, Frank conseguira um empréstimo que lhe permitira abrir a própria clínica e comprar uma pequena casa em Durham, o primeiro imóvel do casal. Foram anos difíceis. Frank queria vencer sozinho e se recusava a aceitar ajuda da família dos dois. Pagavam as contas essenciais, mas quase nunca sobrava dinheiro suficiente para alugarem um filme no fim de semana. Raramente jantavam fora e, uma vez, quando o carro quebrou, Amanda passou um mês inteiro em casa, até juntarem a quantia necessária para o conserto. Dormiam com vários cobertores para economizarem na calefação. Por mais estressantes e cansativos que aqueles anos pudessem ter sido, quando parava para pensar na vida, Amanda sabia que aquele também fora o período mais feliz do casamento.

A clínica de Frank cresceu gradativamente e, em muitos aspectos, suas vidas se assentaram em um padrão estável. Frank trabalhava e ela tomava conta da casa e dos filhos. Então uma terceira criança, Bea, veio justamente na época em que eles venderam a primeira casa e se mudaram para uma maior, que haviam construído em uma área mais bem localizada da cidade. Em seguida, a vida ficou ainda mais corrida. Enquanto Frank começava a ter sucesso com a clínica, Amanda levava Jared à escola e Lynn a parques e festinhas, com Bea na cadeirinha de bebê, entre os dois. Foi nesse período que Amanda começou novamente a pensar em fazer uma pós-graduação. Chegou até a avaliar alguns programas de mestrado, imaginando que talvez pudesse se matricular quando Bea entrasse para o jardim de infância. Mas, quando Bea morreu, suas ambições sofreram um baque. Sem alarde, ela deixou de lado os livros que precisava estudar para a prova de seleção e abandonou os formulários em uma gaveta.

Quando ficou grávida de Annette, decidiu que não voltaria mais a estudar. A gravidez não planejada na verdade serviu para renovar em Amanda a vontade de se concentrar na reconstrução da vida familiar, fazendo com que se dedicasse obstinadamente às atividades e rotinas dos filhos, nem que fosse apenas para manter a dor longe. À medida que os anos passavam e as lembranças da irmãzinha Bea começavam a desaparecer, a vida de Jared e Lynn voltava pouco a pouco à normalidade e Amanda se sentiu grata por isso. Com seu jeito risonho, Annette trouxe um novo tipo de alegria para a casa e, de vez em quando, Amanda quase conseguia fingir que eles eram uma família completa e amorosa nunca atingida pela tragédia.

Não era tão fácil fingir o mesmo em relação a seu casamento.

Amanda não tinha, nem nunca tivera, a ilusão de que o casamento significava felicidade e romance eternos. Pegue duas pessoas quaisquer, acrescente os inevitáveis altos e baixos da vida e dê uma boa mexida nos ingredientes: pode ter certeza de que haverá algumas brigas feias, por mais que o casal se ame. O tempo também traz seus desafios. O conforto e a familiaridade de um relacionamento estável são maravilhosos, mas entorpecem a paixão e o encantamento. Quando existem previsibilidade e rotina, é quase impossível haver surpresas. Em seu casamento, já não havia histórias novas para contar. Um muitas vezes podia terminar as frases do outro e tanto ela quanto Frank tinham chegado ao ponto em que um só olhar dispensava palavras. Mas isso tinha mudado depois que perderam Bea. No caso de Amanda, a morte da filha desencadeara um comprometimento ferrenho com o trabalho voluntário no hospital; Frank, por outro lado, deixara de beber apenas socialmente para se tornar um verdadeiro alcoólatra.

Ela sabia a diferença, e nunca fora pudica em relação à bebida. Havia passado do limite em várias festas da faculdade e ainda gostava de uma taça de vinho durante o jantar. Às vezes até tomava uma segunda, o que quase sempre era suficiente. Mas, no caso de Frank, o que começara como uma maneira de anestesiar a dor havia se transformado em algo incontrolável.

Em retrospecto, ela às vezes achava que deveria ter previsto isso. Na Duke, ele gostava de beber enquanto assistia a jogos de basquete com os amigos e, na escola de odontologia, geralmente tomava duas ou três cervejas para espairecer depois das aulas. Mas, durante os meses sombrios em que Bea esteve doente, duas ou três cervejas por noite foram aos poucos se transformando em meia dúzia. Depois que a filha morreu, ele passou a consumir uma embalagem com 12. Quando chegaram ao segundo aniversário de morte da filha, com Annette já na barriga, Frank estava bebendo em excesso mesmo quando precisava trabalhar na manhã seguinte. Nos últimos tempos, isso vinha acontecendo quatro ou cinco noites por semana – e na anterior não tinha sido diferente. Ele entrara cambaleando no quarto depois da meia-noite, mais bêbado do que nunca, e começara a roncar tão alto que Amanda teve que dormir no quarto de hóspedes. Tinha sido a bebedeira, não Tuck, o verdadeiro motivo da discussão que tiveram pela manhã.

No decorrer dos anos, ela testemunhara todo o processo, desde a fala um pouco enrolada na hora do jantar ou durante um churrasco até os desmaios de tão bêbado no chão do quarto. Porém, como sempre pagava as contas, raramente faltava ao trabalho e era considerado por todos um excelente dentista, Frank não achava que tivesse um problema. Como nunca ficava agressivo ou violento, não acreditava que tivesse um problema. Como geralmente era só cerveja, é claro que não podia ser um problema.

Mas era, porque aos poucos Frank foi se tornando o tipo de homem com o qual ela jamais teria imaginado se casar. Amanda perdeu a conta das vezes em que havia chorado. Ou conversado com ele, insistindo em que pensasse nas crianças. Ou implorado que fizessem terapia de casal, que buscassem uma saída. Ou se enfurecido por causa do egoísmo dele. Ela o ignorara por dias a fio, obrigara-o a dormir semanas no quarto de hóspedes e rezara ardentemente. Cerca de uma vez por ano, Frank levava seus pedidos a sério e dava um tempo na bebida. Então, algumas semanas depois, tomava uma cerveja durante o jantar. Só uma. E aquilo não causava problemas naquela noite. Talvez nem mesmo na próxima vez em que ele o fizesse. Mas aquela era a porta aberta para o Mal entrar e a bebida sempre voltava a fugir ao seu controle. Então ela se via fazendo a mesma pergunta que fizera no passado. Por que, quando a vontade de beber vinha, ele não conseguia simplesmente virar as costas a ela? E por que Frank se recusava a admitir que isso estava destruindo o casamento dos dois? Amanda não sabia. Só o que sabia era que aquilo a estava esgotando. Na maior parte do tempo, tinha a sensação de que era a única adulta responsável o bastante para cuidar das crianças. Jared e Lynn já tinham idade para dirigir, mas o que aconteceria se um deles sofresse um acidente e precisasse do pai quando Frank estivesse bebendo? Ele seria capaz de correr até o carro, prender o cinto de Annette no banco de trás e ir para o hospital? E se alguém passasse mal? Já havia acontecido. Não com as crianças, mas com ela. Alguns anos atrás, Amanda ficara horas vomitando no banheiro por conta de uma intoxicação alimentar. Na época, Jared tinha apenas carteira provisória, que não lhe permitia dirigir à noite, e Frank estava de porre. Por volta da meia-noite, quando ela já estava à beira da desidratação, Jared acabou levando-a para o hospital, enquanto Frank ficou sentado no banco de trás, fingindo estar mais sóbrio do que de fato estava. Apesar de estar quase delirante, Amanda percebeu que Jared olhava o tempo todo para o retrovisor, com um mistura de decepção e raiva no rosto. Às vezes ela pensava que o filho perdera grande parte de sua inocência naquela noite: uma criança defrontando-se com as fraquezas dos pais.

Aquilo era uma fonte constante e exaustiva de inquietação e ela estava cansada de ter de se preocupar com o que as crianças pensavam ou sentiam ao verem o pai cambalear pela casa. Ou de ficar apreensiva com o fato de Jared e Lynn parecerem ter perdido o respeito por Frank. Ou de se inquietar com a possibilidade de, no futuro, Jared, Lynn ou Annette começarem a imitá-lo, buscando uma fuga constante na bebida, nos comprimidos ou só Deus sabe em que mais, até destruírem suas vidas.

Ela tampouco encontrara muitas formas de ajudar. Não precisava de um grupo como o AA para saber que não havia muito que pudesse fazer para mudar a situação de Frank. Que, enquanto o marido não admitisse ter um problema e se concentrasse em melhorar, continuaria a ser um alcoólatra. E o que isso significava para Amanda? Que ela precisava fazer uma *escolha*. Que precisava *decidir* se queria ou não continuar tolerando tudo aquilo. Que deveria pesar as *consequências* e aceitá-las. Na teoria, era fácil. Na prática, contudo, isso só servia para deixá-la com raiva. Se o problema era dele, por que era ela quem deveria assumir a responsabilidade? Por outro lado, se o alcoolismo era uma doença, isso não significava que Frank precisava de sua ajuda, ou pelo menos de sua lealdade? Como a esposa – a mulher que havia jurado ficar ao lado dele na saúde e na doença – poderia acabar com o casamento e desintegrar a família, depois de tudo que haviam passado juntos? Isso faria dela ou uma mãe e esposa desalmada ou uma covarde que facilitava a ruína do marido, quando tudo o que queria era ter de volta o Frank que conhecera.

Isso tornava cada dia um suplício. Amanda não queria se divorciar dele e separar a família. Por mais comprometido que o casamento dos dois estivesse, parte dela ainda acreditava nos votos que tinha feito. Ela amava o homem que ele fora e amava o homem que sabia que ele poderia ser, mas, naquele instante, parada em frente à casa de Tuck Hostetler, sentia-se triste e sozinha e não podia deixar de se perguntar como sua vida tinha chegado àquele ponto.

⚜

Amanda sabia que sua mãe a aguardava, mas ainda não se sentia pronta para encará-la. Precisava de mais alguns minutos e, quando a noite começou a cair, atravessou o quintal malcuidado em direção à oficina entulhada em que Tuck costumava passar seus dias restaurando carros antigos. Havia um Corvette Stingray estacionado lá, um modelo dos anos 1960, imaginou Amanda. Enquanto passava a mão sobre o capô, foi fácil imaginar que Tuck voltaria à oficina a qualquer momento, a luz do pôr do sol delineando a silhueta de seu corpo arqueado. Ele estaria usando um macacão manchado, seus cabelos grisalhos e ralos mal lhe cobrindo a cabeça, as rugas em seu rosto tão profundas que quase pareceriam cicatrizes.

Apesar do interrogatório que Frank fizera sobre Tuck naquela manhã, Amanda não tinha dito muita coisa: descrevera-o apenas como um velho amigo da família. Essa não era toda a verdade, porém o que mais poderia dizer? Ela própria admitia que sua amizade com Tuck era estranha. Amanda o conhecera na época do ensino médio, mas só voltara a encontrá-lo seis anos antes, quando tinha 36. Na época, viera a Oriental para visitar a mãe e, enquanto tomava um café no Irvin's Diner, entreouvira um grupo de idosos em uma mesa ao lado falar sobre ele.

– Aquele Tuck Hostetler ainda faz mágica com os carros, mas sem dúvida já está doido de pedra – disse um deles, rindo e balançando a cabeça. – Falar com a mulher morta é uma coisa, mas jurar que ela responde é outra, completamente diferente.

O amigo deu uma risada sarcástica:

– Ele sempre foi meio esquisitão, isso sim.

Aquilo não se parecia em nada com o homem que ela conhecera e, depois de pagar seu café, Amanda entrou no carro e voltou até a quase esquecida estrada de terra que levava à casa de Tuck. Acabaram passando a tarde inteira conversando nas cadeiras de balanço na varanda da frente. Desde então, ela criara o hábito de passar ali para visitá-lo sempre que estava na cidade. No começo, ia lá apenas uma ou duas ocasiões por ano – Amanda não suportava ver a mãe mais do que isso –, mas nos últimos tempos ela ia a Oriental e visitava Tuck mesmo quando a mãe estava fora da cidade. Geralmente também preparava o jantar para ele. Tuck estava velho e, por mais que ela gostasse de dizer a si mesma que estava apenas fazendo um pouco de companhia a um senhor de idade, os dois sabiam o que realmente levava Amanda a voltar sempre.

De certa forma, os homens no restaurante tinham razão. Tuck havia mudado. Já não era mais a figura calada e misteriosa, às vezes grosseira, de que Amanda se lembrava, mas também não estava louco. Sabia a diferença entre fantasia e realidade, e também que a mulher morrera tempos atrás. Mas Tuck, decidiu ela enfim, era capaz de transformar o que quisesse em realidade. Pelo menos para ele mesmo. Quando Amanda finalmente lhe perguntou sobre as "conversas" que vinha tendo com a esposa falecida, ele lhe disse, em tom casual, que Clara ainda estava por ali e que sempre estaria. Ele não só conversava com ela, disse, como também a via.

– O senhor está me dizendo que ela é um fantasma? – perguntou Amanda.

– Não – respondeu Tuck. – Só estou dizendo que ela não quer que eu fique sozinho.

– Ela está aqui agora?

Tuck olhou por sobre o ombro.

– Não estou vendo, mas dá para ouvi-la zanzando pela casa.

Amanda parou para ouvir, mas escutou apenas o rangido das cadeiras de balanço nas tábuas do assoalho.

– Ela já estava por aí... antes? Quando eu conheci o senhor?

Ele respirou fundo e, quando falou, sua voz soou cansada:

– Não. Mas eu não tentava vê-la naquela época.

Havia algo de inegavelmente tocante, quase romântico, em sua convicção de que os dois se amavam o suficiente para encontrarem uma maneira de continuarem juntos, mesmo depois de ela partir. Quem não teria achado isso bonito? Todo mundo quer acreditar no amor eterno. Ela mesma havia acreditado, quando tinha 18 anos. Mas sabia que o amor era difícil, assim como a vida. Sofria reviravoltas impossíveis de ser previstas ou mesmo entendidas, e deixava um longo rastro de arrependimento pelo caminho. E, quase sempre, esse arrependimento levava a perguntas do tipo "E se..." que nunca poderiam ser respondidas. *E se* Bea não tivesse morrido? *E se* Frank não tivesse se tornado alcoólatra? *E se* ela tivesse se casado com seu verdadeiro amor? Será que ainda seria a mesma pessoa?

Recostada no carro, Amanda se perguntava o que Tuck teria achado de suas reflexões. Ele, que comia ovos com farinha de milho no Irvin's toda manhã e jogava amendoim torrado nos copos de Pepsi que bebia. Que havia morado na mesma casa por quase 70 anos e saído do estado somente uma vez, quando convocado para servir durante a Segunda Guerra Mundial. Que escutava rádio ou toca-discos, em vez de assistir à televisão, porque era o que estava acostumado a fazer. Ao contrário de Amanda, ele parecia aceitar de bom grado o papel que o mundo lhe reservara. Ela reconhecia que aquela aceitação inabalável era provavelmente um tipo de sabedoria, mesmo que nunca fosse capaz de alcançá-la. Mas Tuck tinha Clara, o que talvez tivesse algo a ver com essa aceitação. Eles haviam se casado aos 17 e passado 42 anos juntos. Em suas conversas, Tuck aos poucos narrara a Amanda a história dos dois. Falando baixinho, ele lhe contara sobre os três abortos espontâneos de Clara, sendo que o último havia causado graves complicações. Segundo Tuck, depois que o médico informara que ela não poderia mais ter filhos, Clara passara quase um ano chorando antes de dormir. Amanda também ficou sabendo que Clara tinha uma horta e certa vez uma abóbora cultivada por ela fora a maior de todas em uma competição estadual (Amanda chegara a ver a medalha desbotada ainda presa no espelho no quarto). Tuck lhe dissera que, depois que montou o próprio negócio, eles construíram uma pequena cabana às margens do rio Bay, perto da cidade de Vandemere – que fazia Oriental parecer uma metrópole –, e passaram a ir lá algumas semanas todos os anos, pois Clara achava que era o lugar mais bonito do mundo. Descrevera como Clara costumava cantarolar junto com o rádio enquanto limpava a casa e revelara inclusive que de vez em quando a levava para dançar no Red Lee's Grill, um lugar que a própria Amanda tinha frequentado quando adolescente.

Era uma vida simples, concluiu ela, em que a felicidade e o amor vinham nos pequenos detalhes do cotidiano. Uma vida digna e honrada, não sem tristezas, mas gratificante de uma maneira que poucas conseguiam ser. Ela sabia que Tuck entendia isso melhor do que ninguém.

– Com Clara, era sempre bom – resumira ele para Amanda certa vez.

Talvez fosse pelo fato de aquelas histórias serem tão íntimas ou por Amanda se sentir cada vez mais sozinha, mas Tuck logo se tornou uma espécie de confidente, algo que ela jamais teria previsto. Foi com Tuck que ela compartilhou a dor e a tristeza da morte de Bea e foi em sua varanda que pôde extravasar a raiva que sentia de Frank. Foi para ele que confessou suas preocupações em relação aos filhos e sua convicção crescente de que, em algum momento, tomara a direção errada na vida. Dividiu com Tuck histórias sobre os inúmeros pais atormentados e as crianças incrivelmente otimistas que conhecia no Centro de Oncologia Pediátrica e ele pareceu entender, mesmo que ela nunca tivesse dito diretamente, que Amanda encontrava uma espécie de redenção naquele trabalho. Na maioria das vezes, Tuck apenas segurava-lhe a mão entre seus dedos nodosos e manchados de graxa, tranquilizando-a com seu silêncio. No final, ele havia se tornado seu amigo mais íntimo e Amanda passara a sentir que Tuck Hostetler a conhecia melhor do que qualquer outra pessoa.

Mas agora seu amigo e confidente estava morto. Amanda correu os olhos pelo Stingray, já sentindo a falta de Tuck, perguntando-se se ele teria imaginado que aquele era o último carro em que iria trabalhar. Ele nunca dissera nada diretamente, mas, pensando melhor, ela achava que ele devia suspeitar disso. Em sua última visita, Tuck lhe dera uma chave sobressalente da casa, dizendo-lhe com uma piscadela: "Não perca essa chave, ou pode acabar tendo que quebrar uma janela." Amanda a enfiara no bolso, sem pensar muito no assunto, pois ele tinha dito outras coisas estranhas naquela noite. Ela se lembrava de estar revirando os armários da cozinha em busca de algo para fazer para o jantar, enquanto ele permanecia sentado à mesa, fumando um cigarro.

– Você gosta de vinho tinto ou branco? – perguntou Tuck de repente, sem nenhum motivo.

– Depende – respondeu ela, remexendo algumas latas. – Às vezes tomo uma taça de vinho tinto no jantar.

– Eu tenho vinho tinto – anunciou ele. – Bem ali, naquele armário.

Ela se virou.

– Quer que eu abra uma garrafa?

– Nunca liguei muito para vinho. Prefiro continuar na minha Pepsi com amendoins. – Ele bateu a cinza do cigarro em uma xícara de café lascada. – Sempre tenho bifes frescos, também. Peço para o açougueiro entregar todas as segundas. Ficam na prateleira de baixo do congelador. A churrasqueira é lá fora.

Ela deu um passo em direção à geladeira.

– Quer que eu lhe prepare um?

– Não. Geralmente guardo os bifes mais para o final da semana.

Amanda hesitou, sem saber bem aonde ele queria chegar com aquilo.

– Então... é só para eu ficar sabendo?

Quando ele assentiu e não falou mais nada, Amanda atribuiu o episódio à velhice e ao cansaço. Acabou fazendo ovos com bacon e arrumando a casa em seguida, enquanto Tuck ouvia rádio sentado na poltrona ao lado da lareira com um cobertor sobre os ombros. Não pôde deixar de notar como ele parecia franzino, absurdamente menor do que o homem que conhecera na juventude. Enquanto se preparava para ir embora, ela ajeitou o cobertor, pensando que ele havia pegado no sono. Sua respiração estava pesada e difícil. Ela se inclinou e lhe deu um beijo no rosto.

– Eu te amo, Tuck – sussurrou.

Ele se mexeu um pouco, provavelmente sonhando, e, quando Amanda se virou para ir embora, ouviu Tuck expirar.

– Sinto sua falta, Clara – balbuciou ele.

Foram as últimas palavras que ela o ouviu dizer. Havia nelas uma solidão sofrida e, de repente, Amanda entendeu por que Tuck acolhera Dawson por tanto tempo: também se sentira sozinho.

⚜

Depois de telefonar para Frank para avisá-lo de que tinha chegado (a voz do marido já soava arrastada), Amanda desligou com algumas palavras breves e agradeceu a Deus que os filhos tivessem outros compromissos para o fim de semana. Ela encontrou na bancada de trabalho a prancheta com o cronograma da oficina. Perguntou-se o que fazer a respeito do carro. Uma rápida olhada revelou que o Stingray pertencia a um jogador de hóquei do Carolina Hurricanes. Fez uma anotação mental para discutir o assunto com o advogado de Tuck. Pôs a prancheta de lado e de repente se surpreendeu pensando em Dawson. Ele também fazia parte de seu segredo. Contar a Frank sobre Tuck envolveria falar também em Dawson, e ela não queria fazer isso. Tuck sempre soubera que Dawson era o verdadeiro motivo de suas visitas, sobretudo no começo. Ele não se importava: mais do que qualquer um, compreendia a força das boas recordações. Às vezes, quando a luz do sol atravessava a copa das árvores, banhando o quintal de Tuck em uma névoa suave de fim de verão, Amanda quase conseguia sentir a presença de Dawson a seu lado. Esses momentos serviam para lembrá-la, mais uma vez, de que seu amigo podia ser tudo, menos louco. Como no caso de Clara, o fantasma de Dawson estava em toda parte.

Embora soubesse quanto era inútil ficar se perguntando como sua vida poderia ter sido diferente se tivesse ficado com Dawson, nos últimos tempos era cada vez mais frequente que Amanda sentisse necessidade de voltar àquela oficina. E quanto mais ela o fazia, mais intensas as lembranças se tornavam e acontecimentos e sensações esquecidos havia tempos ressurgiam das profundezas do passado. Ali era mais fácil recordar como ela ficava forte ao lado de Dawson e como ele sempre fazia com que Amanda se sentisse especial e bonita. Lembrava-se perfeitamente da certeza que tinha de que Dawson era a única pessoa no mundo que a entendia de verdade. Mas, acima de tudo, lembrava-se de como o amava incondicionalmente e da paixão sincera que ele demonstrava por ela.

Do seu jeito sutil, Dawson a fizera crer que tudo era possível. Enquanto andava pela oficina, com o cheiro de gasolina e óleo ainda pairando no ar, Amanda sentia o peso das centenas de fins de tarde que passara ali. Ela correu os dedos pelo banco em que costumava ficar horas sentada, observando Dawson debruçado sobre o capô aberto de seu carro, girando a chave inglesa de vez em quando, suas unhas pretas de graxa. Mesmo naquela época, não havia em seu rosto nem sinal da leveza e da ingenuidade que ela via em outros jovens da idade deles e, sempre que os músculos definidos do braço de Dawson se flexionavam para pegar uma ferramenta, Amanda via o físico do homem que ele já estava se tornando. Como todos em Oriental, ela sabia que seu pai o espancara muitas vezes e, quando ele trabalhava sem camisa, via as cicatrizes em suas costas – sem dúvida causadas pela fivela de um cinto. Não sabia ao certo se Dawson ao menos se lembrava daquelas marcas, o que de alguma forma tornava ainda mais doloroso vê-las.

Ele era alto e esbelto, com cabelos pretos que caíam sobre olhos mais negros ainda, e mesmo naquela época Amanda sabia que ele ficaria mais bonito quando fosse mais velho. Não se parecia nem um pouco com os outros Cole e, certa vez, quando estavam sentados no carro vendo gotas de chuva bater contra o para--brisa, ela lhe perguntara se ele se parecia com a mãe. O tom de voz dele, como o de Tuck, era quase sempre suave e seus modos, tranquilos:

– Não sei – respondeu ele, desembaçando o vidro com a mão. – Meu pai queimou todas as fotografias dela.

Quando já estava chegando ao fim o primeiro verão que passaram juntos, um dia, bem depois do cair da noite, eles foram até o pequeno cais que havia no riacho. Ele ouvira dizer que haveria uma chuva de meteoros e, depois de estender uma manta sobre as tábuas do cais, os dois ficaram observando em silêncio as luzes que cruzavam o céu. Amanda sabia que seus pais ficariam furiosos se descobrissem onde ela estava, mas naquele momento não se importava com mais nada além das estrelas cadentes, do calor do corpo de Dawson ao seu lado e do carinho com que ele a abraçava, como se não conseguisse imaginar um futuro sem ela.

Será que todo primeiro amor era assim? Por algum motivo, ela duvidava. Mesmo depois de tanto tempo, aquele amor lhe parecia mais real do que qualquer outra coisa que tivesse vivido. Às vezes ficava triste ao pensar que nunca mais experimentaria uma sensação como aquela, mas, por outro lado, a vida tinha o hábito de extinguir paixões intensas. Amanda aprendera muito bem que o amor nem sempre era suficiente.

Ainda assim, olhando para o quintal que se estendia para além da oficina, ela não pôde deixar de imaginar se Dawson teria sentido novamente uma paixão tão grande e se ele era feliz. Queria acreditar que sim, mas a vida não era fácil para um ex-presidiário. Pelo que ela sabia, Dawson poderia muito bem estar de volta à cadeia, viciado em drogas ou até morto, mas não conseguia relacionar essas imagens com a pessoa que havia conhecido. Em parte, era por isso que nunca perguntara a Tuck a seu respeito. Tinha medo do que ele pudesse lhe contar – e seu silêncio apenas reforçava as suspeitas de Amanda. Preferia a incerteza, mesmo que fosse apenas porque ela lhe permitia lembrar-se de Dawson como ele era. Às vezes, no entanto, perguntava-se como ele se sentia quando pensava no ano que os dois passaram juntos, se alguma vez se surpreendia com tudo o que haviam compartilhado… e se ainda pensava nela.

3

Já era de tarde quando o voo de Dawson aterrissou em New Bern. Em seu carro alugado, ele cruzou o rio Neuse até Bridgeton e pegou a Rodovia 55. Dos dois lados da autoestrada, viam-se casas de fazenda ao longe, intercaladas por antigos galpões de tabaco em ruínas. A planície resplandecia sob o sol de fim de tarde, e ele tinha a sensação de que tudo continuava exatamente como anos atrás, no dia em que ele partira – ou talvez mesmo como no último século. Enquanto passava por Grantsboro e Alliance, Bayboro e Stonewall, cidades ainda menores do que Oriental, parecia-lhe que o condado de Pamlico era um lugar perdido no tempo, nada além de uma página esquecida em um livro abandonado.

Mas também era seu lar e, embora muitas das lembranças fossem dolorosas, tinha sido ali que Tuck se tornara seu amigo e ele conhecera Amanda. Um a um, começou a reconhecer os pontos de referência de sua infância e, no silêncio do carro, perguntou-se quem ele teria se tornado caso Tuck e Amanda nunca tivessem entrado em sua vida. Porém, mais do que isso, imaginou como sua vida teria sido diferente se o Dr. David Bonner não tivesse saído para fazer sua corrida habitual na noite de 18 de setembro de 1985.

O Dr. Bonner se mudara para Oriental em dezembro de 1984 com a esposa e os dois filhos pequenos. A cidade passara anos sem um médico. O último havia se aposentado e se mudado para a Flórida em 1980 e, desde então, Oriental vinha tentando substituí-lo. A necessidade era grande e a cidade oferecia vários incentivos, mas os bons candidatos à vaga acabavam desistindo de se mudar para o que era, basicamente, um fim de mundo. Por sorte, Marilyn, a esposa do Dr. Bonner, crescera ali e, como Amanda, era considerada praticamente da realeza. Os pais dela, o Sr. e a Sra. Bennett, cultivavam maçãs, pêssegos, uvas e mirtilos em um grande pomar nos arredores da cidade. Assim, logo que terminou sua residência, David Bonner se mudou para a cidade natal da esposa e montou seu consultório.

Desde o início ele trabalhou muito. Cansados da viagem de 40 minutos que antes tinham de fazer até New Bern, os pacientes migraram aos bandos para o consultório do novo médico, que, entretanto, nunca teve a menor ilusão de que ficaria rico. Isso simplesmente não seria possível numa cidade pequena de um condado pobre, por mais que seu consultório ficasse cheio e sua família fosse bem relacionada. Embora ninguém na cidade soubesse, o pomar estava soterrado em dívidas e, no mesmo dia em que David se mudara para a cidade, seu sogro lhe pedira um empréstimo. Porém, mesmo ajudando os pais de Marilyn, o baixo custo de vida da região ainda lhe permitiu comprar uma casa em estilo colonial com quatro quartos e vista para o córrego Smith – sem contar que a esposa ficara muito feliz por estar de volta à terra onde nascera. Para ela, Oriental era o lugar ideal para criar filhos – no que, em grande parte, ela estava certa.

O Dr. Bonner adorava atividades ao ar livre. Ele surfava, nadava, andava de bicicleta e corria. Era comum vê-lo animado fazendo jogging pela Broad Street depois do trabalho – de vez em quando, ele chegava aos limites da cidade. As pessoas buzinavam e acenavam para ele, que meneava a cabeça, sem diminuir o ritmo. Às vezes, após um dia particularmente cansativo, o Dr. Bonner só fazia seu exercício depois do cair da noite e, no dia 18 de setembro de 1985, foi exatamente isso que aconteceu. Começava a anoitecer quando saiu de casa. Ele não sabia, mas as ruas estavam escorregadias. Chovera à tarde – uma chuva forte o bastante para trazer à superfície o óleo acumulado no asfalto, mas não o suficiente para retirá-lo.

Ele começou a fazer seu trajeto de sempre, que levava cerca de 30 minutos, mas, naquela noite, não voltou para casa. Quando viu a lua alta no céu, Marilyn começou a ficar preocupada. Depois de pedir a um vizinho que vigiasse as crianças, ela pegou o carro e saiu à sua procura. Logo depois de uma curva nos limites da cidade, perto de um bosque, deparou com uma ambulância. Notou também a presença do xerife e de um grupo cada vez maior de pessoas. Tinha sido ali, descobriu ela, que seu marido morrera, atropelado por alguém que perdera o controle da caminhonete que dirigia.

A caminhonete, disseram a Marilyn, pertencia a Tuck Hostetler. O motorista, que logo seria acusado de homicídio culposo, tinha 18 anos e já estava algemado.

Seu nome era Dawson Cole.

A cerca de três quilômetros dos limites de Oriental – e da curva que ele nunca esqueceria –, Dawson viu o antigo desvio de cascalho que conduzia à propriedade da família e se surpreendeu pensando no pai. Certo dia, enquanto estava no presídio do condado aguardando julgamento, um guarda apareceu de repente e o informou de que alguém estava lá para visitá-lo. Um minuto depois, seu pai surgiu, mascando um palito de dente.

– Você resolve fugir de casa, namorar aquela riquinha, fazer planos... e onde vai parar? Na cadeia.

Ele notou a alegria maliciosa na expressão do pai.

– Pensou que fosse melhor do que eu, mas não é – disse o pai. – Você é igualzinho a mim.

Dawson ficou calado no canto de sua cela, sentindo algo muito parecido com ódio enquanto o fuzilava com o olhar. Naquele instante, ele jurou que, independentemente do que acontecesse, jamais voltaria a falar com aquele homem.

Não houve julgamento. Contrariando a recomendação do defensor público, Dawson se declarou culpado e, contrariando a recomendação do promotor, o juiz o condenou à pena máxima. Ele cumpriu a sentença em uma unidade correcional em Halifax, na Carolina do Norte, onde trabalhou na plantação, ajudando a cultivar milho, trigo, algodão e soja, suando debaixo do sol inclemente durante a colheita ou congelando com os ventos frios do norte enquanto arava a terra.

33

Embora trocasse correspondências com Tuck, não recebeu uma só visita nos quatro anos que ficou lá.

Ao fim daquele período, quando Dawson recebeu liberdade condicional, voltou para Oriental. Passou a trabalhar para Tuck e, toda vez que precisava comprar materiais na loja de autopeças, ouvia as pessoas sussurrarem. Sabia que era um pária, um Cole imprestável que tinha matado o homem que não só era o genro dos Bennett, como também o único médico da cidade. A culpa que sentia era esmagadora. Quando ela apertava demais, Dawson ia à floricultura em New Bern e, depois, ao cemitério em Oriental, onde o Dr. Bonner fora enterrado. Deixava as flores sobre o túmulo sempre no começo da manhã ou tarde da noite, quando não havia muita gente por perto. Às vezes ficava ali mais de uma hora, pensando na esposa e nos filhos que o Dr. Bonner deixara. Fora essas ocasiões, Dawson passou aquele ano praticamente recluso, tentando ao máximo se manter fora de vista.

Sua família, no entanto, ainda não estava disposta a deixá-lo em paz. Quando o pai apareceu na oficina para voltar a recolher o dinheiro de Dawson, levou Ted junto. O pai estava armado com uma espingarda. Ted, com um taco de beisebol. Mas foi um erro chegarem sem Abee. Quando Dawson lhes disse para irem embora, Ted reagiu depressa, mas não o suficiente. Quatro anos trabalhando sob o sol na lavoura haviam endurecido Dawson, que estava pronto para enfrentá-los. Usando um pé de cabra, ele quebrou o nariz e a mandíbula de Ted e desarmou o pai antes de lhe quebrar algumas costelas. Com eles ainda no chão, apontou a espingarda para os dois, alertando-os de que nunca mais voltassem. Ted começou a choramingar, gritando que Dawson iria matá-lo. Seu pai simplesmente o encarou.

Depois daquele dia, Dawson passou a dormir com a espingarda a seu lado e a raramente sair da propriedade. Sabia que os dois poderiam pegá-lo a qualquer momento, mas o destino é imprevisível. Menos de uma semana depois, Ted esfaqueou um homem em um bar e foi parar na cadeia. E, sabe-se lá por que motivo, seu pai nunca mais voltou. Dawson não quis saber o porquê. Em vez disso, contou os dias até finalmente poder ir embora de Oriental. Quando sua condicional acabou, embrulhou a espingarda numa lona, guardou-a numa caixa e a enterrou ao pé de um carvalho ao lado da casa de Tuck. Em seguida, encheu a mala do carro, despediu-se de Tuck e pegou a estrada.

Acabou indo parar em Charlotte, onde arranjou um trabalho como mecânico enquanto fazia um curso noturno de soldagem na faculdade comunitária. Dali, foi para a Louisiana e conseguiu uma vaga em uma refinaria. Com o tempo, isso levou ao emprego na plataforma de petróleo.

Desde que saíra da prisão, vinha levando uma vida discreta e passava a maior parte do tempo sozinho. Nunca visitava amigos, pois não tinha nenhum. Não saíra com ninguém depois de Amanda porque, mesmo após tanto tempo, era só nela que conseguia pensar. Aproximar-se de alguém significaria permitir que essa pessoa descobrisse seu passado. Só pensar nisso já o fazia tremer. Ele era um ex-presidiário nascido em uma família de criminosos e matara um homem íntegro. Por mais que tivesse cumprido sua pena e tentado se redimir, sabia que jamais se perdoaria pelo que fizera.

Faltava pouco agora. Dawson estava se aproximando do local em que o Dr. Bonner morrera. Percebeu de relance que as árvores perto da curva haviam sido substituídas por um prédio baixo e atarracado com um estacionamento de cascalho na frente. Não desgrudou o olhar da estrada, recusando-se a virar a cabeça naquela direção.

Menos de um minuto depois, estava em Oriental. Passou pelo centro e cruzou a ponte que se estendia sobre a confluência dos córregos Greens e Smith. Quando criança, sempre que queria ficar longe da família, ele se sentava próximo à ponte, observando os veleiros e imaginando os portos distantes que eles deviam visitar e os lugares ao quais gostaria de ir algum dia.

A paisagem o fez desacelerar, tão cativado quanto no passado. A marina estava cheia: pessoas iam e vinham nas embarcações, carregando isopores e desamarrando as cordas que as mantinham atracadas. Erguendo os olhos para as árvores, pôde ver pelo balançar dos galhos que havia vento suficiente para manter as velas cheias, mesmo para os que quisessem chegar à costa.

Viu pelo retrovisor a pousada em que ficaria hospedado, mas ainda não estava pronto para fazer o check-in. Em vez disso, estacionou o carro perto da ponte e saiu, sentindo alívio ao esticar as pernas. Perguntou-se se as flores que encomendara teriam chegado, mas imaginou que em breve descobriria. Virando-se em direção ao rio Neuse, recordou que, quando chegava à baía de Pamlico, ele já era o rio mais largo dos Estados Unidos, um fato que poucos conheciam. Dawson ganhara muitas apostas por conta dessa curiosidade que Amanda lhe contara – sobretudo na plataforma, onde quase todos achavam que fosse o rio Mississippi. Mesmo na Carolina do Norte a informação não era do conhecimento de todos.

Como sempre, Dawson pensou em Amanda: o que estaria fazendo, onde moraria, como seria seu dia a dia. Não tinha dúvidas de que se casara e muitas vezes tentara imaginar que tipo de homem ela teria escolhido. Por mais que Dawson a tivesse conhecido tão bem, não conseguia imaginá-la rindo ou dormindo com outro homem. Mas, no fim das contas, não fazia diferença. Só é possível fugir do passado quando se encontra algo melhor, e ele calculava que fosse isso que ela tivesse feito. Afinal, era o que todas as pessoas faziam. Todo mundo cometia erros, todo mundo se arrependia. Mas o erro de Dawson era diferente, estava entranhado nele para sempre. Mais uma vez ele pensou no Dr. Bonner e na família que destruíra.

Olhando para o rio, Dawson de repente se arrependeu de sua decisão de voltar. Sabia que Marilyn Bonner ainda morava na cidade, mas não queria encontrá-la, nem por acaso. E, embora os familiares dele sem dúvida fossem acabar sabendo que ele estava ali, tampouco queria vê-los.

Não havia nada para ele em Oriental. Entendia por que Tuck pedira ao advogado que o avisasse de sua morte, mas não conseguia compreender seu desejo expresso de que Dawson fosse à sua cidade natal. Ele vinha remoendo essa questão desde que recebera a notícia, mas nada fazia sentido. Tuck nunca lhe pedira que o visitasse – mais do que qualquer outra pessoa, ele sabia por que Dawson tinha ido embora. Tuck também nunca tinha ido à Louisiana e, embora Dawson lhe escrevesse com frequência, dificilmente recebia respostas. Só lhe restava acreditar que Tuck tivera lá seus motivos, fossem quais fossem, mas não conseguia imaginar quais.

Ele estava prestes a voltar para o carro quando, logo além de seu campo de visão, vislumbrou o movimento rápido que já lhe era familiar. Ele se virou, tentando sem sucesso localizar sua origem, mas, pela primeira vez desde que fora resgatado no dia do acidente, os pelos de sua nuca se eriçaram. Dawson foi invadido pela certeza de que havia algo ali, por mais que sua mente não conseguisse identificar o que era. O sol poente reluzia na água, o brilho intenso forçando-o a estreitar os olhos. Dawson levou a mão em concha acima deles enquanto vasculhava a marina, assimilando a cena. Viu um senhor de idade com a mulher puxando um veleiro até a vaga. No meio do cais, um homem sem camisa olhava para dentro do compartimento do motor. Observou também algumas outras pessoas: um casal de meia-idade andando ao acaso no convés de uma embarcação e um grupo de adolescentes descarregando um isopor depois de passar o dia velejando. Na extremidade oposta da marina, outro veleiro zarpava, aproveitando a brisa de fim de tarde – nada fora do comum.

Ele estava prestes a se virar de volta quando notou um homem de cabelos pretos e casaco azul olhando na sua direção. Estava parado à beira do cais e, como Dawson, fazia sombra sobre os olhos. Quando Dawson baixou devagar a mão, o homem de cabelos pretos o imitou. Ele deu um rápido passo para trás. O estranho fez o mesmo. Dawson ficou sem fôlego e sentiu o coração esmurrar o peito.

Isto não é real. Não pode estar acontecendo.

O sol estava baixo atrás dele, o que tornava difícil discernir o rosto do estranho, mas, apesar da luz, Dawson teve certeza de que aquele era o homem que tinha visto primeiramente no mar e depois no navio de abastecimento. Piscou algumas vezes, tentando focalizar melhor. No entanto, quando sua visão finalmente clareou, tudo o que viu foi o contorno de um poste no cais, com suas cordas puídas amarradas no topo.

A visão perturbou Dawson, que sentiu uma necessidade repentina de ir direto para a casa de Tuck. Muitos anos atrás, ela havia sido seu refúgio. Ele se recordou imediatamente da paz que costumava encontrar lá. A ideia de ir fazer o check-in e ficar jogando conversa fora não lhe agradava. Queria ficar sozinho para refletir sobre a visão que tivera do homem de cabelos pretos. Ou sua concussão tinha sido pior do que os médicos imaginavam ou eles tinham razão quanto ao estresse pós-traumático.

Enquanto manobrava o carro de volta para a estrada, Dawson decidiu marcar outra consulta com o médico na Louisiana, embora suspeitasse de que ele fosse lhe dizer o mesmo que antes. Afastou esses pensamentos angustiantes e baixou o vidro da janela, sentindo o cheiro de carvalho e água salobra enquanto a estrada serpeava por entre as árvores. Poucos minutos depois, entrou na curva que conduzia à propriedade de Tuck.

O carro foi sacolejando pela estrada de terra e, quando ele dobrou uma segunda curva, a casa surgiu à sua frente. Para sua surpresa, havia um BMW parado ali. Ele sabia que não era de Tuck. Para começar, porque o carro estava limpo demais, mas, principalmente, porque Tuck jamais teria comprado um carro importado – não por desconfiar da qualidade do veículo, mas porque não teria as ferramentas adequadas para consertá-lo, se precisasse. Além disso, Tuck sempre preferira caminhonetes, em especial as fabricadas antes de 1960. Ao longo da vida, ele provavelmente tinha comprado e restaurado meia dúzia delas, usando-as por um tempo antes de revendê-las para quem quer que fizesse uma oferta. Para Tuck, o mais importante não era o dinheiro, mas a restauração em si.

Dawson estacionou ao lado do BMW e saiu do carro, surpreso ao notar como a casa não mudara quase nada. Seu exterior sempre tivera uma aparência de "inacabado e precisando de reformas", mesmo quando Dawson ainda morava ali. Para dar um pouco de vida ao lugar, certa vez Amanda comprara uma jardineira cheia de flores, que continuava no canto da varanda, embora as flores tivessem murchado fazia muito tempo. Ele se lembrava de como ela havia ficado empolgada ao entregarem o presente a Tuck, embora ele visivelmente não soubesse muito bem o que fazer com aquilo.

Dawson correu os olhos pelo terreno, observando um esquilo que passeava pelo galho de uma árvore. Do alto, um pássaro cantou um alerta, mas, fora isso, o lugar parecia deserto. Ele começou a contornar a casa, indo em direção à oficina. Estava mais fresco ali, debaixo da sombra dos pinheiros. Quando fez a curva e chegou à luz do sol, viu uma mulher parada bem na porta da oficina, examinando o que provavelmente tinha sido o último automóvel clássico que Tuck restaurara em vida. A primeira coisa que lhe passou pela cabeça foi que ela devia ser do escritório de advocacia. Quando estava prestes a cumprimentá-la para chamar sua atenção, a mulher se virou. A voz de Dawson ficou presa na garganta.

Mesmo de longe, ela era mais bonita do que Dawson se lembrava. Pelo que pareceu uma eternidade, ele não conseguiu dizer nada. Ocorreu-lhe que poderia ser apenas mais uma alucinação, mas, depois de piscar lentamente, percebeu que estava enganado. Ela era real e estava ali, no refúgio que um dia pertencera aos dois.

Então, enquanto Amanda olhava para ele depois de todos aqueles anos, Dawson finalmente compreendeu por que Tuck Hostetler insistira em que ele voltasse a Oriental.

4

Embora a surpresa aos poucos se transformasse em reconhecimento, nenhum dos dois conseguia falar nem se mover. O primeiro pensamento de Dawson foi sobre como Amanda parecia muito mais real ali, na sua frente, do que em suas lembranças. Seus cabelos louros refletiam a luz do fim de tarde como ouro polido e, mesmo de tão longe, seus olhos azuis pareciam faiscar. Contudo, enquanto ele continuava olhando, começou lentamente a perceber algumas diferenças sutis. Dawson notou que seu rosto havia perdido a suavidade da juventude. As maçãs estavam mais salientes e os olhos pareciam mais fundos, emoldurados por pequenas rugas nos cantos. O passar do tempo tinha sido mais do que gentil com Amanda, pensou ele: ela havia ganhado uma beleza madura e extraordinária desde que a vira pela última vez.

Amanda também tentava absorver o que via. A camisa cor de areia de Dawson estava enfiada de qualquer jeito em seu jeans desbotado, destacando o quadril ainda anguloso e os ombros largos. O sorriso continuava o mesmo, mas os cabelos pretos estavam mais compridos do que ele costumava usar na adolescência e com alguns fios grisalhos nas têmporas. Seus olhos negros continuavam tão arrebatadores quanto ela se lembrava, mas Amanda pareceu notar uma cautela neles, a marca de alguém cuja vida tinha sido mais dura do que o esperado. Talvez fosse por vê-lo ali, naquele lugar em que haviam compartilhado tantas coisas, mas, em meio à onda repentina de emoções, ela não conseguiu pensar no que dizer.

– Amanda? – perguntou ele enfim, começando a andar em sua direção.

Ela notou a surpresa na voz de Dawson quando ele falou seu nome e foi isso, mais do que tudo, que a convenceu de que ele era real. *Ele está aqui*, pensou, *é ele mesmo*. À medida que ele diminuía a distância entre os dois, ela sentia os anos ficarem lentamente para trás, por mais impossível que parecesse. Quando Dawson finalmente a alcançou, apenas abriu os braços e ela se aninhou entre eles, como costumava fazer. Ele a puxou para junto de si, abraçando-a como se ainda fossem o casal de namorados de tanto tempo atrás. Amanda se apoiou contra seu corpo, sentindo-se de repente uma jovem de 18 anos outra vez.

– Oi, Dawson – sussurrou.

Eles ficaram um bom tempo assim, abraçando-se com força sob a luz do sol que sumia, e, por um instante, Dawson teve a impressão de senti-la tremer. Quando eles finalmente se afastaram, ela pôde sentir a emoção que ele tentava conter. Ficou analisando-o de perto, notando as mudanças que o tempo trouxera. Ele era um homem agora, com o rosto queimado de alguém que passara muitas horas ao sol e os cabelos um pouco mais ralos.

– O que você está fazendo aqui? – perguntou Dawson, tocando seu braço como se quisesse se certificar de que ela era real.

A pergunta a ajudou a se recompor, lembrando-a da pessoa que havia se tornado, e ela deu um pequeno passo para trás.

– Devo estar aqui pelo mesmo motivo que você. Quando chegou?

– Agora há pouco – disse ele, pensando no impulso que o levara a fazer aquela visita não planejada à casa de Tuck. – Não acredito que você esteja aqui. Você está... linda.

– Obrigada. – Ela sentiu o sangue corar suas faces sem querer. – Como sabia que eu estava aqui?

– Não sabia – respondeu ele. – Tive vontade de passar por aqui e vi um carro na entrada. Dei a volta e...

Quando ele deixou a frase pela metade, Amanda a terminou:

– E lá estava eu.

– É. – Ele assentiu, fitando seus olhos pela primeira vez. – E lá estava você.

O olhar de Dawson continuava tão intenso quanto antes e ela recuou mais um pouco, esperando que o espaço entre os dois tornasse as coisas mais fáceis. Esperando que ele não tivesse a impressão errada. Ela gesticulou em direção à casa.

– Você pretende ficar aqui?

Ele estreitou os olhos, encarando a casa, antes de se voltar para ela.

– Não, reservei um quarto em uma pousada na cidade. E você?

– Vou ficar na casa da minha mãe. – Quando notou sua expressão intrigada, ela explicou: – Meu pai faleceu 11 anos atrás.

– Sinto muito – falou ele.

Ela assentiu, sem dizer mais nada, e ele se lembrou de que, no passado, era assim que costumava encerrar um assunto. Quando Amanda olhou para a oficina, Dawson deu um passo naquela direção.

– Você se importa? – perguntou ele. – Há anos não vejo este lugar.

– Não, claro que não – disse ela. – Vá em frente.

Ela o observou passar na sua frente e sentiu os ombros relaxarem, sem ter se dado conta, até aquele momento, de como estava tensa. Ele parou por um instante, correndo os olhos pela pequena oficina antes de passar a mão sobre a bancada e pegar uma chave de roda já velha. Caminhando devagar, observou as paredes de

39

madeira, o teto de vigas nuas, o barril de latão no canto, onde Tuck despejava os restos de óleo. Um macaco hidráulico e um armário de ferramentas estavam encostados na parede dos fundos, com uma pilha de pneus na frente. Uma lixadeira elétrica e equipamentos de soldagem ocupavam o lado oposto à bancada. Havia um ventilador empoeirado apoiado no canto perto das latas de tinta em spray, lâmpadas elétricas pendiam de fios e todo o espaço restante era ocupado por peças.

– Parece que não mudou nada – comentou ele.

Ela adentrou a oficina ainda um pouco trêmula e tentando manter uma distância confortável de Dawson.

– Provavelmente não mudou mesmo. Tuck era meticuloso quanto à arrumação das ferramentas, principalmente nos últimos anos. Acho que sabia que estava começando a perder a memória.

– Levando em conta a idade, mal posso acreditar que ele continuasse trabalhando.

– Ele havia diminuído bastante o ritmo. Um ou dois carros por ano e, mesmo assim, só quando tinha certeza de que conseguiria dar conta do trabalho. Nenhuma grande restauração nem nada parecido. Este é o primeiro carro que vejo aqui em um bom tempo.

– Parece que você passou muito tempo com ele.

– Nem tanto. Eu vinha aqui uma vez a cada dois meses, mais ou menos. Mas fazia tempo que não nos víamos.

– Ele nunca disse nada sobre você nas cartas que me mandou – comentou Dawson.

Ela deu de ombros.

– Também nunca falou de você para mim.

Ele assentiu e depois voltou a atenção para a bancada, em cuja ponta um dos lenços de Tuck estava dobrado com capricho. Ao pegá-lo, Dawson percorreu o balcão com os dedos:

– As iniciais que entalhei continuam aqui. As suas também.

– Eu sei – disse ela. Também sabia que, debaixo delas, estavam as palavras "para sempre". Ela cruzou os braços, tentando não olhar para as mãos de Dawson. Elas eram grossas e fortes, mãos de trabalhador, mas ao mesmo tempo finas e suaves.

– Não consigo acreditar que ele se foi – falou Dawson.

– Eu sei.

– Você disse que ele estava perdendo a memória?

– Nada de muito grave. Considerando a idade e quanto fumava, estava muito bem de saúde da última vez que o vi.

– Quando foi isso?

– Fim de fevereiro, eu acho.

Ele gesticulou indicando o Stingray.

– Sabe alguma coisa a respeito deste carro?

Ela balançou a cabeça.

– Só que Tuck estava trabalhando nele. Tem uma ordem de serviço na prancheta com algumas anotações, mas, fora o nome do dono, não entendi nada. Está bem ali.

Dawson encontrou a ordem de serviço e correu os olhos pela lista antes de analisar o carro. Amanda ficou observando enquanto ele abria o capô e se inclinava para olhar debaixo dele, sua camisa se esticando, apertada, em volta dos ombros. Ela desviou o olhar, não querendo que Dawson percebesse. Um minuto depois, ele voltou sua atenção para as pequenas caixas na bancada. Então abriu as tampas, meneando a cabeça enquanto revirava as peças, suas sobrancelhas franzidas.

– Estranho – falou Dawson.

– O quê?

– Não é um serviço de restauração. Ele estava trabalhando basicamente na parte mecânica, nada muito complicado. Carburador, embreagem, mais uma coisa ou outra. Meu palpite era que estava apenas esperando as peças chegarem. Às vezes, no caso desses carros antigos, pode demorar.

– E o que isso significa?

– Entre outras coisas, que não há a menor chance de o dono sair daqui dirigindo este carro.

– Vou pedir ao advogado de Tuck que entre em contato com o dono. – Ela afastou uma mecha de cabelo de cima dos olhos. – Tenho que falar com ele, de qualquer maneira.

– Com o advogado?

– É – respondeu ela, assentindo. – Foi ele quem me ligou para falar sobre Tuck. Disse que era importante que fizéssemos uma reunião.

Dawson fechou o capô.

– O nome dele não seria Morgan Tanner, seria?

– Você o conhece? – perguntou ela, espantada.

– Só sei que também tenho uma reunião com ele amanhã.

– A que horas?

– Às onze. Imagino que na mesma hora em que você, não?

Ela precisou de alguns segundos para captar o que Dawson já havia entendido: Tuck planejara aquele reencontro desde o início. Se não tivessem topado um com o outro ali, na casa dele, teriam se encontrado no dia seguinte, de qualquer maneira. À medida que isso ficava claro em sua cabeça, Amanda se perguntava se sentia mais vontade de brigar com Tuck ou de beijá-lo.

Seu rosto deve ter entregado seus sentimentos, porque Dawson falou em seguida:

– Imagino que você não fizesse ideia do que Tuck estava tramando.

– Não.

Um bando de pássaros saiu voando das árvores e Amanda observou enquanto eles mudavam de direção e traçavam figuras abstratas no céu. Quando voltou a encarar Dawson, ele estava recostado na bancada, com metade do rosto encoberta pelas sombras. Ali, naquele lugar onde tantas histórias os cercavam, ela poderia jurar que ainda via o jovem Dawson, mas tentou se lembrar de que eles eram pessoas diferentes agora. Dois estranhos, na verdade.

– Faz muito tempo – disse ele, quebrando o silêncio.

– É, faz.

– Eu tenho umas mil perguntas.

Ela ergueu uma sobrancelha.

– Só mil?

Ele deu uma risada, mas Amanda teve a impressão de ouvir um quê de tristeza por trás dela.

– Eu também tenho – prosseguiu ela –, mas antes disso... você precisa saber que sou casada.

– Eu sei – falou ele. – Vi sua aliança. – Ele enfiou o polegar no bolso antes de ajeitar o corpo contra a bancada e cruzar uma perna sobre a outra. – Há quanto tempo está casada?

– Vai fazer 20 anos no mês que vem.

– Tem filhos?

Ela fez uma pausa, pensando em Bea, sem saber ao certo o que responder.

– Três – disse por fim.

Ele percebeu sua hesitação, mas não soube como interpretá-la.

– E seu marido? Eu gostaria dele?

– Frank? – Amanda se lembrou das conversas angustiadas que tivera com Tuck sobre Frank e se perguntou quanto Dawson já saberia. Não por desconfiar de que Tuck não guardasse segredo, mas por causa da sensação de que Dawson perceberia na mesma hora se ela mentisse. – Nós estamos juntos há muito tempo.

Dawson pareceu avaliar sua escolha de palavras antes de finalmente se afastar da bancada. Ele passou por Amanda e, movendo-se com a graciosidade de um atleta, andou em direção à casa.

– Imagino que Tuck tenha lhe dado uma chave, não? Preciso beber alguma coisa.

Ela pestanejou, surpresa.

– Espere um instante! Tuck lhe contou isso?

Dawson se virou, continuando a andar de costas.

– Não.

– Então como você sabia?

– Porque ele não me mandou nenhuma, e um de nós precisa ter uma cópia.

Ela continuou parada, ainda tentando entender como ele teria deduzido aquilo, então finalmente o seguiu.

Ele subiu os degraus da varanda com um único movimento suave, parando diante da porta. Amanda pegou uma chave na bolsa, esbarrando nele enquanto a enfiava na fechadura. A porta se abriu com um rangido.

Estava agradavelmente fresco lá dentro e a primeira coisa que passou pela cabeça de Dawson foi que o interior da casa era uma extensão da mata do lado de fora: madeira, terra e manchas naturais por toda parte. O piso e as paredes revestidas de madeira tinham perdido o brilho e rachado com o passar dos anos e as cortinas marrons não escondiam as infiltrações sob as janelas. Os encostos e o estofamento do sofá xadrez estavam desgastados. O cimento da lareira tinha começado a ceder e os tijolos ao redor da abertura estavam negros, vestígios carbonizados de milhares de fogos crepitantes. Ao lado da porta havia uma pequena mesa com uma pilha de álbuns de fotografias, uma vitrola que devia ser mais velha do que Dawson e um frágil ventilador de aço. O ar tinha cheiro de cigarros velhos.

Depois de abrir uma das janelas, Dawson ligou o ventilador, parando para ouvir enquanto ele começava a chacoalhar. Sua base sacudia um pouco. A essa altura, Amanda já estava parada diante da lareira, olhando para a fotografia sobre o console: Tuck e Clara, no dia de seu 25º aniversário de casamento.

Dawson se aproximou de Amanda e parou ao seu lado.

– Eu me lembro da primeira vez que vi esta foto – disse. – Tuck só me deixou entrar na casa depois de eu estar aqui fazia cerca de um mês. Olhei a foto e perguntei quem era a mulher. Na época, nem sabia que ele tinha sido casado.

Daquela distância, Amanda conseguia sentir o calor que irradiava do corpo dele, mas tentou ignorá-lo.

– Como podia não saber uma coisa dessas?

– Eu não o conhecia. Até aquela noite em que vim para cá, nunca tinha falado com Tuck na vida.

– Então por que veio para cá?

– Não sei – respondeu ele, balançando a cabeça. – E não imagino por que ele me deixou ficar.

– Porque queria ter você aqui.

– Ele lhe disse isso?

– Não com todas as palavras. Mas, quando você apareceu, não fazia tanto tempo assim que Clara tinha morrido. Acho que você era exatamente aquilo de que ele precisava.

– E eu pensando que era só porque ele tinha bebido naquela noite. Na maioria das noites, por sinal.

Ela vasculhou a memória.

– Mas Tuck não era de beber, era?

Ele tocou a fotografia na moldura de madeira simples, como se ainda tentasse compreender um mundo em que Tuck não existisse.

– Foi antes de você o conhecer. Ele gostava de uísque naquela época e às vezes entrava cambaleando na oficina, com uma garrafa pela metade na mão. Secava o rosto com o lenço e me dizia que seria melhor eu encontrar algum outro lugar para ficar. Deve ter falado isso todas as noites durante os primeiros seis meses que dormi aqui. E eu passava a noite inteira torcendo para que, na manhã seguinte, ele tivesse se esquecido do que tinha dito. Então, um belo dia, ele simplesmente parou de beber e nunca mais tocou no assunto. – Dawson se virou na direção de Amanda, seu rosto a poucos centímetros do dela. – Ele era um bom homem.

– Eu sei – disse Amanda.

Dawson estava tão perto que ela conseguia sentir seu cheiro. Uma mistura de sabonete e colônia de almíscar. Perto demais.

– Também sinto falta de Tuck – emendou Amanda. Ela se afastou, estendendo o braço para mexer em uma almofada puída sobre o sofá.

Lá fora, o sol baixava por trás das árvores, deixando a pequena sala ainda mais escura. Ela ouviu Dawson pigarrear:

– Vamos tomar alguma coisa. Tenho certeza de que Tuck guardava um pouco de chá na geladeira.

– Tuck não bebia chá. Mas deve ter uma Pepsi.

– Vamos ver – disse ele, encaminhando-se para a cozinha.

Amanda notou que Dawson se movia com a elegância de um atleta. Balançou a cabeça de leve, tentando afastar esse pensamento.

– Será que deveríamos fazer isso?

– Tenho certeza de que era exatamente o que Tuck queria.

Como a sala de estar, a cozinha poderia estar numa cápsula do tempo, com utensílios vindos diretamente da década de 1940, uma torradeira do tamanho de um forno de micro-ondas e uma geladeira com puxador tipo alavanca. Manchas de água cobriam o balcão perto da pia e a pintura branca dos armários estava lascada próximo às maçanetas. As cortinas floridas – obviamente penduradas ali por Clara – haviam adquirido um tom amarelo-acinzentado sujo, manchadas pela fumaça dos cigarros de Tuck. Havia uma pequena mesa redonda para duas pessoas, com um bolo de guardanapos de papel sob um dos pés, para evitar que ela balançasse. Dawson abriu a geladeira e pegou uma jarra de chá. Quando Amanda entrou, ele a estava pousando sobre o balcão.

– Como você sabia que Tuck tinha chá? – perguntou ela.

– Do mesmo modo como sabia que você tinha as chaves – respondeu ele enquanto tirava dois copos de geleia de dentro do armário.

– Do que você está falando?

Dawson encheu os copos.

– Tuck sabia que nós dois acabaríamos vindo até aqui e se lembrou de que eu gostava de chá. Então fez questão de deixar um pouco na geladeira.

É claro. Exatamente como fizera com o advogado. Porém, antes que ela pudesse refletir um pouco mais sobre a questão, Dawson estava lhe entregando o chá, e ela voltou sua atenção para ele.

Seus dedos se tocaram quando ela pegou seu copo. Dawson ergueu o dele.

– A Tuck – disse ele.

Amanda bateu seu copo contra o de Dawson e, de repente, sentiu como se toda aquela situação – a proximidade dos dois, o passado que a atraía, a maneira como ela se sentira quando ele a abraçara, o fato de estarem sozinhos naquela casa – fosse mais do que ela poderia administrar. Uma pequena voz lhe sussurrou que ela precisava ter cuidado, que nada de bom poderia sair daquilo, lembrando-a de que tinha marido e filhos. Mas isso só tornava as coisas mais confusas.

– Então... 20 anos, hã? – disse Dawson enfim.

Ele se referia ao casamento de Amanda, mas ela estava tão distraída que demorou um pouco a entender.

– Quase. E você? Chegou a se casar?

– Acho que o destino não quis.

Ela o fitou por cima da borda do copo.

– Ainda curtindo a vida de solteiro, então?

– Na verdade, sou mais de ficar na minha.

Ela se recostou no balcão, sem saber bem como interpretar aquela resposta.

– Onde você mora?

– Louisiana. Numa comunidade perto de Nova Orleans.

– Você gosta?

– É tranquila. Só depois de voltar para cá percebi como é parecida com Oriental. Tem mais pinheiros por aqui e mais barbas-de-velho por lá, mas, fora isso, duvido que conseguisse notar a diferença.

– Exceto pelos crocodilos.

– É. Exceto por eles. – Dawson abriu um sorriso discreto. – Sua vez. Onde é sua casa?

– Durham. Fiquei por lá depois que me casei.

– E vem aqui algumas vezes por ano para visitar sua mãe?

Ela assentiu.

– Quando meu pai era vivo, eles costumavam nos visitar para ver as crianças. Mas, depois que ele morreu, ficou mais difícil. Mamãe nunca gostou de dirigir, então eu preciso vir até aqui. – Ela bebericou seu chá antes de menear a cabeça para a mesa. – Você se importa se eu me sentar? Meus pés estão me matando.

– Fique à vontade. Eu vou ficar em pé. Passei o dia inteiro dentro de um avião.

Ela se encaminhou para a mesa, sentindo o olhar dele acompanhá-la.

– O que você faz na Louisiana? – perguntou Amanda enquanto se sentava.

– Sou torrista numa plataforma de petróleo. Basicamente, dou assistência ao sondador. Ajudo a colocar e a tirar o tubo de perfuração do elevador, confiro se as conexões estão em ordem, verifico as bombas para garantir que estejam funcionando. É meio difícil explicar sem poder mostrar do que estou falando.

– É bem diferente de consertar carros.

– Na verdade, é mais parecido do que você imagina. Eu mexo basicamente com motores e máquinas. E ainda trabalho com automóveis. Bem, no meu tempo livre, pelo menos. O Mustang anda como se fosse zero.

– Você ainda tem aquele carro?

Ele sorriu.

– Gosto dele.

– Não – provocou ela –, você *ama* aquele carro. Eu tinha que arrastar você para longe dele quando vinha aqui. E, na metade das vezes, não conseguia. Não ficaria surpresa se você tivesse uma foto dele na carteira.

– Mas eu tenho.

– Sério?

– Brincadeira.

Ela riu, a mesma risada descontraída de tempos atrás.

– Há quanto tempo você trabalha embarcado?

– Catorze anos. Comecei como homem de área, depois virei plataformista e hoje sou torrista.

– Homem de área, plataformista, torrista?

– Como vou explicar? São termos da profissão. – Ele cutucou distraidamente um dos sulcos no tampo da mesa. – E você? Trabalha? Lembro que queria ser professora.

Ela bebericou seu chá, concordando com a cabeça.

– Dei aulas durante um ano, mas então tive Jared, meu filho mais velho, e quis ficar em casa para cuidar dele. Depois Lynn nasceu e… vieram alguns anos em que muitas coisas aconteceram, inclusive a morte do meu pai, e foi um período bem difícil. – Amanda se deteve, percebendo quanto estava deixando de contar e sabendo que aquele não era nem o lugar nem o momento para falar sobre Bea. Ela se ajeitou na cadeira, mantendo a voz firme: – Tivemos Annette poucos anos depois e, àquela altura, já não havia mais motivo para voltar a trabalhar. Mas, nos últimos 10 anos, dediquei bastante tempo ao trabalho como voluntária no hospital da Universidade Duke. Também organizo alguns almoços beneficentes para eles. É difícil às vezes, mas me dá a sensação de que estou fazendo alguma diferença, por menor que seja.

– Quantos anos têm seus filhos?

Ela os contou um a um nos dedos:

– Jared faz 19 em agosto e acabou de terminar o primeiro ano da faculdade. Lynn tem 17 e está começando o último ano do ensino médio. Annette, que tem 9, acabou de terminar o terceiro ano fundamental. Ela é um doce de menina, uma criança muito alegre. Jared e Lynn, por outro lado, estão naquela idade em que acham que sabem tudo, enquanto eu, naturalmente, não sei absolutamente nada.

– Em outras palavras, são mais ou menos como nós fomos.

Ela refletiu um pouco, sua expressão quase melancólica.

– Talvez.

Dawson se calou, olhando pela janela, e ela seguiu seu olhar. O riacho ganhara um tom acinzentado, cor de ferro, e a água que se movia lentamente refletia o escurecer do céu. O velho carvalho perto da margem não tinha mudado muito desde a última vez em que ele estivera ali, mas o cais havia apodrecido, restando apenas as estacas.

– Há muitas lembranças lá – comentou ele com brandura.

Talvez tenha sido a maneira como ele pronunciou as palavras, mas Amanda sentiu algo fazer "clique" dentro de si ao ouvi-las, como uma chave que girasse em uma fechadura distante.

– Eu sei – disse por fim. Ela se deteve, passando os braços ao redor do corpo. Por alguns instantes, o zumbido da geladeira foi o único som na cozinha. A lâmpada no teto lançava um brilho amarelado nas paredes, projetando sombras dos perfis dos dois. – Quanto tempo você pretende ficar? – perguntou ela.

– Comprei minha passagem para segunda-feira de manhã bem cedo. E você?

– Não muito. Disse a Frank que voltaria no domingo. Mas, se dependesse da minha mãe, eu teria ficado em Durham. Ela disse que não era uma boa ideia vir para o funeral.

– Por quê?

– Porque ela não gostava de Tuck.

– Você quer dizer que ela não gostava de mim.

– Ela nunca chegou a conhecer você – falou Amanda. – Nunca lhe deu uma chance. Sempre achou que soubesse exatamente o que eu deveria fazer da vida. O que eu queria nunca importou. Mesmo agora, que sou adulta, ela ainda tenta me dizer o que fazer. Não mudou nada. – Ela passou os dedos pela umidade no copo de geleia. – Alguns anos atrás, cometi o erro de lhe dizer que tinha vindo à casa de Tuck. Foi como se eu confessasse um crime. Ela me passou um sermão, quis saber o porquê da visita, perguntou sobre o que havíamos conversado. Ficou me dando bronca como se eu ainda fosse criança. Depois disso, simplesmente parei de contar a ela que vinha aqui. Dizia que tinha ido às compras ou saído para almoçar com minha amiga Martha na praia. Martha e eu fomos colegas de quarto na faculdade e ela mora em Salter Path. Nós ainda nos falamos, mas já faz anos que não a vejo. Não quero lidar com as perguntas intrometidas de mamãe, então simplesmente minto para ela.

Dawson misturou seu chá enquanto pensava no que Amanda tinha dito. Depois, observou a bebida finalmente parar de girar.

– Enquanto estava vindo para cá, eu não conseguia parar de pensar no meu pai e em como tudo para ele era sempre uma questão de controle. Não estou dizendo que sua mãe seja igual a ele, mas talvez essa seja apenas a maneira dela de tentar evitar que você cometa erros.

– Você está dizendo que visitar Tuck foi um erro?

– Não para Tuck – disse ele. – Mas e para você? Depende do que esperava encontrar aqui, e só você mesma pode responder a essa pergunta.

Amanda sentiu que começava a ficar na defensiva, mas, antes que pudesse retrucar, a sensação passou. Reconheceu que aquele era o tipo de conversa que os dois costumavam ter: um dizia algo que provocava o outro e isso muitas vezes acabava levando a uma discussão. Ela se deu conta de quanto sentira falta disso. Não das brigas, mas da confiança implícita que havia nelas e do perdão que inevitavelmente vinha em seguida. Porque, no fim das contas, eles sempre perdoavam um ao outro.

Parte de Amanda suspeitava de que Dawson a estava testando, mas ela deixou o comentário dele sem resposta. Em vez disso, surpreendendo a si mesma, inclinou-se sobre a mesa e as palavras saíram quase automaticamente de sua boca:

– Onde vai jantar hoje à noite?

– Não tenho nenhum plano. Por quê?

– Tem uns bifes na geladeira, se você quiser comer aqui.

– E a sua mãe?

– Posso ligar e dizer que me atrasei.

– Tem certeza de que é uma boa ideia?

– Não – falou Amanda. – A esta altura, não tenho certeza de mais nada.

Ele esfregou o polegar contra o copo e não disse nenhuma palavra enquanto a analisava.

– OK – falou Dawson, assentindo. – Vamos comer esses bifes. Desde que não estejam estragados.

– Foram entregues na segunda-feira – disse ela, lembrando-se do que Tuck lhe falara. – A churrasqueira fica lá fora, se você quiser ir começando.

No instante seguinte, Dawson estava lá fora. Sua presença, no entanto, continuava a seu lado, mesmo quando ela pegou o celular na bolsa.

5

Quando o carvão estava no ponto, Dawson voltou para pegar os bifes com Amanda, que já os havia temperado. Ao abrir a porta, deparou com ela olhando para dentro do armário e segurando, distraída, uma lata de feijão com carne de porco.

– O que foi?

– Estou tentando encontrar algo para comermos com o bife, mas, fora isto – disse ela, erguendo a lata –, não tem muita coisa.

– Quais são nossas opções? – perguntou ele enquanto lavava as mãos na pia.

– Além de feijão, temos farinha de milho, um vidro de molho para espaguete, trigo, meio pacote de *penne* e cereal matinal. Na geladeira tem manteiga e condimentos. Ah, e o chá, é claro.

Ele sacudiu as mãos para tirar o excesso de água.

– O cereal pode cair bem.

– Acho que prefiro o *penne* – disse ela, girando os olhos. – E você não deveria estar lá fora grelhando os bifes?

– Imagino que sim – respondeu ele, e Amanda teve que conter um sorriso.

Com o canto do olho, ela o observou pegar a bandeja e sair, a porta se fechando às suas costas com um estalo sutil.

O céu era de um violeta escuro e aveludado e as estrelas já brilhavam. O riacho parecia uma fita negra para além do vulto de Dawson e as copas das árvores começavam a emitir um brilho prateado à medida que a lua subia lentamente.

Ela encheu uma panela com água, jogou um pouco de sal dentro e acendeu a trempe do fogão. Em seguida, pegou a manteiga na geladeira. Quando a água ferveu, jogou nela o *penne* e passou os minutos seguintes procurando pelo escorredor até finalmente encontrá-lo no fundo do armário ao lado do forno.

Assim que o macarrão ficou pronto, ela o escorreu e depois o devolveu à panela, acrescentando manteiga, alho em pó e uma pitada de sal e pimenta. Então aqueceu rapidamente o feijão enlatado, terminando a parte que lhe cabia no mesmo instante em que Dawson voltava carregando a bandeja com os bifes.

– O cheiro está ótimo – disse ele, sem se dar o trabalho de esconder sua surpresa.

– Manteiga e alho – comentou ela. – Sempre dá certo. Como ficaram os bifes?

– Fiz um malpassado e outro no ponto. Gosto dos dois jeitos, mas não sabia como você prefere. Posso devolver um dos dois para a churrasqueira, se quiser.

– No ponto está ótimo – disse Amanda.

Dawson pousou a bandeja na mesa e remexeu nos armários e nas gavetas, pegando pratos, copos e talheres. Ela viu duas taças de vinho no aparador e se lembrou do que Tuck dissera em sua última visita.

– Gostaria de uma taça de vinho? – perguntou.

– Só se você me acompanhar.

Ela fez que sim com a cabeça, então abriu o armário que Tuck havia indicado, revelando duas garrafas. Pegou o cabernet e o abriu enquanto Dawson terminava de pôr a mesa. Por fim, serviu duas taças e entregou uma a ele.

– Tem molho para carnes na geladeira, se você quiser – disse ela.

Dawson pegou o molho enquanto Amanda despejava o macarrão em uma tigela e o feijão em outra. Os dois chegaram à mesa ao mesmo tempo e, enquanto analisavam aquele pequeno jantar íntimo, ela notou o leve subir e descer do tórax de Dawson. Quebrando o transe do momento, ele pegou a garrafa de vinho e Amanda balançou a cabeça, sentando-se.

Ela bebericou seu vinho, o sabor se prolongando na boca. Depois que os dois serviram seus pratos, Dawson hesitou, olhando para a própria comida.

– Tudo bem? – perguntou Amanda, franzindo o cenho.

O som da voz dela o fez voltar a si.

– Só estava tentando lembrar qual foi a última vez que tive uma refeição como esta.

– Bife? – perguntou ela, cortando a carne e dando uma primeira garfada.

– Tudo. – Ele deu de ombros. – Na plataforma, eu almoço e janto no refeitório com um monte de homens e, em casa, como sou apenas eu, acabo fazendo coisas simples.

– E quando você sai? Tem um monte de restaurantes ótimos em Nova Orleans.

– Quase nunca vou à cidade.

– Nem quando sai para namorar? – insistiu ela entre garfadas.

– Não costumo sair para namorar – disse ele.

– Nunca?

Ele começou a cortar seu bife.

– Não.

– Por que não?

Ele conseguia senti-la analisando-o enquanto tomava um gole de vinho, esperando uma resposta. Dawson se remexeu em sua cadeira.

– É melhor assim – respondeu ele.

O garfo de Amanda parou a meio caminho da boca.

– Não é por minha causa, é?

Ele manteve a voz firme.

– Não sei bem o que você espera que eu diga.

– Você não pode estar dizendo que... – começou ela.

Quando Dawson ficou calado, ela voltou a tentar.

– Você está tentando me dizer que... que não namorou ninguém depois que nós terminamos?

Dawson continuou calado e Amanda baixou seu garfo. Ela notou um quê de agressividade no tom da própria voz.

– Está me dizendo que eu sou a causa da... da vida que você decidiu levar?

– Novamente, não sei bem o que você espera que eu diga.

Ela estreitou os olhos.

– Então eu também não sei o que deveria falar.

– O que quer dizer com isso?

– Que, do jeito como você fala, parece que é por minha causa que está sozinho. Que é... que de alguma forma é *minha culpa*. Tem ideia de como isso me faz sentir?

– Não tive intenção de magoar você. Só quis dizer que...

– Eu sei muito bem o que você quis dizer – explodiu Amanda. – E sabe de uma coisa? Eu o amei tanto quanto você me amou naquela época, mas, sabe-se lá por que motivo, não era para ser e teve um fim. Mas não foi o meu fim. E nem o seu. – Ela espalmou as mãos sobre a mesa. – Acha mesmo que quero sair daqui pensando que você vai passar o resto da vida sozinho? Por *minha* causa?

Ele a encarou.

– Nunca quis que tivesse pena de mim.

– Então por que me contaria uma coisa dessas?

– Eu não contei praticamente nada – argumentou ele. – Nem respondi à sua pergunta. Você interpretou como quis.

– Então eu me enganei?

Em vez de responder, ele pegou sua faca.

– Nunca lhe disseram que, se não quiser ouvir a resposta, não deve fazer a pergunta?

Apesar de ele ter rebatido sua pergunta com outra, algo que sempre tinha sido capaz de fazer, Amanda não conseguiu se conter.

– Bem, mesmo assim, não é culpa minha. Se você quiser arruinar sua vida, vá em frente. Quem sou eu para impedi-lo?

Para sua surpresa, Dawson riu.

– É bom saber que você não mudou nada.

– Mudei, sim. Acredite.

– Não muito. Continua disposta a me dizer exatamente o que pensa, seja o que for. Mesmo quando acha que estou arruinando minha vida.

– Está na cara que você precisa que alguém lhe diga isso.

– Então talvez seja melhor tentar tranquilizá-la. Eu também não mudei. Estou sozinho porque sempre fui sozinho. Antes de você, eu fazia de tudo para manter minha família bem longe. Quando vim para cá, às vezes Tuck passava dias sem conversar comigo e, depois que você foi embora, fiquei anos preso. Quando terminei de cumprir a pena, ninguém nesta cidade me queria por perto, então fui embora. Depois acabei trabalhando durante vários meses do ano em uma plataforma no meio do mar, um lugar não exatamente propício a relacionamentos, digo por experiência própria. Sim, existem casais que conseguem sobreviver a esse tipo de separação constante, mas grande parte acaba se magoando. Simplesmente me parece mais fácil assim e, além do mais, estou acostumado.

Ela avaliou sua resposta.

– Quer saber se eu acho que você está dizendo a verdade?

– Não.

Amanda riu sem querer.

– Então posso fazer outra pergunta? Não precisa responder, se não quiser.

– Pode perguntar qualquer coisa – disse ele, dando uma garfada no bife.

– O que aconteceu na noite do acidente? Fiquei sabendo de uma coisa ou outra pela minha mãe, mas nunca me contaram a história toda e eu não sabia em que acreditar.

Dawson mastigou em silêncio por alguns instantes antes de responder.

– Não há muito o que contar – disse ele enfim. – Tuck havia encomendado um jogo de pneus para um carro que estava reformando, mas, sabe-se lá por que motivo, eles acabaram sendo entregues numa loja em New Bern. Ele me perguntou se eu poderia ir buscá-los e eu fui. Tinha chovido um pouco e já estava escuro quando eu voltei para a cidade.

Ele se deteve, tentando mais uma vez entender o ininteligível.

– Veio um carro na direção oposta e o motorista estava correndo. Ou a motorista. Nunca descobri. De qualquer forma, quem quer que estivesse no veículo entrou na minha faixa bem na hora em que eu me aproximava. Tive que girar o volante rápido para abrir caminho. O outro carro passou batido por mim e metade da caminhonete ficou fora da estrada. Cheguei a ver o Dr. Bonner, mas...

– As imagens ainda estavam claras na sua cabeça, *sempre* eram claras, como em um pesadelo sem fim. – Foi como se tudo estivesse acontecendo em câmera lenta. Pisei no freio até o fundo e puxei o volante para o outro lado, mas o asfalto e a grama estavam escorregadios, então...

Ele deixou a frase pela metade. No silêncio, Amanda tocou seu braço.

– Foi um acidente – sussurrou ela.

Dawson ficou calado, mas ela em seguida perguntou o óbvio:

– Por que você foi preso, se não havia bebido nem estava correndo?

Quando ele deu de ombros, Amanda percebeu que já sabia a resposta. Era tão óbvia quanto as letras de seu sobrenome.

– Sinto muito – falou ela, mas as palavras soaram inadequadas.

– Eu sei. Mas não tenha pena de mim – disse ele. – Tenha pena da família do Dr. Bonner. Por minha causa, ele nunca voltou para casa. Por minha causa, os filhos dele cresceram sem pai. Por minha causa, a esposa dele vive sozinha até hoje.

– Você não tem como saber isso – contra-argumentou Amanda. – Talvez ela tenha se casado novamente.

– Não se casou – falou Dawson. Antes que Amanda pudesse perguntar como ele sabia, ele tornou a mexer na comida. – Mas e você? – perguntou ele de repente, como se quisesse colocar uma pedra em cima do assunto anterior, o que fez Amanda se arrepender de tê-lo trazido à tona. – Conte o que fez da vida desde a última vez que nos vimos.

– Eu nem saberia por onde começar.

Ele pegou a garrafa e serviu mais vinho para os dois.

– Que tal começar pela faculdade?

Amanda se rendeu e começou a contar-lhe sua vida, a princípio em termos gerais. Dawson ouvia com atenção, fazendo perguntas enquanto ela falava, tentando conseguir mais detalhes. As palavras começaram a fluir com mais facilidade. Ela contou sobre colegas de classe, as disciplinas e os professores que mais a tinham inspirado. Admitiu que o ano que passou dando aulas não tinha sido como ela esperava, talvez porque mal conseguisse entender o fato de já não ser a aluna. Falou sobre quando conheceu Frank, mas dizer seu nome lhe deu uma estranha sensação de culpa e ela não tornou a mencioná-lo. Amanda lhe contou um pouco sobre as amigas e algumas das viagens que fizera no decorrer dos anos, mas se ateve basicamente aos filhos, descrevendo suas personalidades e os desafios que enfrentavam e tentando não se vangloriar muito de suas conquistas.

De vez em quando, ao concluir um raciocínio, Amanda perguntava a Dawson sobre a vida que ele levava na plataforma, ou sobre como eram seus dias de folga, mas ele geralmente conduzia a conversa de volta para ela. Parecia interessado de verdade na sua vida e ela descobriu que lhe parecia estranhamente natural contá-la a ele. Era quase como se os dois estivessem retomando um diálogo interrompido muito tempo atrás.

Mais tarde, Amanda tentaria se lembrar da última vez em que ela e Frank tinham conversado daquela forma, mesmo quando saíam sozinhos. Nessas ocasiões, Frank costumava beber e era praticamente o único a falar. Quando conversavam sobre os filhos, era sempre avaliando como iam na escola ou algum problema que tinham e qual seria a melhor maneira de resolvê-lo. Suas conversas eram práticas e objetivas e ele quase nunca perguntava sobre os interesses de Amanda ou como fora seu dia. Parte disso, ela sabia, era inevitável em qualquer casamento de tantos anos: havia poucas novidades a contar. Mas, por algum motivo, ela sentia que sua ligação com Dawson sempre tinha sido diferente e se perguntou se, com o passar do tempo, a vida teria mudado o relacionamento dos dois. Preferia achar que não, mas como poderia ter certeza?

Eles continuaram conversando enquanto a noite avançava, o brilho turvo das estrelas atravessando a janela da cozinha. O vento ficou mais forte, soprando por entre as folhas das árvores como ondas no mar. A garrafa de vinho foi esvaziada e Amanda se sentia aquecida e relaxada. Dawson levou a louça para a pia e os dois ficaram lado a lado enquanto ele lavava e ela secava. Vez por outra, Amanda o pegava analisando-a ao lhe passar um dos pratos e, embora em vários sentidos uma vida inteira houvesse transcorrido nos anos que passaram longe um do outro, ela teve a incrível sensação de que, na verdade, nunca tinham perdido contato.

⚜

Quando terminaram de arrumar a cozinha, Dawson gesticulou em direção à porta dos fundos:

– Você ainda tem alguns minutos?

Amanda olhou para o relógio e, por mais que já devesse estar de saída, se ouviu dizer:

– Tenho, mas não posso demorar.

Dawson segurou a porta enquanto ela passava por ele, descendo os degraus de madeira que rangiam. A lua estava finalmente alta no céu, emprestando à paisagem uma beleza exótica. Uma camada de orvalho prateado cobria o chão, umedecendo os dedos dos pés de Amanda em seus sapatos abertos, e um cheiro forte de pinho pairava no ar. Eles caminharam lado a lado, o som de seus passos perdendo-se em meio ao canto das cigarras e o sussurrar das folhas.

À beira do rio, um carvalho antiquíssimo estendia seus galhos baixos, sua imagem refletida na água. Parte da margem havia sido levada pela correnteza, tornando quase impossível chegar aos galhos sem se molhar, de modo que eles pararam.

– Era ali que costumávamos nos sentar – disse ele.

– Era o nosso cantinho – concordou Amanda. – Principalmente quando eu brigava com meus pais.

– Espere um instante. Você brigava com seus pais naquela época? – falou Dawson, fingindo espanto. – Não era por minha causa, era?

Ela o cutucou com o ombro.

– Engraçadinho. Enfim, nós costumávamos subir nos galhos e você passava seu braço ao meu redor, então eu chorava e gritava e você simplesmente me deixava desabafar e dizer como era tudo tão injusto, até que eu me acalmava. Eu era bem dramática, não era?

– Não que eu tenha notado.

Ela abafou uma risada.

– Você se lembra de como as tainhas saltavam? Às vezes eram tantas que pareciam estar dando um espetáculo.

– Sem dúvida vão saltar esta noite também.

– Eu sei, mas não vai ser igual. Quando nós vínhamos para cá, eu precisava vê-las. Era como se elas sempre soubessem que eu precisava de algo especial para me sentir melhor.

– E eu acreditando que era a minha presença que fazia você se sentir melhor.

– Eram as tainhas, com certeza – provocou Amanda.

Ele sorriu.

– Você e Tuck vieram aqui alguma vez?

Ela balançou a cabeça.

– O caminho era um pouco íngreme demais para ele. Mas eu vim. Ou pelo menos tentei.

– Como assim?

– Acho que queria saber se ainda me sentiria da mesma forma neste lugar, mas nunca cheguei até aqui propriamente. Não porque tivesse visto ou escutado algo no caminho, mas porque comecei a pensar que poderia ter alguém andando pelo bosque e aí minha imaginação simplesmente... ganhou asas. Eu me dei conta de que estava sozinha e percebi que, se alguma coisa acontecesse, não teria como fazer nada. Então dei meia-volta, fui para a casa de Tuck e nunca mais voltei.

– Até agora.

– Não estou sozinha agora. – Amanda ficou observando os redemoinhos na água, esperando que alguma tainha saltasse, mas nada aconteceu. – É difícil acreditar que passou tanto tempo – murmurou ela. – Nós éramos tão jovens!

– Nem tanto. – Sua voz saiu baixa, mas notavelmente segura.

– Éramos crianças, Dawson. Podia não parecer na época, mas sua perspectiva muda quando você tem filhos. Quero dizer, Lynn tem 17 anos e não consigo imaginá-la sentindo-se como eu me sentia. Ela nem tem namorado. E, se estivesse fugindo pela janela do quarto no meio da noite, eu provavelmente agiria como meus pais agiram.

– Se não gostasse do namorado dela, você quer dizer?

– Mesmo que o achasse perfeito para ela. – Ela voltou o rosto para Dawson. – Onde nós estávamos com a cabeça?

– Em lugar nenhum – respondeu ele. – Nós estávamos apaixonados.

Ela o encarou, seus olhos capturando fragmentos do luar.

– Sinto muito por nunca tê-lo visitado nem escrito uma carta, ao menos. Quero dizer, quando você foi preso.

– Não tem problema.

– Tem, sim. Mas eu pensava no assunto, em nós, o tempo todo. – Ela estendeu a mão para tocar o carvalho, tentado retirar dele as forças de que precisava para continuar. – É só que, todas as vezes que me sentava para escrever, ficava paralisada. Como eu iria começar? Deveria lhe contar sobre minhas aulas ou sobre como eram minhas colegas de quarto? Ou perguntar como estavam sendo seus dias? Todas as vezes que começava a escrever, eu relia tudo e me parecia errado. Então eu rasgava o papel e prometia a mim mesma que recomeçaria do zero no dia seguinte. Mas sempre acabava deixando para o dia seguinte. E, quando percebi, já havia passado muito tempo. Aí...

– Não tenho mágoas – falou ele. – E também não tinha na época.

– Porque já tinha me esquecido?

– Não – respondeu Dawson. – Porque, naquele tempo, eu mal conseguia me encarar no espelho. E saber que você havia tocado sua vida adiante significava muito para mim. Queria que você tivesse o que eu nunca teria sido capaz de lhe dar.

– Você não pode estar falando sério.

– Mas estou – disse ele.

– Então é aí que você se engana. Todo mundo tem alguma coisa que gostaria de poder mudar no passado, Dawson. Eu também. Até parece que minha vida foi perfeita!

– Quer conversar sobre isso?

Anos antes, ela teria contado tudo a Dawson e, embora ainda não estivesse pronta para isso, teve a sensação de que seria apenas uma questão de tempo até que estivesse. Essa certeza a assustou, por mais que admitisse que Dawson havia despertado nela algo que não sentia fazia muito, muito tempo.

– Você vai ficar chateado comigo se eu disser que ainda não estou pronta para falar nisso?

– Nem um pouco.

Ela lhe deu um leve sorriso:

– Então vamos apenas aproveitar este lugar por mais alguns minutos, OK? Como antigamente. É tão tranquilo aqui...

A lua continuava a subir devagar no céu, dando ao ambiente uma atmosfera etérea. Afastadas do brilho dela, as estrelas cintilavam suavemente, como pequenos prismas. Enquanto ficavam ali, lado a lado, Dawson se perguntou quantas vezes Amanda havia pensado nele ao longo daqueles anos. Menos do que ele havia pensado nela, sem dúvida, mas ele tinha a impressão de que, cada um a seu modo, ambos haviam sido pessoas solitárias. Ele era uma figura sozinha em uma terra desabitada, enquanto ela era mais um rosto em uma multidão de desconhecidos. Mas não era assim que sempre fora, mesmo quando eram adolescentes? Tinha sido isso que os unira e, de alguma forma, eles haviam encontrado a felicidade um no outro.

Na escuridão, ele ouviu Amanda suspirar.

– Tenho que ir – falou ela.

– Eu sei.

Amanda ficou aliviada com a resposta, mas também um pouco decepcionada. Dando as costas ao riacho, eles voltaram em silêncio em direção à casa, ambos imersos nos próprios pensamentos. Dawson apagou as luzes enquanto ela trancava a porta, depois os dois se encaminharam lentamente para seus carros. Dawson estendeu o braço e abriu a porta para ela.

– Nos vemos amanhã no escritório do advogado – disse ele.

– Às onze.

O cabelo de Amanda era como uma cachoeira prateada ao luar, e Dawson resistiu à tentação de correr os dedos por ele.

– Gostei muito da noite de hoje. Obrigado pelo jantar – disse ele.

Parada ali diante de Dawson, um pensamento repentino e louco passou pela cabeça de Amanda: o de que ele fosse querer beijá-la. Percebeu também que era a primeira vez desde a faculdade que o olhar de outra pessoa a deixava sem fôlego. Mas ela desviou a cabeça antes mesmo que ele pudesse tentar.

– Foi bom rever você, Dawson.

Amanda sentou-se ao volante, suspirando de alívio quando ele fechou a porta de seu carro em seguida. Ela deu partida no motor e engatou a ré.

Dawson acenou enquanto ela se afastava e fazia o retorno e ficou observando-a descer o caminho de cascalho. As luzes vermelhas das lanternas traseiras foram sacudindo até que o carro entrou numa curva e sumiu de vista.

Ele andou lentamente de volta à oficina. Ligou o interruptor e, quando uma lâmpada solitária se acendeu no teto, sentou-se sobre uma pilha de pneus. Estava tudo em silêncio, o único movimento ali era o bater das asas de uma mariposa em torno da luz. Enquanto observava o inseto se chocar contra a lâmpada, Dawson refletiu sobre o fato de Amanda ter tocado sua vida adiante. Quaisquer que fossem as tristezas ou os problemas que ela estivesse escondendo – e ele sabia que estava –, ainda havia conseguido construir a vida que sempre quisera. Tinha um marido, filhos e uma casa na cidade grande, e agora suas lembranças eram sobre todas essas coisas, exatamente como deveriam ser.

Sentado sozinho na oficina de Tuck, ele sabia que vinha mentindo para si mesmo ao pensar que também tocara a vida adiante. Não tinha feito isso. Sempre imaginara que havia se tornado página virada na vida de Amanda, mas agora tinha a confirmação disso. Em algum lugar no seu íntimo, sentiu algo balançar. Fazia tempos que ele havia se despedido e sempre se forçara a acreditar que tinha feito a coisa certa. Mas ali, naquele instante, sob a luz amarela e silenciosa de uma oficina longe do mundo, já não tinha certeza disso. Ele amara Amanda no passado e nunca deixara de amá-la. O fato de ter ficado mais algumas horas com ela não mudava essa simples verdade. Porém, enquanto procurava por suas chaves, Dawson também se deu conta de outra coisa, algo que não esperava.

Ele se levantou e apagou a luz, então seguiu em direção a seu carro, sentindo-se esgotado. Uma coisa era saber que o que sentia por Amanda não tinha mudado. Outra, totalmente diferente, era encarar o futuro tendo a certeza de que jamais mudaria.

6

As cortinas da pousada eram finas e o sol acordou Dawson assim que raiou. Ele se virou para o outro lado, na esperança de conseguir voltar a dormir, mas foi impossível. Levantou-se e passou alguns minutos alongando-se. Seu corpo sempre doía de manhã, principalmente as costas e os ombros. Ele se perguntava por mais quanto tempo ainda conseguiria continuar trabalhando em plataformas. Sua saúde se desgastava e, a cada ano, as lesões pareciam ficar piores. Ele enfiou a mão na bolsa de viagem e pegou sua roupa de corrida. Vestiu-se e desceu em silêncio as escadas. A pousada era basicamente como ele esperava: quatro quartos no andar de cima e cozinha, salas de jantar e de estar no térreo. Os donos tinham escolhido um tema náutico para a decoração, o que não era nenhuma surpresa. Havia veleiros de madeira em miniatura nas mesas de canto e quadros de escunas enfeitavam as paredes. Em cima da lareira ficava um antigo timão e pregado à porta havia um mapa do rio, com seus canais devidamente marcados.

Os proprietários ainda não tinham acordado. Na noite anterior, quando ele fizera o check-in, eles lhe informaram que haviam deixado em seu quarto as flores que ele encomendara e que o café da manhã seria servido às 8h. Isso lhe dava bastante tempo para fazer o que precisava antes da reunião.

A manhã já estava clara lá fora. Uma fina camada de neblina pairava como uma nuvem sobre o rio, mas o céu exibia um azul radiante e límpido em todas as direções. O ar já estava quente, indicando um calor ainda mais forte durante o dia. Ele girou os ombros algumas vezes e começou a correr antes mesmo de chegar à estrada. Demorou alguns minutos para que seu corpo se soltasse e ele entrasse em um ritmo mais confortável.

Quase não havia movimento na estrada quando Dawson chegou ao pequeno centro comercial de Oriental. Ele passou por dois antiquários, uma loja de ferragens e algumas imobiliárias. Do outro lado da rua, o Irvin's Diner já estava aberto, com um carro ou outro estacionado em frente a ele. A neblina do rio começava a subir e, respirando fundo, ele sentiu o cheiro forte de sal e pinho. Antes de chegar à marina, passou em frente a uma cafeteria lotada e, poucos minutos depois, com o corpo já quase totalmente solto, conseguiu aumentar o ritmo. Enquanto deixava para trás uma pequena loja de iscas na marina, gaivotas grasnavam e descreviam círculos no ar e pessoas carregavam isopores até seus veleiros.

Passando pela igreja Batista, impressionou-se com seus vitrais e tentou recordar se os havia notado quando criança. Então foi procurando pelo escritório de Morgan Tanner. Ele conhecia o endereço e logo viu a placa em um pequeno prédio de tijolos espremido entre uma farmácia e uma loja de moedas antigas. A placa indicava também o nome de outro advogado, embora não parecesse que eles dividissem o escritório. Dawson se perguntou como Tuck escolhera Tanner. Até receber o telefonema do advogado, nunca tinha ouvido falar nele.

Quando o centro de Oriental ficou para trás, Dawson saiu da estrada principal, dobrando em direção às ruas residenciais, sem destino.

Não dormira bem, com os pensamentos se alternando sem parar entre Amanda e a família Bonner. Na prisão, a única coisa em que conseguia pensar além de Amanda era em Marilyn Bonner. Ela havia sido convocada para testemunhar em seu julgamento. Dissera que Dawson não só a havia privado do homem que amava e do pai de seus filhos como também deixara sua família sem condições de se sustentar. Com a voz embargada, admitira não fazer ideia de como iria manter os filhos ou o que seria deles. O Dr. Bonner não tinha plano de previdência nem seguro de vida.

Marilyn Bonner acabou perdendo sua casa e teve de voltar a morar com os pais, mas sua vida continuou sendo difícil. O pai já havia se aposentado e enfrentava um enfisema pulmonar. A mãe era diabética e os empréstimos que o casal havia feito para manter sua propriedade consumiam quase toda a renda que obtinham com as frutas que cultivavam. Com os pais necessitando de cuidados quase em tempo integral, Marilyn só conseguia trabalhar meio expediente. Mesmo juntando seu salário com o que os dois recebiam da previdência social, mal dava para custearem as necessidades básicas, às vezes nem isso. A velha casa de fazenda em que moravam já dava sinais de deterioração e, com o tempo, o pagamento das prestações dos empréstimos começou a atrasar.

Quando Dawson saiu da prisão, a situação da família Bonner já havia se tornado desesperadora. Ele só soube disso quase seis meses depois, na ocasião em que foi até a fazenda para se desculpar. Quando Marilyn atendeu a porta, ele mal a reconheceu: seu cabelo estava grisalho e sua pele tinha adquirido um tom amarelado. A mulher, no entanto, sabia muito bem quem ele era. Antes que Dawson pudesse dizer uma única palavra, começou a gritar mandando-o embora. Aos berros, disse que ele tinha arruinado sua vida, que havia matado seu marido e que ela não tinha dinheiro nem sequer para consertar as goteiras do telhado ou contratar os funcionários de que a fazenda precisava. Gritou que os bancos estavam ameaçando tomar a propriedade e que ela chamaria a polícia para retirá-lo dali. Alertou-o para nunca mais voltar. Dawson foi embora; porém, naquela mesma noite, retornou à fazenda e, caminhando pelas fileiras de pessegueiros e macieiras, avaliou seus problemas. Na semana seguinte, depois de receber seu pagamento, ele foi ao banco e, juntando seu salário quase inteiro e tudo o que havia economizado desde que saíra da prisão, providenciou para que um cheque fosse enviado a Marilyn Bonner sem qualquer identificação ou bilhete em anexo.

Nos anos que se seguiram, a vida de Marilyn foi melhorando. Depois da morte dos pais, ela herdou a propriedade e, embora ainda passasse por momentos difíceis, aos poucos conseguiu arcar com as altas prestações e fazer as reformas de que a fazenda necessitava. Já quitara as dívidas e era de fato dona de suas terras. Alguns anos depois de Dawson partir da cidade, tinha começado o próprio negócio: vendia compotas caseiras pelo correio. Com a ajuda da internet, o empreendimento crescera o suficiente para que ela não precisasse mais se preocupar com as contas a vencer. Embora nunca tivesse voltado a se casar, namorava um contador chamado Leo havia quase 16 anos.

Quanto às crianças, Emily havia se formado na universidade e depois se mudara para Raleigh, onde era gerente de uma loja de departamentos. Provavelmente assumiria o negócio da mãe algum dia. Alan morava na fazenda, em um trailer que sua mãe comprara para ele. Não havia feito faculdade, mas tinha um emprego fixo e, nas fotografias enviadas para Dawson, sempre parecia feliz.

Uma vez por ano, as fotografias chegavam à Louisiana com breves notícias atualizadas sobre as vidas de Marilyn, Emily e Alan. O detetive particular que Dawson havia contratado sempre fora meticuloso, contudo nunca se excedia em sua investigação.

Dawson às vezes sentia remorso por ter contratado alguém para seguir a família Bonner, mas precisava saber se tinha conseguido fazer alguma diferença positiva, por menor que fosse, na vida daquelas pessoas. Era tudo o que desejava desde a noite do acidente, o motivo que o levara a passar as duas últimas décadas enviando-lhes cheques todos os meses, quase sempre a partir de contas bancárias anônimas no exterior. Ele era o responsável pela maior perda que a família sofrera e, enquanto corria pelas ruas silenciosas da cidade, mais uma vez teve certeza de que continuava disposto a fazer tudo o que estivesse a seu alcance para compensá-los.

A febre embrulhava o estômago de Abee Cole e fazia seu corpo tremer. Dois dias atrás, ele havia acertado seu taco de beisebol em um sujeito que o provocara, mas o homem o surpreendera com um estilete. A lâmina estava imunda e fizera um corte horrível em sua barriga. De manhã cedo, ele havia percebido um pus esverdeado brotando da ferida. Apesar dos remédios que Abee estava tomando, ela fedia demais. Se a febre não cedesse logo, ele daria uma surra com seu taco no primo Calvin, que havia jurado que os antibióticos que roubara da clínica veterinária dariam conta do recado.

Enquanto pensava nisso, se distraiu ao ver Dawson correndo do outro lado da rua. Imaginou o que deveria fazer a respeito. Ted estava dentro da loja de conveniência da calçada oposta e Abee se perguntou se teria visto Dawson. Achava que não; do contrário, teria saído correndo de lá como um javali. Ted estava esperando Dawson aparecer desde que ficara sabendo que Tuck tinha batido as botas. Enquanto isso, provavelmente afiava suas facas, carregava suas armas e conferia suas granadas e bazucas – ou fossem lá quais armas escondesse naquele muquifo em que morava com Ella, a piranha que chamava de esposa.

Ted não batia muito bem da cabeça. Nunca tinha batido. Na verdade, ele não passava de uma criatura irada. Os nove anos em que ficara na cadeia tampouco o haviam ensinado a se controlar. Nos últimos tempos, a coisa chegara a tal ponto que era quase impossível manter Ted na linha, mas, como Abee muitas vezes concluía, isso nem sempre era ruim: a presença do irmão mais novo garantia que todos os envolvidos na produção de drogas em sua propriedade seguissem as regras de Abee. Ultimamente, Ted deixava qualquer um apavorado, mesmo que fosse da família, o que lhe era muito conveniente. Ninguém se metia em seus negócios e todos cumpriam suas ordens. Por mais que não necessariamente se importasse com o irmão caçula, Abee o considerava útil.

Mas agora Dawson estava de volta à cidade e era impossível saber o que Ted faria a respeito. Abee imaginara que Dawson fosse aparecer, por conta da morte de Tuck, mas esperava que ele tivesse a sensatez de ficar apenas o tempo suficiente para prestar suas condolências e desse o fora antes que soubessem que ele estivera ali. Era isso que uma pessoa com um pingo de bom senso teria feito. Abee tinha certeza de que Dawson era esperto o bastante para saber que Ted tinha vontade de matá-lo todas as vezes que se olhava no espelho e via o nariz torto.

De qualquer forma, Abee estava pouco se lixando com o que pudesse acontecer a Dawson. Só não queria que Ted criasse problemas desnecessários. Já era bem difícil manter seus negócios com os agentes federais, a polícia estadual e o xerife se metendo. Já se fora o tempo em que as autoridades tinham medo dos Cole. Agora os tiras tinham helicópteros, cães, infravermelhos e agentes infiltrados por todo lado. Ele precisava pensar nessas coisas e não contava com ninguém mais para isso.

A questão era que Dawson era muito mais inteligente do que os viciados em metanfetamina com que Ted costumava lidar. Podiam dizer o que quisessem do primo, mas o fato era que ele tinha arrancado o couro de Ted e do pai – e os dois estavam armados. Isso significava alguma coisa. Dawson não tinha medo de Ted nem de Abee e estaria preparado para enfrentá-los. Podia ser impiedoso se necessário, e isso deveria bastar para que Ted segurasse a onda. Mas não bastaria, porque Ted simplesmente era incapaz de manter a cabeça no lugar.

A última coisa de que Abee precisava era que o irmão voltasse para a cadeia. Com metade da família viciada e propensa a fazer besteiras, ele era mais do que necessário. Mas, se Abee não conseguisse evitar que Ted perdesse o controle ao ver Dawson, era bem provável que acabasse diante do juiz outra vez. Pensar nisso fez seu estômago queimar, o que só piorou o enjoo.

Abee se inclinou para a frente e vomitou na rua. Limpou a boca com as costas da mão e observou Dawson finalmente dobrar a esquina e sumir de vista. Ted não havia saído da loja. Abee ficou aliviado e decidiu não contar ao irmão o que tinha visto. Voltou a tremer, a barriga pegando fogo. Deus, ele estava um trapo! Quem poderia imaginar que aquele cara tivesse um estilete?

Ele nem pretendia matar o sujeito, só queria dar um recado a ele ou a qualquer outra pessoa que pudesse estar pensando o que não devia sobre Candy. Mas da próxima vez não correria riscos. Quando começasse a bater com seu taco, seria para não parar mais. Ele teria cuidado – sempre era cuidadoso quan-

61

do podia haver problemas com a lei –, mas todos precisavam entender que sua namorada era "zona proibida". Aqueles caras não deveriam nem olhar para ela ou lhe dirigir a palavra, quanto mais ficar achando que poderiam comê-la. Candy provavelmente ficaria irritada com isso, mas precisava entender que agora pertencia a ele. E a última coisa que Abee queria era ter que estragar aquele rostinho lindo para deixar isso claro.

⚜

Candy não sabia ao certo o que fazer a respeito de Abee Cole. Tinham saído juntos algumas vezes e agora ele provavelmente achava que mandava nela. Mas Abee era homem e Candy já havia sacado, muito tempo atrás, qual era a dos homens, até mesmo os mais cabeças-duras como ele. Ela podia ter apenas 24 anos, mas se virava sozinha desde os 17 e já havia aprendido que, desde que deixasse soltos seus longos cabelos louros e usasse *aquele olhar*, poderia levar os caras a fazer praticamente qualquer coisa que quisesse. Sabia fazer um homem se sentir fascinante, por mais chato que ele fosse. E, no decorrer dos últimos sete anos, isso havia sido muito útil. Candy tinha um Mustang conversível, cortesia de um velho que conhecera em Wilmington, e uma pequena estátua de Buda, supostamente de ouro, que deixava no batente da janela e tinha sido presente de um chinês encantador de Charleston. Ela sabia que, se dissesse a Abee que estava ficando sem dinheiro, ele provavelmente lhe daria algum e se sentiria um rei por isso.

Mas, por outro lado, isso talvez não fosse uma boa ideia. Ela não era daquela região e não sabia quem eram os Cole ao chegar a Oriental, alguns meses atrás. Quanto mais descobria a respeito da família, mais insegura se sentia quanto a deixar Abee se aproximar. Não por Abee ser um criminoso. Ela saíra de uma relação de alguns meses com um traficante de cocaína em Atlanta levando quase 20 mil dólares e ele ficara tão satisfeito com o acordo quanto ela. Parte do problema era o desconforto que sentia quando Ted estava por perto.

Abee geralmente aparecia junto com o irmão e, francamente, Ted a assustava. Não só por conta da pele esburacada e dos dentes marrons, mas principalmente pela sua... *energia*. Quando Ted sorria para ela, havia uma espécie de alegria malévola em sua expressão, como se não conseguisse decidir se queria lhe dar um beijo ou estrangulá-la e achasse as duas opções igualmente prazerosas.

Ted lhe dava arrepios desde o início, mas ela era obrigada a admitir que quanto mais conhecia Abee, mais se preocupava com a possibilidade de os dois serem farinha do mesmo saco. Abee andava um pouco... *possessivo* ultimamente, o que estava começando a assustá-la. Para ser franca, Candy achava que já era hora de seguir em frente. Pegar o carro e ir para o norte, para Virgínia, ou para o sul, para a Flórida, tanto fazia. Se pudesse, iria embora no dia seguinte, mas ainda não tinha dinheiro para a viagem. Nunca havia sido boa em economizar, mas imaginava que, se desse um bom trato nos clientes do bar naquele fim de semana e fizesse tudo direito, até domingo poderia ganhar o suficiente para dar o fora dali antes mesmo que Abee Cole percebesse.

O carro de entregas saiu da faixa central para o acostamento e voltou enquanto Alan Bonner tentava não derramar o café no copo que prendia entre as pernas ao mesmo tempo que tirava um cigarro do maço batendo-o contra a coxa. O rádio tocava alto uma música country sobre um homem que havia perdido seu cachorro, ou queria um cachorro, ou sabe-se lá o quê. A letra nunca era tão importante quanto a batida e aquela canção tinha uma batida *e tanto*. Somando-se a isso o fato de ser sexta-feira – o que significava apenas mais sete horas de trabalho antes de um longo e glorioso fim de semana –, ele já estava de bom humor.

– Não é melhor abaixar isso? – perguntou Buster.

Buster Tibson era o funcionário recém-contratado da empresa e este era o único motivo para ele estar naquela van. O rapaz havia passado a semana inteira fazendo perguntas ou reclamando. Era de enlouquecer.

– Por quê? Você não gosta desta música?

– O manual diz que ouvir o rádio alto pode distrair o motorista. Ron fez questão de mencionar isso quando me contratou.

Esse era outro aspecto irritante em Buster. Ele era certinho até dizer chega. Devia ser por isso que Ron o contratara.

Alan conseguiu tirar um cigarro do maço e o prendeu entre os dentes. A porcaria do isqueiro estava bem no fundo do seu bolso e ele precisou prestar atenção para não derramar café enquanto tentava fisgá-lo.

– Não se preocupe. Hoje é sexta-feira, lembra?

Buster não pareceu satisfeito com a resposta e, quando Alan olhou em sua direção, percebeu como a camisa do rapaz estava engomada. Sem dúvida ele havia se certificado de que Ron notasse isso. Provavelmente também entrara no escritório do chefe com um bloquinho e uma caneta na mão, para poder anotar tudo o que ele dizia enquanto aproveitava para elogiá-lo.

E que raio de nome era aquele? Esse era outro problema. Que tipo de pai chamaria o filho de Buster?

A van tornou a passar no acostamento enquanto Alan finalmente conseguia pegar seu isqueiro.

– Ei, onde você arranjou esse nome, Buster? – perguntou ele.

– É um nome comum na minha família. Da parte da minha mãe – respondeu Buster, fechando a cara. – Quantas entregas nós temos hoje?

Buster passara a semana inteira fazendo a mesma pergunta e Alan ainda não tinha conseguido entender por que o número exato era tão importante. Eles entregavam biscoitos, amendoins, batatas fritas e vários tipos de tira-gostos para postos de gasolina e lojas de conveniência. O segredo era não fazer o trajeto rápido demais, ou Ron simplesmente aumentaria a quantidade de trabalho. Alan tinha aprendido isso no ano anterior e não voltaria a cometer o mesmo erro. Sua rota já cobria todo o condado de Pamlico, o que significava dirigir sem parar ao longo das estradas mais entediantes do mundo. Até o momento, esse era de longe o melhor emprego que Alan já tivera. Bem melhor do que construção civil, jardinagem, lavar carros ou qualquer coisa que havia feito desde que terminara o ensino médio. Ali havia ar fresco soprando pela janela, música tão alta quanto ele quisesse e nenhum chefe por perto. O salário também não era ruim.

Alan fez uma concha com as mãos, dirigindo com os cotovelos enquanto acendia o cigarro. Soprou a fumaça pela janela aberta.

– Bastante. Teremos sorte se conseguirmos terminar.

Buster se virou para a janela do carona, falando baixinho:

– Então talvez fosse melhor não demorarmos tanto no almoço.

Aquele moleque era um pé no saco. E era isso que ele era, um moleque, mesmo que fosse mais velho do que Alan. Bem, a última coisa que queria era que Buster fosse falar com Ron que ele estava fazendo corpo mole.

– A questão não é o almoço – falou Alan, tentando parecer sério. – A questão é atendermos bem os clientes. Não dá pra entrar nas lojas, deixar as caixas e sair correndo. A gente tem que conversar com as pessoas. Nosso trabalho é garantir que os clientes fiquem satisfeitos. É por isso que sempre sigo as regras tim-tim por tim-tim.

– Fumando, por exemplo? Você sabe que é proibido fumar nos carros de entregas.

– Todo homem tem seu vício.

– E quanto ao rádio no último volume?

Ah! Aquele moleque obviamente tinha uma lista de reclamações. Alan teve que pensar rápido:

– Eu só fiz isso por você. Como uma espécie de comemoração. Estamos no final da sua primeira semana e você fez um ótimo trabalho. E, quando terminarmos hoje, com certeza vou dizer isso a Ron.

Ouvir o nome de Ron foi suficiente para calar Buster por alguns minutos, o que não pareceu muito tempo, mas, depois de uma semana na estrada com aquele cara, qualquer silêncio já era lucro. Alan estava louco para que o dia acabasse. Na semana seguinte, voltaria a ter a van só para ele, graças a Deus.

E quanto àquela noite? Era sua chance de começar bem o fim de semana, o que significava se esforçar ao máximo para apagar Buster da mente. Iria ao Tidewater, que ficava nos arredores da cidade e era basicamente o único lugar das redondezas que oferecia algum tipo de vida noturna. Beberia algumas cervejas, jogaria um pouco de sinuca e, se tivesse sorte, talvez aquela garçonete gata até estivesse no bar. Ela usava uma calça jeans justa que destacava todos os pontos certos e se inclinava exibindo o top minúsculo sempre que lhe entregava uma cerveja, o que a deixava com um sabor muito melhor. Alan faria o mesmo nas noites de sábado e domingo, também, supondo que sua mãe tivesse planos com Leo, seu namorado de longa data, e não passasse em sua casa, como havia feito na noite anterior.

Alan não conseguia entender por que ela não se casava logo com Leo. Assim, talvez tivesse mais o que fazer, além de dar incertas no filho adulto. Só não queria que a mãe esperasse que ele lhe fizesse companhia no fim de semana, o que simplesmente não iria acontecer. E daí se ele estivesse meio de ressaca na segunda-feira? A essa altura, Buster já estaria em seu próprio carro de entregas e, se isso não era motivo para comemorar, ele não sabia o que seria.

Marilyn Bonner se preocupava com Alan.

Não o tempo todo, é claro, e ela se esforçava ao máximo para controlar essa preocupação – afinal de contas, o filho era adulto. Marilyn sabia que ele tinha idade suficiente para tomar as próprias decisões. Mas ela era mãe. Acreditava que o maior problema de Alan era ele sempre escolher o caminho mais fácil, que não levava a lugar nenhum, em vez de tentar o caminho mais árduo, que teria maiores chances de render bons frutos. Incomodava-lhe que ele levasse a vida mais como um adolescente do que como um homem de 27 anos. Na noite anterior, quando Marilyn passara em sua casa, ele estava jogando videogame e a convidara para jogar com ele. Parada diante da porta, ela se perguntara como aquela pessoa que parecia não conhecê-la nem um pouco era seu filho.

Ainda assim, ela sabia que poderia ser pior. Muito pior. No fim das contas, não tinha do que reclamar de Alan. Ele era gentil, tinha um emprego e nunca se envolvia em problemas, o que já era muito bom nos dias de hoje. As pessoas podiam dizer o que quisessem, mas ela lia os jornais e ouvia os boatos que corriam pela cidade. Sabia que muitos dos amigos do filho – jovens que ela conhecia desde crianças, alguns de famílias até *melhores* do que a sua – haviam se afundado nas drogas, bebiam demais ou tinham ido parar na cadeia. Fazia sentido, levando-se em conta o lugar em que moravam. Muitas pessoas glorificavam o estilo de vida das cidades pequenas, mas a realidade era bem diferente. Com exceção dos médicos, dos advogados ou das pessoas que tinhas seus próprios negócios, não havia empregos com bons salários em Oriental, nem em qualquer cidade pequena, por sinal. E, embora em vários aspectos elas fossem o lugar ideal para crianças, as perspectivas para os jovens eram poucas. Não havia – nem nunca haveria – cargos de gerente de nível médio naquele tipo de cidade, ou muito que fazer nos fins de semana, ou pessoas novas para conhecer. Marilyn não conseguia entender por que Alan continuava morando ali, mas, desde que ele estivesse feliz e se sustentasse, ela estava disposta a facilitar as coisas para o filho – mesmo que isso significasse comprar um trailer para lhe dar um empurrãozinho.

Não, ela não tinha ilusões quanto ao tipo de cidade que Oriental era. Nesse sentido, Marilyn não se parecia em nada com os outros "aristocratas" da cidade, mas, por outro lado, perder o marido quando se é uma jovem mãe de dois filhos costuma mudar a perspectiva de uma pessoa. Ser uma Bennett e ter cursado a Universidade da Carolina do Norte não impedira que os banqueiros tentassem executar a hipoteca da fazenda. Seu sobrenome ou seus contatos tampouco a ajudaram a sustentar a família nas horas difíceis. Seu belo diploma em economia não a poupara de nada.

No fim das contas, era tudo uma questão de dinheiro. A única coisa que importava era o que uma pessoa *fazia*, não quem ela pensava que *fosse*, e por isso Marilyn não conseguia mais engolir a pose de Oriental. Atualmente, ela preferiria contratar um emigrante trabalhador a uma pessoa da alta sociedade com diploma de uma universidade de renome, que acreditaria que o mundo lhe deve uma boa vida. Essa simples ideia provavelmente seria considerada blasfêmia por pessoas como Evelyn Collier ou Eugenia Wilcox, mas há tempos Marilyn via Evelyn, Eugenia e sua laia como dinossauros, pessoas que se agarravam a um mundo que já não existia. Recentemente, ela chegara a expressar esse pensamento em uma reunião na Câmara Municipal. No passado, isso teria causado enorme burburinho, mas o negócio de Marilyn era um dos poucos que prosperavam na cidade e ninguém estava em condições de dizer muita coisa – mesmo Evelyn Collier e Eugenia Wilcox.

Nos anos que se passaram desde a morte de David, ela havia aprendido a dar muito valor à sua tão suada independência. Aprendera também a confiar em seus instintos e hoje gostava de estar no controle da própria vida, sem as expectativas de ninguém para atravancar seu caminho. Imaginava ser esse o motivo de sempre rejeitar os insistentes pedidos de casamento de Leo. Ele era de Morehead City, trabalhava como contador, era inteligente e bem de vida. Marilyn gostava de sua companhia e, o que era mais importante, Leo a respeitava e as crianças o adoraram desde o início. Emily e Alan não conseguiam entender por que ela continuava a dizer não.

Mas Leo sabia que sua resposta não mudaria e não via problemas nisso, pois, na verdade, a maneira como as coisas estavam era confortável para ambos. Eles provavelmente iriam ao cinema à noite no dia seguinte e, no domingo, Marilyn iria à igreja e depois ao cemitério visitar o túmulo de David, como fazia todos os fins de semana havia quase 25 anos. Mais tarde, encontraria Leo para jantarem. À sua maneira, ela o amava. Podia não ser um amor do tipo que as outras pessoas entendessem, mas não importava. O que Marilyn e Leo tinham era bom o suficiente para eles.

Do outro lado da cidade, Amanda tomava café à mesa da cozinha e se esforçava ao máximo para ignorar o silêncio da mãe. Ela estava esperando na sala quando Amanda chegou na noite anterior e começou um interrogatório antes mesmo que a filha pudesse se sentar.

Onde você estava? Por que demorou tanto? Por que não telefonou?
Ela havia telefonado, disse Amanda para refrescar sua memória. Mas, em vez de cair na armadilha da conversa incriminatória que a mãe obviamente planejava, apenas murmurou que estava com dor de cabeça e que precisava dormir. A julgar pelo humor da mãe naquela manhã, estava na cara que ela não havia gostado nem um pouco daquilo. Além de um rápido bom-dia quando Amanda entrara na cozinha, ela não falara mais nada. Em vez disso, tinha ido direto para a torradeira e, depois de pontuar seu silêncio com um suspiro, enfiara duas fatias de pão no aparelho. Enquanto o pão torrava, ela tornara a suspirar, só que um pouco mais alto.

Já entendi, Amanda teve vontade de dizer. *Você está chateada. Podemos parar com isso agora?* Em vez de falar, entretanto, bebericou seu café. Por mais que sua mãe tentasse irritá-la, ela não seria atraída para uma discussão.

Amanda ouviu o pão saltar na torradeira. Sua mãe abriu a gaveta e pegou uma faca, fechando-a ruidosamente em seguida. Começou a passar manteiga nas torradas.

– Está se sentindo melhor? – perguntou a mãe enfim, sem se virar.

– Estou, obrigada.

– Está pronta para me contar o que está acontecendo? Ou onde estava?

– Eu já disse, me atrasei para sair de casa. – Amanda se esforçou ao máximo para manter a voz tranquila.

– Tentei ligar para você, mas caía direto na caixa postal.

– Minha bateria descarregou. – Essa mentira havia ocorrido a Amanda na noite anterior, enquanto voltava para casa. A mãe era muito previsível.

Evelyn pegou seu prato.

– Foi por isso que não ligou para Frank?

– Eu falei com ele ontem, mais ou menos uma hora depois que ele chegou do trabalho – disse Amanda, apanhando o jornal da manhã e correndo os olhos pelas manchetes com uma casualidade calculada.

– Bem, ele também ligou para cá.

– E?

– Ficou surpreso que você ainda não tivesse chegado – falou sua mãe, bancando a detetive. – Disse que, pelo que sabia, você tinha saído por volta das duas da tarde.

– Tive que resolver uma coisa antes de vir – disse ela. As mentiras estavam vindo de um jeito fácil até demais, pensou, mas, por outro lado, Amanda tinha bastante prática.

– Ele me pareceu preocupado.

Não, ele pareceu estar bebendo, pensou Amanda, duvidando de que Frank ao menos se lembrasse da ligação. Ela se levantou e pegou um pouco mais de café.

– Mais tarde eu ligo para ele.

Sua mãe se sentou.

– Eu tinha sido convidada para jogar bridge ontem à noite.

Então essa era a questão, pensou Amanda. Ou pelo menos parte dela. A mãe era viciada em bridge e jogava com o mesmo grupo de mulheres fazia quase 30 anos.

– A senhora deveria ter ido.

– Não pude, porque sabia que você estava vindo e achei que fôssemos jantar juntas. – Sua mãe se empertigou na cadeira. – Eugenia Wilcox teve que me substituir.

Eugenia Wilcox vivia mais adiante naquela mesma rua, em outra mansão histórica tão exuberante quanto a de Evelyn. Embora supostamente fossem amigas (as duas se conheciam desde que nasceram), sempre houvera uma espécie de rivalidade tácita entre as duas, uma disputa de quem tinha a melhor casa, o melhor jardim e tudo o que se pudesse imaginar, incluindo qual delas fazia o melhor bolo de chocolate.

– Desculpe, mamãe – disse Amanda, sentando-se de volta. – Eu deveria ter ligado para a senhora.

– Eugenia não sabe nada sobre leilão e acabou com o jogo. Martha Ann já me ligou para reclamar. Mas, enfim, eu disse a ela que você estava na cidade, daí uma coisa levou a outra e ela nos convidou para jantar hoje à noite.

Amanda franziu a testa e largou a xícara de café.

– A senhora não aceitou o convite, aceitou?

– É claro que sim.

A imagem de Dawson lampejou em sua cabeça.

– Não sei se vou ter tempo – improvisou ela. – Acho que vai haver alguma cerimônia para Tuck mais tarde.

– Você acha que vai haver uma cerimônia? Como assim? Ou vai haver ou não vai.

– Quero dizer que não tenho certeza se vai haver ou não. O advogado não me deu detalhes sobre o funeral quando ligou.

– Que estranho, não? Ele não falar nada.

Talvez, pensou Amanda. *Mas não mais do que o fato de Tuck ter dado um jeito para que Dawson e eu jantássemos na sua casa ontem à noite.*

– Tenho certeza de que ele está fazendo o que Tuck queria.

Ao ouvir o nome de Tuck, sua mãe correu os dedos pelo colar de pérolas que usava. Amanda nunca a havia visto sair do quarto sem maquiagem e joias, e aquela manhã não era exceção. Evelyn Collier sempre fora o espírito aristocrata em pessoa e sem dúvida continuaria a ser até o dia da sua morte.

– Ainda não entendo por que você veio até aqui para isso. Até parece que conhecia o falecido.

– Eu o conhecia, mamãe.

– Conheceu anos atrás. Quero dizer, se você ao menos ainda morasse na cidade, talvez eu até entendesse. Mas não havia o menor motivo para fazer uma viagem só para isso.

– Eu vim prestar minhas condolências.

– A reputação dele não era das melhores, sabia? Muita gente o achava louco. O que vou dizer para as minhas amigas quando for explicar por que você está aqui?

– Não sei por que a senhora teria que dizer alguma coisa.

– Porque elas vão perguntar.

– E por que fariam isso?

– Porque acham você *interessante*.

Amanda detectou algo no tom de voz da mãe que não entendeu muito bem. Enquanto tentava decifrar o que era, acrescentou um pouco de creme a seu café.

– Não sabia que eu era um assunto tão popular – observou ela.

– Não é tão surpreendente assim, se você pensar bem. Você quase nunca vem aqui com Frank e as crianças. O que posso fazer se elas acham isso estranho?

– Nós já tivemos essa conversa antes – falou Amanda, incapaz de esconder a irritação. – Frank trabalha e as crianças estudam, mas isso não significa que eu não possa vir. É normal uma filha viajar para visitar a mãe.

– E, às vezes, não visitar. É isso que elas acham estranho, se você quer saber.

– Do que a senhora está falando? – perguntou Amanda, estreitando os olhos.

– Do fato de você vir a Oriental quando sabe que não vou estar na cidade. E de ficar na minha casa sem nem ao menos me avisar. – Ela nem se deu o trabalho de disfarçar a hostilidade antes de prosseguir. – Você achava mesmo que eu não soubesse? Como quando fiz aquele cruzeiro no ano passado? Ou quando fui visitar minha irmã em Charleston no ano anterior? A cidade é pequena, Amanda. As pessoas a viram. Minhas amigas. O que não entendo é por que você achou que eu não fosse descobrir.

– Mamãe…

– Não – disse ela, erguendo a mão muito bem cuidada. – Eu sei muito bem por que você veio. Posso estar mais velha, mas não fiquei cega. Por que outro motivo viria para o funeral? É óbvio que veio encontrá-lo. E foi isso que fez todas aquelas vezes em que me disse que ia fazer compras, não foi? Ou quando disse que ia visitar sua amiga? Você mentiu para mim durante todo esse tempo.

Amanda baixou os olhos e ficou calada. Não havia nada que pudesse dizer.

Em meio ao silêncio, ouviu um suspiro. Quando a mãe finalmente voltou a falar, sua voz havia perdido a rispidez:

— Quer saber de uma coisa? Eu também venho mentindo para você, Amanda, e estou cansada disso. Mas ainda sou sua mãe e você pode conversar comigo.

— Sim, mamãe. — Ela ouviu o eco da adolescente petulante que tinha sido e odiou-se por isso.

— Tem alguma coisa acontecendo com as crianças que eu deva saber?

— Não. As crianças estão ótimas.

— Então é com Frank?

Amanda girou a asa da xícara de café para o outro lado.

— Quer conversar a respeito? — perguntou a mãe.

— Não — respondeu Amanda em tom monocórdio.

— Posso ajudar de alguma forma?

— Não.

— O que está havendo com você, Amanda?

Por algum motivo, a pergunta a fez pensar em Dawson e, por um instante, ela se viu de volta à cozinha de Tuck, desfrutando a atenção dele. Foi então que Amanda soube que só o que queria era vê-lo novamente, quaisquer que fossem as consequências.

— Não sei — murmurou ela enfim. — Gostaria de saber, mas não sei.

Depois que Amanda subiu para tomar banho, Evelyn Collier ficou parada na varanda dos fundos, observando a fina camada de neblina que pairava sobre o rio. Desde a infância, essa era uma de suas partes preferidas do dia. Naquela época, não morava à beira do rio, mas perto do moinho do pai, porém nos fins de semana costumava caminhar até a ponte. Às vezes passava horas sentada lá, observando o sol dissipar a neblina pouco a pouco. Harvey sabia que ela sempre quisera morar à beira do rio, por isso havia comprado aquela casa poucos meses depois do casamento. Naturalmente, ele a comprara do pai por uma mixaria — a família Collier era dona de várias propriedades na época —, de modo que não foi nenhum grande sacrifício, mas isso não tinha importância. O importante era que seu marido lhe dava atenção.

Evelyn desejou que ele ainda estivesse vivo, nem que fosse apenas para conversarem sobre Amanda. Quem poderia dizer o que estava acontecendo com a filha ultimamente? Mas, por outro lado, Amanda sempre fora um mistério, mesmo quando criança. Era decidida e, desde que aprendera a andar, se mostrara tão teimosa quanto uma mula. Se a mãe lhe dissesse que ficasse por perto, ela ia para longe na primeira oportunidade; se lhe pedisse que vestisse uma roupa bonita, Amanda descia as escadas saltitante usando algo que achara largado no fundo do armário. Quando a filha era pequena, Evelyn e o marido ainda conseguiam mantê-la sob controle – afinal de contas, ela era uma Collier, as pessoas tinham expectativas em relação a ela. Mas quando Amanda chegou à adolescência... Deus era testemunha! Foi como se o diabo tivesse entrado no corpo da filha. Primeiro, ela se envolveu com Dawson Cole – um *Cole*! – e depois começou a mentir, a sair escondida de casa, a ficar emburrada o tempo todo e a ter uma resposta na ponta da língua sempre que a mãe tentava colocar um pouco de juízo naquela cabeça. O cabelo de Evelyn chegou a ficar grisalho de tanto estresse e, embora Amanda não soubesse, não fosse por um estoque constante de bourbon, ela não imaginava como teria conseguido suportar aqueles anos terríveis.

Assim que eles conseguiram separá-la daquele garoto Cole e Amanda foi para a faculdade, as coisas começaram a melhorar. Seguiram-se alguns anos bons, estáveis, e ela adorou ser avó, é claro. O que aconteceu com a garotinha foi triste, ela era apenas um bebê e uma criatura linda, mas o Senhor nunca prometeu a ninguém uma vida sem atribulações. Ora, a própria Evelyn havia sofrido um aborto um ano antes de Amanda nascer. Ainda assim, ela ficou feliz que Amanda tivesse sido capaz de dar a volta por cima – Deus sabe como sua família precisava dela – e até de se dedicar a um trabalho beneficente. Evelyn teria preferido algo um pouco menos *desgastante*, como a liga infantil de beisebol, por exemplo, mas o hospital da Universidade Duke era uma instituição louvável e ela não se importava de contar às amigas sobre os almoços que a filha organizava, ou mesmo sobre o trabalho que ela realizava lá.

Ultimamente, contudo, Amanda parecia estar voltando aos velhos hábitos, mentindo como uma adolescente. As duas nunca tinham sido muito próximas e fazia tempo que Evelyn já se resignara ao fato de que provavelmente nunca fossem. A história de que mães e filhas são sempre grandes amigas era mito, mas a amizade era muito menos importante do que os laços familiares. Amigos iam e viam; a família sempre estaria presente. Não, elas não trocavam confidências, mas em geral trocar confidências era apenas uma forma de reclamar, o que, na maioria das vezes, era perda de tempo. A vida era complicada. Sempre fora e sempre seria, era assim que a banda tocava. Então, qual o sentido de reclamar? Ou você fazia algo a respeito ou não fazia – e, de qualquer forma, teria de viver com a decisão que tomasse.

Não era preciso ser nenhum gênio para perceber que Amanda e Frank vinham tendo problemas. Evelyn não tinha visto Frank muitas vezes no último ano, pois Amanda quase sempre vinha sozinha. E Evelyn se lembrava de que o genro gostava um pouco demais de cerveja. Por outro lado, o próprio pai de Amanda adorava seu bourbon, e nenhum casamento era um mar de rosas. Houve alguns anos em que ela mal conseguia ver a cara de Harvey, quanto mais querer continuar casada com ele. Se Amanda tivesse perguntado, Evelyn teria confessado isso, e também teria dito à filha que a grama do vizinho nem sempre é mais verde. O que os mais

71

jovens não entendiam era que a grama ficava mais verde quando regada, o que significava que tanto Frank quanto Amanda precisavam pegar seus regadores se quisessem consertar as coisas. Porém a filha não havia perguntado nada.

Isso era uma pena, porque Evelyn poderia ter lhe dito que ela estava apenas trazendo mais problemas a um casamento já abalado – e que mentir era parte disso. Porque, se Amanda estava mentindo para a própria mãe, não era difícil supor que estivesse para Frank também. E quando as mentiras começavam, até onde podiam ir? Evelyn não sabia ao certo, mas Amanda estava claramente confusa, e as pessoas cometem erros quando estão assim. O que significava, é claro, que ela precisaria ficar muito alerta durante aquele fim de semana, Amanda gostasse ou não.

Dawson estava na cidade.

Ted Cole estava sentado nos degraus da entrada de seu casebre, fumando um cigarro e olhando preguiçosamente para as árvores de carne. Era assim que ele as chamava depois que os garotos voltavam da caça. Duas carcaças de veado, já sem os órgãos internos e o couro, estavam amarradas nos galhos envergados. Moscas zumbiam e subiam pela carne enquanto as vísceras se amontoavam no chão.

A brisa matinal fazia as carcaças em putrefação girar um pouco e Ted deu outra longa tragada em seu cigarro. Tinha visto Dawson e sabia que Abee também o vira. Mas o irmão mentira a respeito, o que o deixava quase tão irado quanto o descaramento de Dawson de aparecer por ali.

Estava começando a ficar cansado do irmão. Cansado de receber ordens, de se perguntar para onde ia todo o dinheiro da família. Era uma questão de tempo até Abee acabar do lado errado do cano de uma arma. Seu querido irmão andava descuidado ultimamente. Aquele cara com o estilete quase o matara, algo que nunca teria acontecido alguns anos antes. Ou mesmo agora, se Ted estivesse presente, mas Abee não lhe dissera o que estava tramando, o que era apenas mais um sinal de como seu irmão estava ficando relapso. Aquela namoradinha tinha virado a cabeça dele – Candy, ou Cammie, ou sabe-se lá como se chamava. Sim, a garota tinha um rosto bonito e um corpo que Ted não se importaria de levar um bom tempo explorando, mas era mulher e as regras eram simples: se quisesse alguma coisa delas, você pegava; se elas criassem caso ou começassem a ficar abusadas, você mostrava quem estava no comando. Talvez fosse preciso mais de uma lição, mas, no fim das contas, todas entendiam o recado. Abee parecia ter se esquecido disso.

E tinha mentido bem na cara dele. Ted atirou a guimba do cigarro para longe da varanda, pensando que ele e Abee iriam ter uma conversa muito séria em breve, sem a menor dúvida. Mas primeiro o mais importante: Dawson tinha que pagar. Fazia muito tempo que Ted esperava por isso. Por causa de Dawson, seu nariz era torto e sua mandíbula tivera que ser presa com arame. Por causa de Dawson, um imbecil tinha feito uma piada sobre a situação de Ted que custara nove anos de sua vida. Ninguém o ferrava e saía impune. Ninguém. Nem Dawson, nem Abee. Ninguém. Além do mais, essa era a chance que ele vinha esperando havia muito, muito tempo.

Ted se virou e voltou para dentro de casa. O casebre tinha sido construído na virada do século e a única lâmpada existente ali, que pendia de um fio no teto, mal dissipava as sombras. Tina, sua filha de 3 anos, estava empoleirada no sofá velho em frente à tevê, assistindo a algo da Disney. Ella passou andando pela menina sem dizer nada. Na cozinha, uma camada grossa de gordura de bacon incrustava a frigideira e Ella voltou a dar de comer para o bebê, que gritava em seu cadeirão com o rosto coberto de algo amarelo e pegajoso. Ella tinha 20 anos, quadril estreito, cabelo castanho fino e muitas sardas. O vestido que usava não escondia a protuberância em sua barriga. Sete meses de gravidez e exausta. A jovem estava sempre exausta.

Ela se virou para Ted assim que ele pegou as chaves na bancada:

– Vai sair?

– Não se meta nos meus assuntos – disse ele.

Quando ela lhe deu de novo as costas, ele fez um carinho na cabeça do bebê e seguiu para o quarto. Pegou uma pistola sob o travesseiro e a enfiou na cintura, sentindo-se empolgado como se tudo estivesse certo no mundo.

Estava na hora de resolver aquilo de uma vez por todas.

7

Quando Dawson voltou de sua corrida, vários hóspedes bebericavam café na sala de estar, lendo jornais. Enquanto subia as escadas até seu quarto, ele sentiu o cheiro de bacon com ovos que vinha da cozinha. Depois de tomar um banho, vestiu uma calça jeans e uma camisa de mangas curtas e desceu para tomar o café da manhã.

Quando chegou à mesa, a maioria dos hóspedes já havia comido, de modo que não teve companhia. Apesar de ter corrido, não estava com muita fome, mas a dona da pousada – uma sessentona chamada Alice Russell, que se mudara para Oriental fazia oito anos, após se aposentar – encheu seu prato. Dawson teve a impressão de que ela ficaria desapontada se ele não comesse tudo. Alice tinha um jeito de avó, com direito a vestido e avental xadrez.

Enquanto Dawson comia, Alice explicou que, como muitas pessoas, ela e o marido tinham se mudado para Oriental depois de aposentados para poderem velejar. O marido, no entanto, se entediara e eles acabaram comprando aquela pousada. Para surpresa de Dawson, ela o chamava de "Sr. Cole", sem dar nenhum sinal de reconhecê-lo, mesmo depois de ele ter mencionado que havia crescido na cidade. Estava na cara que ainda era uma forasteira.

Mas a família dele continuava por lá. Dawson tinha visto Abee em frente à loja de conveniência e, assim que dobrara a esquina, ele se esgueirara por entre algumas casas e voltara para a pousada, evitando a estrada principal sempre que possível. A última coisa que queria era arrumar problemas com a família, principalmente com Ted e Abee, mas tinha a sensação inquietante de que aquele assunto não estava resolvido.

De qualquer forma, ainda precisava fazer uma coisa. Assim que terminou de comer, pegou as flores que havia encomendado na Louisiana e entrou no carro alugado. Enquanto dirigia, ficou de olho no retrovisor, certificando-se de que ninguém o estivesse seguindo.

Como esperava, o cemitério estava deserto. Foi passando pelas lápides conhecidas, a caminho do túmulo do Dr. David Bonner. Deixou as flores na base da lápide e fez uma pequena oração pela família. Alguns minutos mais tarde, já fazia o percurso de volta à pousada. Ao sair do carro, olhou para cima. O céu azul se estendia até o horizonte e já começava a fazer calor. A manhã estava bonita demais para ser desperdiçada, então ele decidiu caminhar.

O sol refletia nas águas do rio Neuse e ele colocou seus óculos escuros. Enquanto atravessava a rua, correu os olhos pela vizinhança. Embora as lojas estivessem abertas, as calçadas estavam bastante vazias e Dawson se perguntou como os lojistas conseguiam sobreviver.

Conferiu o relógio e viu que ainda faltava meia hora para seu compromisso. Mais adiante, notou a cafeteria pela qual havia passado mais cedo, durante a corrida. Embora não quisesse tomar mais café, comprar uma garrafa d'água seria uma boa ideia. Sentindo a brisa aumentar enquanto se dirigia para lá, viu a porta da cafeteria se abrir e ficou observando enquanto uma pessoa saía. Um sorriso surgiu em seu rosto quase imediatamente.

Amanda estava diante do balcão do Bean, acrescentando creme e açúcar a uma xícara de café. O Bean, que um dia fora uma pequena casa com vista para o cais, oferecia agora cerca de 20 tipos de café, além de doces deliciosos, e ela gostava de dar uma passada por ali sempre que visitava Oriental. Assim como o Irvin's, aquele era um lugar em que os moradores se reuniam para saber tudo o que estava acontecendo na cidade. Às suas costas, dava para ouvir o burburinho das conversas. Embora o horário de pico matinal já tivesse passado, a loja estava mais cheia do que ela esperava. A atendente de 20 e poucos anos atrás do balcão não tinha parado nem um segundo desde que Amanda chegara. Ela precisava desesperadamente de café. A discussão com a mãe a deixara abatida. Enquanto estava no banho, por um instante chegara a cogitar voltar à cozinha e tentar uma conversa de verdade. Porém, quando acabou de se secar, já havia mudado de ideia. Por mais que esperasse que Evelyn pudesse se transformar na mãe compreensiva e encorajadora que ela tantas vezes desejara, era mais fácil imaginar a expressão de espanto e decepção que faria ao ouvir o nome de Dawson. E o sermão viria logo em seguida, sem dúvida um replay de todas as broncas indignadas que Amanda tinha ouvido durante a adolescência. Afinal, a mãe era uma mulher apegada aos valores tradicionais. As decisões eram boas ou ruins, as escolhas eram certas ou erradas e alguns limites nunca deveriam ser cruzados. Havia regras de conduta inegociáveis, sobretudo no que dizia respeito à família. Amanda as conhecia muito bem, sabia desde sempre quais eram as crenças da mãe. Ela dava muito valor à responsabilidade, acreditava que suportar as consequências dos próprios atos era uma lição e não tolerava lamúrias. Amanda sabia que isso nem sempre era ruim. Havia adotado um pouco dessa mesma filosofia com os filhos e acreditava que tivesse sido bom para eles.

A diferença era que sua mãe sempre parecia totalmente segura a respeito de tudo. Sempre se sentia confiante quanto a quem era e com relação às escolhas que fazia, como se a vida fosse uma música e ela só precisasse acompanhar o ritmo, na certeza de que tudo seguiria conforme o planejado. Ela muitas vezes pensava que a mãe não tinha um só arrependimento na vida.

Mas Amanda não era assim. Também não conseguia se esquecer da reação da mãe à doença e à morte de Bea. Ela havia expressado sua solidariedade, é claro, e tomado conta de Jared e Lynn muitas vezes enquanto a neta mais nova estava no Centro de Oncologia Pediátrica do hospital da Universidade Duke, e até chegara a preparar-lhes uma refeição ou outra nas semanas que se seguiram ao funeral. Mas Amanda nunca conseguiu entender como a mãe aceitara de forma tão resignada toda a situação, tampouco engolir o sermão que lhe passara três meses depois da morte de Bea, dizendo que Amanda precisava "dar a volta por cima" e "parar de sentir pena de si mesma". Como se perder uma filha fosse tão simples quanto terminar um namoro. Ela ainda sentia a raiva invadi-la sempre que pensava no assunto e às vezes se perguntava se a mãe seria capaz de sentir algum tipo de compaixão.

Ela suspirou, tentando se lembrar de que o mundo da mãe era diferente do dela. A mãe nunca tinha ido à faculdade nem morado em qualquer outro lugar que não fosse Oriental. Talvez isso explicasse alguma coisa. Ela aceitava as situações porque não tinha com o que compará-las. E, a julgar pelo pouco que ela contara a Amanda a respeito da própria criação, a família da mãe havia sido tudo, menos amorosa. Mas quem poderia saber? Sua única certeza era que fazer da mãe sua confidente causaria tantos problemas que não valeria a pena e, naquele momento, ela não estava preparada para isso.

Enquanto Amanda colocava a tampa no copo de café, seu celular tocou. Quando viu que era Lynn, saiu em direção à pequena varanda e passaram os minutos seguintes conversando. Depois, Amanda ligou para o celular de Jared, acordando-o e ouvindo seus resmungos sonolentos. Antes de desligar, o filho disse que estava louco para encontrá-la no domingo. Ela desejou poder ligar para Annette também, mas se consolou com a ideia de que ela muito provavelmente estaria se divertindo à beça na colônia de férias.

Após alguns instantes de hesitação, também telefonou para o consultório de Frank. Não tivera a chance de fazê-lo antes, apesar do que dissera à mãe. Como sempre, teve que esperar até que ele tivesse um minuto livre entre um paciente e outro.

– Olá – disse ele ao atender.

Durante a conversa, Amanda deduziu que ele não se lembrava de ter ligado para Oriental na noite anterior. De qualquer forma, parecia feliz em ouvir a voz da esposa. Perguntou sobre a sogra e Amanda lhe disse que as duas jantariam juntas mais tarde. Ele contou que planejava jogar golfe com o amigo Roger e que depois talvez assistissem ao jogo de futebol americano no clube. A experiência dizia a Amanda que esse programa inevitavelmente envolveria bebidas, mas ela tentou conter sua raiva repentina, sabendo que provocá-lo não adiantaria nada. Frank perguntou sobre o funeral e o que mais ela planejava fazer na cidade. Embora tivesse respondido às perguntas de forma honesta – ela ainda não sabia ao certo –, percebeu que estava evitando mencionar Dawson. Frank não pareceu notar nada de estranho, mas, quando os dois terminaram de conversar, ela sentiu um claro desconforto causado pela culpa. Junto com a raiva que já estava sentindo, isso bastou para deixá-la estranhamente inquieta.

Dawson esperou sob a sombra de uma magnólia até Amanda guardar seu celular na bolsa. Achou ter notado um quê de preocupação em seu rosto, mas, enquanto ela ajeitava a alça no ombro, sua expressão voltou a ficar indecifrável.

Amanda usava uma calça jeans e a primeira coisa que ele notou ao caminhar em sua direção foi que a blusa azul-turquesa destacava seus olhos. Imersa nos próprios pensamentos, ela levou um susto quando o reconheceu.

– Oi – disse ela, abrindo um sorriso. – Não esperava vê-lo por aqui.

Dawson subiu até a varanda, observando-a passar a mão no rabo de cavalo bem penteado.

– Estava indo comprar uma água antes da nossa reunião.

– Não quer um café? – perguntou Amanda, indicando a loja atrás de si. – É o melhor da cidade.

– Já tomei no café da manhã.

– Você foi ao Irvin's? Tuck adorava aquele lugar.

– Não. Comi na pousada em que estou hospedado. O café da manhã está incluído e Alice já havia preparado tudo.

– Alice?

– É a dona, uma supermodelo que fica andando de maiô o dia inteiro. Você não tem motivo para ficar com ciúme.

Ela deu uma risada.

– Sei. Como foi sua manhã?

– Boa. Corri um pouco e dei uma olhada na cidade.

– E?

– É como fazer uma viagem no tempo. Estou me sentindo como Michael J. Fox em *De volta para o futuro*.

– É um dos encantos de Oriental. Quando você está aqui, é fácil fingir que o restante do mundo não existe e que todos os seus problemas vão simplesmente desaparecer.

– Você está parecendo uma propaganda da Secretaria de Turismo.

– Este é um dos *meus* encantos.

– Um de muitos, tenho certeza.

Quando Dawson falou isso, ela voltou a perceber a intensidade de seu olhar. Não estava acostumada a ser olhada daquele jeito – pelo contrário, sentia-se praticamente invisível enquanto cumpria suas tarefas cotidianas. Porém, antes que ela tivesse a chance de ficar realmente constrangida, Dawson meneou a cabeça em direção à porta.

– Vou comprar aquela garrafa d'água, se não se importa.

Ele entrou e, de onde estava, Amanda notou a maneira como a bela atendente de 20 e poucos anos tentou não encarar Dawson enquanto ele se encaminhava para a geladeira. Quando ele se aproximou dos fundos da loja, a moça conferiu a própria aparência no espelho que havia atrás do balcão e então o cumprimentou com um sorriso simpático diante da caixa. Amanda se virou depressa, antes que ele a visse olhando.

Um minuto depois, Dawson saía pela porta, ainda tentando terminar sua conversa com a atendente. Amanda teve que se esforçar para não rir. Então, sem falar nada, ambos decidiram sair da varanda. Acabaram seguindo para um local com uma vista melhor da marina.

– A garota no balcão estava paquerando você – comentou ela.

– Ela só estava sendo simpática.

– Não, ela deixou bem claro que não era só isso.

Ele deu de ombros enquanto desenroscava a tampa da garrafa.

– Nem percebi.

– Como pôde não perceber?

– Estava pensando em outra coisa.

Pela maneira como Dawson falou, ela percebeu que havia algo mais, então esperou. Ele estreitou os olhos na direção da fileira de barcos que balançavam na marina.

– Vi Abee hoje de manhã – disse ele enfim. – Durante a minha corrida.

Amanda ficou tensa ao ouvir aquele nome.

– Tem certeza de que era ele?

– Ele é meu primo, lembra?

– E o que aconteceu?

– Nada.

– O que é bom, certo?

– Ainda não sei bem.

Amanda ficou mais tensa.

– Como assim?

Ele não respondeu de imediato. Em vez disso, tomou um gole d'água e Amanda quase pôde ouvir o som de engrenagens girando em sua cabeça.

– Imagino que eu deva me esforçar ao máximo para não ser visto. Fora isso, acho que vou dançar conforme a música.

– Talvez eles não façam nada.

– Talvez – concordou Dawson. – Até agora está tudo bem, não é? – Ele tampou a garrafa, mudando de assunto: – O que você acha que o Sr. Tanner tem a nos dizer? Ele foi bem misterioso quando me telefonou. Não quis me contar nada sobre o funeral.

– Também não me disse muita coisa. Era exatamente sobre isso que eu estava conversando com minha mãe mais cedo.

– É mesmo? E como vai sua mãe?

– Ela estava um pouco chateada por ter perdido seu jogo de bridge ontem à noite. Mas, para compensar, teve a gentileza de me coagir a jantar na casa de uma amiga dela hoje.

Ele sorriu.

– Então… isso significa que você está livre até a hora do jantar?

– Por quê? O que você tem em mente?

– Não sei. Vamos descobrir o que o Sr. Tanner tem a dizer primeiro. O que me faz lembrar que já deveríamos estar a caminho. O escritório dele é aqui perto.

Amanda firmou a tampa de seu café e os dois começaram a descer a calçada, indo de sombra em sombra.

– Você se lembra de quando me convidou para tomar um sorvete? – perguntou ela. – Daquela primeira vez?

– Eu me lembro de ter me perguntado por que você aceitou.

Ela ignorou o comentário.

– Você me levou até a mercearia, aquela que tinha uma máquina de sorvete antiga e um balcão longo, e nós dois pedimos sundaes com cobertura de chocolate. O sorvete era feito lá mesmo, até hoje é o melhor que já tomei. Não acredito que aquele lugar acabou fechando.

– Aliás, quando foi isso?

– Não sei. Uns seis ou sete anos atrás, talvez? Um dia, durante uma das minhas visitas, simplesmente percebi que ela não estava mais lá. Fiquei triste. Costumava levar meus filhos lá quando eram pequenos e eles sempre se divertiam.

Dawson tentou visualizar as crianças sentadas ao lado de Amanda na mercearia, mas não conseguia imaginar seus rostos. Será que elas se pareciam com Amanda? Ou com o pai? Será que tinham o vigor da mãe, sua generosidade?

– Você acha que seus filhos teriam gostado de crescer aqui? – perguntou ele.

– Quando mais novos, sim. É uma cidade linda, com muitos lugares para brincar e explorar. Mas, depois de crescidos, provavelmente a achariam pequena demais.

– Como você?

– É – disse ela. – Como eu. Mal podia esperar para ir embora. Não sei se você se lembra, mas eu me candidatei a universidades em Boston e em Nova York só para ter a experiência de viver em uma cidade grande.

– Como eu poderia esquecer? As duas pareciam ficar tão longe daqui – falou Dawson.

– Sim, bem... meu pai estudou na Duke, eu cresci ouvindo histórias sobre a universidade, assistia às partidas de basquete do time na tevê. Acho que já estava basicamente decidido que, se eu passasse, seria para lá que acabaria indo. E, no fim das contas, foi a escolha certa, porque era uma ótima instituição. Fiz muitos amigos e amadureci enquanto estudava lá. Além do mais, não sei se teria gostado de morar em Nova York ou em Boston. No fundo, ainda sou uma garota do interior. Gosto de ouvir as cigarras quando vou dormir.

– Então gostaria da Louisiana. É a capital mundial dos insetos.

Ela sorriu antes de bebericar o café.

– Você se lembra da vez em que pegamos o carro e descemos o litoral, quando o furacão Diana estava vindo? De como fiquei implorando que você me levasse, enquanto você tentava me dissuadir da ideia?

– Achei que você estivesse louca.

– Mas me levou assim mesmo. Porque eu queria. O vento era tão forte que foi difícil até sair do carro. E o mar estava simplesmente... enfurecido. Até o horizonte, tudo o que se via eram as cristas brancas das ondas. E você ficou parado ali, me abraçando, tentando me convencer a voltar para o carro.

– Não queria que se machucasse.

– Quando você está na plataforma, acontecem tempestades como aquela?

– Com menos frequência do que você imagina. Se estivermos no trajeto previsto, geralmente somos evacuados.

– Geralmente?

Ele encolheu os ombros.

– Às vezes os meteorologistas erram. Já estive bem perto de alguns furacões e é de dar medo. Você fica à mercê da natureza e tudo o que pode fazer é buscar abrigo enquanto a plataforma balança, sabendo que ninguém irá resgatá-lo se ela desabar. Vi alguns homens enlouquecerem nesses momentos.

– Acho que eu enlouqueceria também.

– Você me pareceu bem tranquila quando o furacão Diana estava chegando – observou ele.

– Isso foi porque você estava lá. – Amanda desacelerou o passo. Seu tom de voz ficou sério. – Sabia que não deixaria acontecer nada comigo. Sempre me senti segura ao seu lado.

– Mesmo quando meu pai e meus primos apareciam na casa de Tuck? Para pegar o dinheiro deles?

– Mesmo nessas horas – respondeu ela. – Sua família nunca mexeu comigo.

– Você teve sorte.

– Não sei, não – disse Amanda. – Quando estávamos namorando, eu via Ted ou Abee na cidade de vez em quando. Às vezes seu pai. Bem, eles me olhavam com aqueles sorrisos maliciosos quando passavam por mim, mas nunca me deixaram nervosa. E mais tarde, depois que Ted foi preso, quando eu vinha para cá durante o verão, Abee e seu pai mantinham distância. Acho que sabiam o que você faria se algo acontecesse comigo. – Ela parou debaixo da sombra de uma árvore e o encarou. – De modo que não, nunca tive medo deles. Nem uma vez. Porque eu tinha você.

– Está me superestimando.

– Sério? Quer dizer que teria deixado sua família me fazer mal?

Dawson não precisou responder. Pela expressão de seu rosto, Amanda pôde perceber que estava certa.

– Eles sempre tiveram medo de você, sabia? Até mesmo Ted. Porque o conheciam tão bem quanto eu.

– Você tem medo de mim?

– Não é isso que eu quero dizer – falou ela. – Eu sabia que você me amava e que seria capaz de tudo por mim. E, em parte, foi por isso que sofri tanto quando você terminou comigo, Dawson. Porque, mesmo naquela época, eu sabia como esse tipo de amor é raro. Só os mais felizardos chegam a conhecê-lo.

Por um instante, Dawson pareceu ficar sem palavras.

– Sinto muito – disse enfim.

– Eu também – falou Amanda, sem se dar o trabalho de esconder a antiga tristeza. – Eu era uma das felizardas, lembra?

Quando chegaram ao escritório de Morgan Tanner, Dawson e Amanda se sentaram na pequena sala de espera de piso de madeira desgastado, poltronas puídas e mesas de canto cheias de revistas antigas. A recepcionista, que parecia velha o bastante para viver há anos da previdência social, lia um romance. Pensando bem, não havia muito mais o que fazer. Durante os 10 minutos em que eles aguardaram, o telefone não tocou uma só vez.

Finalmente a porta se abriu, revelando um senhor de idade com uma basta cabeleira branca, duas taturanas grisalhas no lugar das sobrancelhas e um terno amarrotado. Ele os convidou à sua sala com um gesto.

– Amanda Ridley e Dawson Cole, imagino? – Ele apertou as mãos dos dois. – Sou Morgan Tanner. Minhas condolências. Sei que deve ser um momento difícil.

– Obrigada – disse Amanda.

Dawson apenas meneou a cabeça.

Tanner os conduziu até duas cadeiras de couro de espaldar alto.

– Por favor, sentem-se. Não devemos demorar muito.

O escritório de Tanner não era nada parecido com a sala de espera. Tinha estantes de mogno repletas de livros de direito bem arrumados e vista para a rua. A mesa, antiga e em estilo rebuscado, tinha entalhes minuciosos e exibia o que provavelmente era um abajur caro. Havia ainda uma urna de nogueira no centro da mesa, bem em frente às duas cadeiras de couro.

– Peço desculpas pelo atraso. Fiquei preso em uma ligação, resolvendo alguns detalhes de última hora. – Ele continuou falando enquanto revirava a mesa. – Imagino que estejam se perguntando o porquê de tanto segredo, mas era assim que Tuck queria. Ele era muito insistente e, quando colocava uma coisa na cabeça, não mudava de ideia. – Ele os analisou por baixo das sobrancelhas cerradas. – Mas suponho que já saibam disso.

Amanda lançou um olhar para Dawson enquanto Tanner se sentava e pegava a pasta à sua frente.

– Também agradeço por terem conseguido vir. Pelo jeito como Tuck falava de vocês dois, sei que ele também teria ficado feliz por isso. Estou certo de que têm perguntas, então começarei logo. – Ele abriu um breve sorriso, revelando dentes surpreendentemente retos e brancos. – Como já sabem, o corpo de Tuck foi descoberto na manhã de quinta-feira por Rex Yarborough.

– Quem? – perguntou Amanda.

– O carteiro. Parece que ele fazia questão de ir lá para ver como Tuck estava. Quando bateu à porta, ninguém atendeu. Mas ela estava destrancada e, ao entrar, ele encontrou Tuck na cama. Telefonou para o xerife e, depois que foi constatado que não havia ocorrido nenhum crime, o xerife ligou para mim.

– Por que ele ligou para o senhor? – perguntou Dawson.

– Foi Tuck quem pediu. Ele havia informado ao departamento de polícia que eu era seu testamenteiro e que deveria ser contatado após sua morte.

– Assim parece até que ele sabia que estava morrendo.

– Creio que tivesse alguma noção de que seu tempo era curto – falou Tanner. – Tuck Hostetler tinha vivido bastante, não sentia medo de encarar a idade avançada. – Ele balançou a cabeça. – Só espero que eu seja tão organizado e decidido quanto ele quando minha hora estiver chegando.

Amanda e Dawson voltaram a se entreolhar, mas não disseram nada.

– Insisti que ele lhes informasse seus últimos desejos e planos, mas, por algum motivo, ele preferiu manter segredo. Continuo sem saber explicar por quê. – O tom de voz de Tanner era quase paternal. – Ele também deixou bem claro que gostava muito de vocês.

– Sei que não é importante, mas como vocês se conheceram? – perguntou Dawson, inclinando-se para a frente em sua cadeira.

Tanner assentiu, como se já esperasse a pergunta.

– Conheci Tuck 18 anos atrás, quando levei um Mustang clássico para ele restaurar. Na época, eu era sócio de uma firma grande em Raleigh. Mas, resumindo, passei alguns dias aqui para acompanhar a restauração. Só conhecia Tuck de nome e não confiava o suficiente nele. Enfim, acabamos nos conhecendo melhor e eu me dei conta de que gostava do ritmo de vida daqui. Algumas semanas depois, quando finalmente voltei para pegar o carro, fiquei boquiaberto com a qualidade do trabalho e Tuck me cobrou bem menos do que eu esperava. Passaram-se 15 anos, eu estava me sentindo esgotado e então resolvi me mudar para cá e me aposentar. Só que não consegui. Mais ou menos um ano depois, abri um pequeno escritório. Nada de mais, basicamente testamentos e uma ou outra venda de imóvel. Não preciso trabalhar, mas o escritório me mantém ocupado. E minha mulher adora o fato de eu passar algumas horas fora de casa. Enfim, acabei topando com Tuck no Irvin's certa manhã e lhe disse que, se um dia precisasse de alguma coisa, era só pedir. Então, em fevereiro passado, para minha grande surpresa, ele apareceu aqui.

– Por que você em vez de…

– Outro advogado da cidade? – perguntou Tanner, terminando a frase para Dawson. – Tenho a impressão de que ele preferia alguém que não tivesse muitos vínculos em Oriental. Não confiava muito no sigilo advogado-cliente, mesmo quando lhe garanti que isso era incondicional. Algo mais que eu talvez não tenha explicado?

Quando Amanda balançou a cabeça, ele puxou a pasta para mais perto de si e colocou seus óculos de leitura.

– Então vamos começar. Tuck deixou instruções quanto à maneira como queria que eu cuidasse das coisas. Essas instruções incluíam sua vontade de que não houvesse um funeral tradicional. Em vez disso, ele solicitou que eu providenciasse para que seu corpo fosse cremado e, conforme seu desejo em relação ao momento em que isso seria feito, a cremação ocorreu ontem. – Tanner apontou para a urna sobre a mesa, deixando claro que ela continha as cinzas de Tuck.

Amanda ficou pálida:

– Mas nós chegamos ontem.

– Eu sei. Ele pediu que eu resolvesse esse assunto antes da chegada de vocês.

– Tuck não queria que estivéssemos presentes?

– Ele não queria que ninguém estivesse presente.

– Por que não?

– Tudo o que posso dizer é que ele foi bastante claro em suas instruções. Mas, se tivesse que arriscar um palpite, eu diria que Tuck considerava que seria desagradável para vocês ter de tomar qualquer uma dessas providências. – Ele pegou uma folha na pasta e a ergueu no ar. – Citarei as palavras que ele usou: "Não há o menor motivo para que minha morte seja um fardo para eles." – Tanner tirou os óculos e se recostou na cadeira, tentando avaliar as reações dos dois.

– Em outras palavras, não haverá funeral, é isso? – perguntou Amanda.

– No sentido tradicional, não.

Amanda se virou para Dawson. Então tornou a se voltar para Tanner:

– Então por que ele quis que nós viéssemos até aqui?

– Porque gostaria que fizessem outra coisa para ele, algo mais importante do que a cremação. Basicamente, Tuck pediu que vocês dois espalhassem suas cinzas em um lugar que ele considerava muito especial, um lugar que, aparentemente, nenhum de vocês dois chegou a visitar.

Amanda levou alguns instantes para entender de que lugar ele estava falando.

– A cabana dele em Vandemere? – disse ela, por fim.

– Isso mesmo – confirmou Tanner. – Amanhã seria ideal, no horário que preferirem. Naturalmente, se não se sentirem confortáveis com isso, eu mesmo cuidarei do assunto. Preciso ir até lá, de qualquer forma.

– Não, amanhã está ótimo – falou Amanda.

Tanner pegou um pedaço de papel.

– O endereço está aqui. Tomei a liberdade de imprimir um mapa. O local é um pouco afastado, como vocês podem imaginar. E tem outro detalhe: ele me pediu que lhes entregasse isto – falou Tanner, tirando três envelopes lacrados de dentro da pasta. – Como podem ver, dois deles trazem seus nomes. Tuck me pediu que vocês primeiro lessem o conteúdo do envelope que está em branco, em algum momento antes da cerimônia.

– Cerimônia? – repetiu Amanda.

– Quero dizer, antes de espalharem as cinzas – disse ele, entregando-lhes o mapa e os envelopes. – E, naturalmente, sintam-se à vontade para acrescentar qualquer coisa que queiram dizer durante a cerimônia.

– Obrigada – disse ela, pegando o material. Os envelopes pareciam estranhamente pesados, carregados de mistério. – Mas e quanto aos outros dois?

– Imagino que devam lê-los mais tarde.

– O senhor imagina?

– Tuck não especificou nada quanto a isso. Disse apenas que vocês saberão quando abrir as outras duas cartas depois de terem lido a primeira.

Amanda guardou os envelopes na bolsa, tentando digerir tudo o que Tanner lhes dissera. Dawson parecia igualmente perplexo.

Tanner tornou a examinar a pasta sobre a mesa.

– Alguma pergunta?

– Ele disse onde exatamente em Vandemere queria que as cinzas fossem espalhadas?

– Não – respondeu o advogado.

– Como vamos saber, se nunca estivemos no local?

– Fiz essa mesma pergunta a ele, mas Tuck parecia estar seguro de que vocês saberiam o que fazer.

– Ele tinha alguma hora do dia em mente?

– Também deixou a cargo de vocês. No entanto, enfatizou diversas vezes seu desejo de que a cerimônia permanecesse restrita. Pediu que eu me certificasse, por exemplo, de que os jornais não recebessem informação alguma a respeito de sua morte, nem mesmo um obituário. Tive a impressão de que ele não queria que ninguém, exceto nós três, sequer ficasse sabendo de seu falecimento. E me esforcei ao máximo para respeitar essa vontade. Naturalmente, a notícia se espalhou, apesar de minhas tentativas, mas gostaria que soubessem que fiz tudo o que estava a meu alcance.

– Tuck disse o porquê disso?

– Não – respondeu Tanner. – E também não perguntei. Àquela altura eu já havia entendido que, se ele não mencionasse algo por conta própria, provavelmente não iria me contar mesmo. – O advogado olhou para Amanda e para Dawson, esperando para saber se os dois tinham mais perguntas. Como ficaram calados, virou a primeira página da pasta. – Passando para a questão da propriedade, vocês dois sabem que Tuck não tinha familiares vivos. Entendo que a dor de vocês possa fazer crer que esta não é uma boa hora para falarmos sobre o testamento, mas Tuck me pediu que aproveitasse a presença dos dois aqui e os informasse do que pretendia fazer. Estão de acordo? – Quando ambos assentiram, Tanner prosseguiu: – Tuck tinha uma quantidade razoável de bens. Possuía terras, além de aplicações em diversas contas bancárias. Ainda estou trabalhando nos números, mas o que quero que saibam é o seguinte: ele pretendia que vocês pegassem tudo o que quisessem de seus bens pessoais, mesmo que fosse apenas um item. Seu único pedido foi que, se vocês estiverem em desacordo em relação a qualquer coisa, a resolvam ainda aqui. Vou lhes entregar o inventário dentro de alguns meses, mas, basicamente, o restante dos bens será vendido e o dinheiro será destinado ao Centro de Oncologia Pediátrica do hospital da Universidade Duke. – Tanner sorriu para Amanda. – Tuck achou que a senhora gostaria de saber disso.

– Estou sem palavras. – Ela conseguia sentir que Dawson estava alerta, apesar de calado. – Foi muita generosidade dele. – Amanda hesitou, mais abalada do que gostaria de admitir. – Ele... Imagino que ele soubesse quanto isso significaria para mim.

Tanner assentiu antes de folhear as páginas na pasta e finalmente deixá-las de lado.

– Creio que isso seja tudo, a não ser que consigam se lembrar de mais alguma coisa.

Não havia mais nada e, depois de se despedirem, Amanda se levantou, enquanto Dawson pegava a urna de nogueira de cima da mesa. Tanner também se levantou, mas não fez menção de acompanhá-los. Amanda seguiu com Dawson em direção à porta, notando sua expressão ficar carregada. Antes de os dois saírem, ele parou e deu meia-volta.

– Sr. Tanner?
– Sim?
– O senhor disse algo que me deixou intrigado.
– O quê?
– Que amanhã seria ideal.
– Exato.
– Pode me dizer por quê?

Tanner moveu a pasta para um dos cantos da mesa.

– Sinto muito – respondeu ele. – Não posso.

– O que foi essa reunião? – comentou Amanda.

Eles estavam andando em direção ao carro dela, ainda estacionado em frente ao café. Em vez de responder, Dawson colocou a mão no bolso.

– Quais são seus planos para o almoço? – perguntou ele.
– Não vai responder à minha pergunta?
– Não sei o que dizer. Tanner não me deu uma resposta.
– Mas por que você fez a pergunta, para início de conversa?

– Porque sou uma pessoa curiosa – disse ele. – Sempre tive curiosidade a respeito de tudo.

Ela atravessou a rua.

– Não – falou Amanda enfim. – Eu discordo. Pelo contrário, a vida inteira você se resignou a respeito de como as coisas são. Mas sei exatamente o que está fazendo agora.

– E o que estou fazendo?

– Tentando mudar de assunto.

Dawson não se deu o trabalho de negar. Em vez disso, mudou a urna de posição debaixo do braço.

– Você também não respondeu à minha pergunta.

– Qual?

– Eu lhe perguntei quais eram seus planos para o almoço. Porque, se estiver livre, conheço um lugar ótimo.

Ela hesitou, pensando nas fofocas típicas de uma cidade pequena, mas, como sempre, Dawson conseguiu ler seus pensamentos.

– Confie em mim – falou ele. – Sei exatamente aonde ir.

Meia hora depois, eles estavam na propriedade de Tuck, sentados à beira do rio sobre uma manta que Amanda havia pegado num armário. No caminho até lá, Dawson comprara sanduíches no Brantlee's Village Restaurant, além de garrafas d'água.

– Como você sabia? – perguntou ela, retomando a velha forma de comunicação entre os dois.

Amanda se lembrava de como Dawson entendia seus pensamentos antes mesmo de eles serem expressos em palavras. Quando eles eram jovens, uma breve olhadela ou o mais sutil dos gestos muitas vezes bastavam para demonstrar um mundo de ideias e emoções.

– Sua mãe e todo mundo que ela conhece ainda moram na cidade. Você é casada e eu sou alguém que esteve no seu passado. Não foi tão difícil perceber que talvez não fosse uma boa ideia sermos vistos passando a tarde juntos.

Amanda ficou feliz por ele entender, mas, quando Dawson tirou dois sanduíches da sacola, não pôde deixar de sentir uma pontada de culpa. Tentou se convencer de que estavam apenas almoçando juntos, mas sabia muito bem que a verdade não era tão simples assim.

Dawson não pareceu notar.

– Peru ou salada de frango? – perguntou ele, estendendo-lhe os dois sanduíches.

– Tanto faz – respondeu Amanda. Então, mudando de ideia: – Salada de frango.

Ele lhe entregou o sanduíche e uma garrafa d'água. Amanda correu os olhos ao redor, saboreando aquela paz. Nuvens finas cruzavam o céu e, perto da casa, ela viu dois esquilos brincarem enquanto subiam um carvalho. Uma tartaruga tomava banho de sol em um tronco na margem oposta do riacho. Aquele era o tipo de ambiente em que Amanda havia sido criada, mas, depois de tanto tempo, ele lhe parecia estranhamente alheio, o oposto do mundo em que vivia agora.

– O que achou da reunião? – perguntou Dawson.
– Tanner me pareceu um bom homem.
– E quanto às cartas que Tuck escreveu? Alguma ideia?
– Depois do que ouvi esta manhã? Nem de longe.

Dawson assentiu enquanto desembalava seu sanduíche e ela fez o mesmo.
– Centro de Oncologia Pediátrica, hã?

Ela meneou a cabeça, pensando automaticamente em Bea.
– Eu disse que era voluntária no hospital da Universidade Duke. Às vezes também arrecado fundos para eles.
– Sim, mas você não tinha dito em que parte do hospital trabalhava – respondeu Dawson, seu sanduíche fora da embalagem mas ainda intocado.

Ela percebeu a curiosidade na voz de Dawson e sabia que ele estava esperando que dissesse mais alguma coisa. Girou, distraída, a tampa da sua garrafa d'água e falou:
– Frank e eu tivemos uma garotinha três anos depois que Lynn nasceu. – Ela se deteve, reunindo forças, mas sabendo que, de certa forma, dizer aquelas palavras para Dawson não seria tão embaraçoso nem doloroso quanto costumava ser com outras pessoas. – Descobrimos que havia um tumor no cérebro de nossa filha quando ela tinha 18 meses. Era inoperável e, apesar da dedicação de uma equipe incrível de médicos e dos funcionários do Centro de Oncologia Pediátrica, ela morreu seis meses depois. – Amanda desviou o olhar para o riacho, sentindo a dor que conhecia tão bem, uma tristeza que iria durar para sempre.

Dawson estendeu a mão para apertar a sua.
– Como ela se chamava? – perguntou com brandura.
– Bea – disse Amanda.

Os dois ficaram um bom tempo calados, apenas ouvindo o som das águas do córrego e o farfalhar das folhas das árvores. Amanda não sentiu necessidade de dizer mais nada e Dawson tampouco esperava que ela o fizesse. Amanda sabia que Dawson entendia perfeitamente o que ela estava sentindo e teve a sensação de que ele também sofria, mesmo que fosse por não ter podido ajudá-la.

Depois de comerem, eles cataram os restos do piquenique, pegaram a manta e começaram a voltar para a casa. Dawson entrou junto com Amanda, observando-a desaparecer dentro do quarto para guardar a manta. Ela parecia um pouco na defensiva, como se tivesse medo de ter cruzado um limite. Dawson pegou dois copos do armário da cozinha e serviu um pouco de chá. Quando Amanda voltou, ele lhe ofereceu um.

– Você está bem? – perguntou.

– Estou – respondeu ela, pegando o copo. – Tudo bem.

– Desculpe-me se aborreci você.

– Não foi isso – disse Amanda. – É só que falar sobre Bea ainda é difícil para mim às vezes. E este fim de semana está sendo... cheio de surpresas.

– Para mim também – concordou ele, apoiando-se no balcão. – Como você quer fazer?

– Fazer o quê?

– Dar uma olhada pela casa. Para ver se tem algo que queiramos levar.

Amanda deu um suspiro e torceu para que seu nervosismo não fosse tão óbvio.

– Não sei. Por algum motivo, me parece errado.

– Não deveria. Tuck queria que nos lembrássemos dele.

– Eu vou me lembrar dele de qualquer maneira.

– OK, então vou reformular meu pensamento: ele quer ser mais do que apenas uma lembrança. Quer que tenhamos um pedaço dele e deste lugar também.

Ela bebericou o chá. Dawson provavelmente tinha razão, mas, naquele momento, a ideia de revirar as coisas de Tuck para encontrar um suvenir era estranha.

– Vamos esperar um pouco. Você se importa?

– Não. Quando você estiver preparada. Quer sentar um pouco lá fora?

Ela assentiu e o seguiu até a varanda dos fundos, onde se sentaram nas velhas cadeiras de balanço de Tuck. Dawson apoiou o copo na perna.

– Imagino que Tuck e Clara costumassem fazer isso bastante – comentou ele. – Simplesmente sentar aqui e ficar observando o mundo passar.

– É bem capaz.

Ele se virou para Amanda:

– Fico feliz que você viesse visitá-lo. Detestava a ideia de que ele ficasse sempre sozinho aqui.

Ela sentiu a umidade do copo suado na mão.

– Você sabe que ele via Clara? Depois que ela morreu...

Dawson franziu as sobrancelhas.

– Como assim?

– Ele jurava que Clara ainda estava por aqui.

Por um instante, Dawson se lembrou das imagens e dos movimentos que andava vislumbrando.

– Ele via Clara? O que quer dizer com isso?

– Exatamente o que eu disse. Ele a via e conversava com ela – respondeu Amanda.

Dawson pestanejou.

– Tuck acreditava estar vendo um espírito?

– Ué, ele nunca contou para você?

– Ele não falava sobre Clara comigo.

Amanda arregalou os olhos.

– Nunca?

– A única coisa que ele me contou foi o nome dela.

Então Amanda pôs o copo de lado e começou a narrar algumas das histórias que Tuck lhe contara ao longo dos anos. Ele tinha largado a escola aos 12 anos e conseguido um emprego na oficina do tio; havia conhecido Clara na igreja aos 14 anos e, no mesmo instante, tivera certeza de que iria se casar com ela; sua família inteira, inclusive o tio, se mudara para o norte em busca de emprego no início da Grande Depressão e nunca mais voltara. Amanda falou dos primeiros anos do casamento de Tuck com Clara, incluindo o primeiro aborto que ela sofrera, e como o amigo trabalhara pesado para o pai de Clara na fazenda da família enquanto construía à noite a casa em que eles estavam agora. Revelou que Clara sofrera mais dois abortos depois da guerra e falou sobre quando Tuck abriu sua oficina e, pouco a pouco, no começo da década de 1950, começou a restaurar carros, incluindo um Cadillac cujo dono era um rapaz muito promissor chamado Elvis Presley. Quando Amanda chegou à morte de Clara e a Tuck conversando com seu espírito, Dawson já havia tomado o chá e estava encarando o copo, sem dúvida tentando relacionar aquelas histórias ao homem que conhecera.

– Não acredito que ele nunca tenha lhe contado nada disso – falou Amanda, impressionada.

– Deve ter tido seus motivos. Talvez gostasse mais de você.

– Duvido – disse ela. – É que eu o conheci no final da vida. Você o conheceu quando ele ainda estava sofrendo.

– Pode ser – falou Dawson, não muito convencido.

– Você era importante para Tuck – prosseguiu Amanda. – Ora, ele o deixou morar aqui. Não uma vez, mas duas. – Quando Dawson finalmente assentiu, ela largou o copo. – Mas posso fazer uma pergunta?

– Qualquer coisa.

– Sobre *o que* vocês conversavam?

– Carros. Motores. Câmbios. Às vezes falávamos sobre o tempo.

– Devia ser fascinante – brincou ela.

– Você nem imagina. Mas, na época, eu também não era muito de conversar.

Ela se inclinou para perto dele, subitamente determinada.

– Bem, então agora nós dois sabemos tudo sobre Tuck e você sabe tudo sobre mim. Mas ainda não sei nada sobre você.

– Claro que sabe. Eu lhe contei ontem. Trabalho em uma plataforma de petróleo, moro em uma casinha simples no interior, ainda tenho o mesmo carro, não saio com ninguém.

Com um movimento suave, quase sensual, Amanda jogou seu rabo de cavalo sobre o ombro.

– Conte algo que ainda não sei – provocou ela. – Algo a seu respeito que ninguém saiba. Algo que me surpreenderia.

– Não tenho muito o que contar – disse ele.

Ela o examinou com atenção.

– Por que será que eu não acredito?

Eu nunca esconderia nada de você, pensou Dawson.

– Não sei – acabou dizendo.

A resposta fez com que Amanda se calasse e começasse a remoer outro assunto.

– Ontem você disse algo que me deixou curiosa. – Quando Dawson a encarou com uma expressão intrigada, ela prosseguiu: – Como você sabia que Marilyn Bonner nunca mais se casou?

– Sabendo.

– Tuck contou?

– Não.

– Então como você sabe?

Ele entrelaçou as mãos e se recostou na cadeira de balanço. Se não respondesse àquela pergunta, Amanda simplesmente voltaria a fazê-la. Nesse sentido, ela também não havia mudado nada.

– Acho melhor começar do começo – falou ele com um suspiro. Então contou-lhe sobre os Bonner, sobre a visita que havia feito à casa de fazenda decadente de Marilyn tanto tempo atrás e sobre os anos de luta da família. Revelou também que começara a lhes mandar dinheiro de forma anônima logo depois de sair da prisão. E, finalmente, contou que contratava detetives particulares para se manter informado sobre a situação da família. Quando terminou, Amanda permaneceu calada, visivelmente sem reação.

– Estou sem palavras – disse enfim.

– Imaginei que fosse dizer isso.

– Estou falando sério, Dawson – falou ela, a irritação clara em sua voz. – Quero dizer, sei que há um lado nobre no que você está fazendo e tenho certeza de que isso fez diferença na vida da família. Mas também tem um lado triste. Você não consegue se perdoar por algo que foi um acidente. Todos cometem erros, mesmo que alguns sejam piores do que outros. Acidentes acontecem. Só que contratar alguém para segui-los... querer saber exatamente o que está acontecendo na vida deles... isso é errado.

– Você não entende... – ele começou a falar.

– Não, quem não entende é *você* – interrompeu ela. – Não acha que aquelas pessoas têm direito a alguma privacidade? Tirar fotos, vasculhar suas vidas...

– Não é assim que funciona – protestou Dawson.

– Ah, mas é! – exclamou Amanda, batendo no braço da cadeira. – E se eles um dia descobrirem? Pode imaginar como isso seria terrível? Como se sentiriam invadidos? – Para surpresa de Dawson, ela colocou a mão em seu braço, agarrando-o com firmeza, como se quisesse se certificar de que ele estava ouvindo. – Não estou dizendo que concordo com o que está fazendo com o dinheiro, isso é problema seu. Mas e o resto? Essa história de detetives? Isso tem que acabar. Você precisa me prometer que vai parar com isso, OK?

Dawson sentia o calor que irradiava do toque de Amanda.

– Está bem – falou por fim. – Prometo.

Ela o analisou, certificando-se de que estava dizendo a verdade. Pela primeira vez desde que o reencontrara, Dawson parecia quase cansado. Havia um quê de derrota em sua postura e, enquanto permaneciam sentados ali, Amanda se viu imaginando o que teria acontecido a ele se ela não tivesse ido embora naquele verão. Ou se o houvesse visitado na prisão. Queria acreditar que ela talvez tivesse feito alguma diferença, que Dawson pudesse então ter levado uma vida menos assombrada pelo passado. Que, se ele não chegasse a ser feliz, pelo menos conseguiria encontrar alguma paz – algo que, para ele, sempre fora tão difícil de alcançar.

Mas, por outro lado, ele não era o único naquela situação. Encontrar a paz não era o que todos queriam?

– Tenho outra confissão a fazer – disse ele. – Sobre a família Bonner.

Amanda sentiu o ar deixar seus pulmões.

– Mais?

Ele coçou um dos lados do nariz com a mão livre, como se quisesse ganhar tempo.

– Levei flores ao túmulo do Dr. Bonner hoje de manhã. Costumava fazer isso depois que saí da prisão. Quando tinha a sensação de que não ia aguentar mais, entende?

Amanda o encarou, imaginando se haveria outras surpresas, mas parecia que não.

– Isso não está no mesmo nível das outras coisas que você vem fazendo.

– Eu sei. Mas achei que deveria mencionar.

– Por quê? Porque queria minha opinião?

Ele encolheu os ombros.

– Talvez.

Ela demorou um pouco para responder.

– Não vejo problema quanto às flores – disse enfim. – Desde que você não exagere. É até... apropriado.

Dawson se virou para ela.

– É mesmo?

– Sim – falou Amanda. – Colocar flores no túmulo de Bonner demonstra que você se importa e não é um ato invasivo.

Ele assentiu, calado. Em silêncio, ela se aproximou um pouco mais.

– Sabe em que estou pensando? – perguntou Amanda.

– Depois de tudo o que contei, estou quase com medo de tentar adivinhar.

– Acho que você e Tuck são mais parecidos do que você imagina.

Dawson tornou a se virar para ela.

– Isso é bom ou ruim?

– Eu ainda estou aqui com você, não estou?

Quando o calor começou a ficar insuportável mesmo na sombra, Amanda sugeriu que voltassem para dentro da casa. A porta de tela se fechou atrás dos dois, batendo de leve.

– Preparada? – perguntou ele, correndo os olhos pela cozinha.

– Não – respondeu Amanda. – Mas acho que não tem jeito. Só para constar, isso ainda me parece errado. Nem sei por onde começar.

Dawson atravessou a cozinha antes de virar-se para encará-la.

– OK, vamos fazer o seguinte: quando você pensa na última vez que visitou Tuck, qual é a primeira coisa que lhe vem à cabeça?

– Foi igual a todas as outras vezes. Tuck falou sobre Clara, eu preparei o jantar para ele. – Amanda encolheu os ombros. – Coloquei uma manta sobre seus ombros quando ele pegou no sono na poltrona.

Dawson a levou até a sala de estar e meneou a cabeça na direção da lareira.

– Então talvez você devesse levar a fotografia.

Ela balançou a cabeça.

– Eu não poderia fazer isso.

– Prefere que ela acabe no lixo?

– Não, claro que não. Mas é você quem deveria levá-la. Conhecia Tuck melhor que eu.

– Não é verdade – falou Dawson. – Ele nunca me falou sobre Clara. E, quando você olhar para a fotografia, vai pensar nos dois, não só nele. Foi por isso que ele lhe contou a respeito dela.

Amanda pareceu hesitante, então Dawson foi até a lareira e pegou com cuidado o porta-retratos no console.

– Ele queria que esta foto fosse importante para você. Queria que eles dois fossem importantes para você.

Amanda estendeu a mão para pegar a fotografia, olhando fixamente para ela.

– Mas, se eu levar isso, o que vai sobrar para você? Quero dizer, não tem muita coisa aqui.

– Não se preocupe. Vi uma coisa que gostaria de levar para mim. – Ele caminhou em direção à porta. – Venha.

Amanda o seguiu descendo os degraus da varanda. Quando se aproximaram da oficina, ela entendeu: se a amizade entre ela e Tuck havia se forjado dentro da casa, fora na oficina que o laço entre Tuck e Dawson surgira. Antes mesmo que Dawson pegasse o que queria, Amanda já sabia o que seria.

Ele levou uma das mãos até o lenço descolorido dobrado com capricho em cima da bancada.

– Era com isso que ele queria que eu ficasse – disse.

– Tem certeza? – perguntou Amanda, estreitando os olhos para o quadrado de tecido vermelho. – Não é muita coisa.

– É a primeira vez que vejo um lenço limpo por aqui, então só pode ter sido deixado para mim. – Ele sorriu. – Mas, sim, tenho certeza. Para mim, isto é o Tuck. Acho que nunca o vi sem um lenço. E sempre da mesma cor.

– É mesmo – concordou ela. – Tuck era assim, não era? O Sr. Gosto-Desta-Rotina?

Dawson enfiou o lenço no bolso de trás da calça.

– Isso não é tão ruim. Quando as coisas mudam, nem sempre é para melhor.

As palavras pareceram pairar no ar e Amanda não respondeu. Em vez disso, ao vê-lo se recostar no Stingray, algo se reacendeu em sua memória e ela deu um passo na direção dele.

– Eu me esqueci de perguntar a Tanner o que fazer com o carro.

– Estava pensando em terminar o reparo. Aí Tanner poderia simplesmente ligar para o dono e pedir que viesse buscar o veículo.

– Sério?

– Pelo que vi, todas as peças estão aqui – disse ele. – E tenho certeza de que Tuck iria gostar se eu fizesse isso. Além do mais, você vai jantar com sua mãe, então não vou ter nada para fazer hoje à noite.

– Quanto tempo vai demorar? – perguntou Amanda, correndo os olhos pelas caixas de peças sobressalentes.

– Não sei. Algumas horas, talvez.

Ela voltou a atenção para o carro, percorrendo sua lateral antes de voltar a encarar Dawson.

– Tudo bem – disse enfim. – Precisa de ajuda?

Dawson abriu um sorriso torto.

– Você aprendeu a consertar motores desde a última vez em que nos vimos?

– Não.

– Posso cuidar disto depois que você for embora – falou ele. – Não é nada de mais. – Virando-se para o outro lado, ele gesticulou apontando para a casa. – Podemos voltar lá para dentro, se você preferir. Está bem quente aqui fora.

– Não quero que você precise trabalhar até tarde – disse Amanda e, como se um velho hábito voltasse, foi até o canto da bancada em que costumava ficar, tirou do caminho uma chave de roda velha e subiu, ajeitando-se. – Teremos um longo dia amanhã. Além do mais, sempre gostei de vê-lo trabalhar.

As palavras de Amanda soaram como uma promessa e Dawson teve a sensação de que os anos estavam retrocedendo até o ponto mais feliz de sua vida. Mas então desviou o olhar, lembrando a si mesmo que Amanda era casada. A última coisa de que precisava eram as complicações que podem surgir quando se tenta reescrever o passado. Ele inspirou fundo e foi mexer em uma caixa na outra ponta da bancada.

– Você vai ficar entediada. Isto vai demorar um pouco – falou ele, tentando esconder seus pensamentos.

– Não se preocupe comigo. Estou acostumada.

– A ficar entediada?

Ela puxou as pernas para cima.

– A ficar horas sentada aqui esperando você terminar para finalmente podermos sair e fazer algo divertido.

– Você deveria ter me falado.

– Quando não aguentava mais, eu falava. Mas sabia que Tuck não ia me deixar aparecer por aqui se tirasse você do trabalho toda hora. Era por isso também que não ficava puxando assunto com você o tempo todo.

O rosto de Amanda estava parcialmente escondido pelas sombras, e sua voz era um chamado sedutor. Tê-la sentada ali, como antes, falando com ele daquele jeito, trazia muitas lembranças.

Ele pegou um carburador de dentro da caixa, examinando-o. Era recondicionado, mas o trabalho tinha sido bem-feito. Deixou-o de lado para analisar a ordem de serviço. Então parou diante do carro, abriu o capô e se reclinou para olhar lá dentro. Quando ouviu Amanda pigarrear, virou-se para ela.

– Bem, Tuck não está por aqui – disse ela. – Então imagino que possamos conversar quanto quisermos, mesmo que você esteja trabalhando.

– OK. – Ele se ergueu e andou de volta à bancada. – Sobre o que você quer conversar?

Ela pensou no assunto.

– Está bem, que tal isto? Qual é sua lembrança mais forte do nosso primeiro verão juntos?

Ele estendeu a mão para pegar um jogo de chaves inglesas, refletindo sobre a pergunta.

– Eu me perguntando por que você ficava comigo.

– Estou falando sério.

– Eu também. Eu não tinha nada e você tinha tudo. Poderia ter namorado qualquer garoto. E, por mais que fôssemos discretos, mesmo naquela época eu sabia que só lhe causaria problemas. Não fazia sentido para mim.

Ela descansou o queixo nos joelhos, abraçando as pernas com mais força.

– Sabe do que me lembro? Da vez em que fomos de carro até Atlantic Beach e vimos todas aquelas estrelas-do-mar. Foi como se todas elas tivessem sido trazidas pela maré de uma só vez e nós andamos por toda a praia devolvendo-as à água. E, mais tarde, dividimos um hambúrguer com batatas fritas e ficamos vendo o sol se pôr. A gente deve ter passado umas 12 horas conversando sem parar.

Ela sorriu antes de prosseguir, sabendo que ele também se lembrava daquele dia.

– Era por isso que eu adorava ficar com você. Nós podíamos fazer coisas simples, como jogar estrelas-do-mar de volta na água, comer um hambúrguer e conversar, mas, mesmo naquela época, eu tinha noção da minha sorte. Porque você era o primeiro cara que não tentava me impressionar o tempo todo. Você se aceitava, mas, além disso, me aceitava do jeito que eu era. Então nada mais importava, nem a minha família nem a sua, nem qualquer outra pessoa no mundo. Bastávamos nós dois. – Ela se deteve. – Não sei se já cheguei a me sentir tão feliz quanto naquele dia, mas, pensando bem, era sempre assim quando estávamos juntos. Eu não queria que acabasse nunca.

Ele fitou os olhos de Amanda.

– Talvez não tenha acabado.

Foi então que Amanda entendeu, com o distanciamento que os anos e a maturidade trazem, quanto ele a amava naquela época. *E quanto ainda a amava agora*, algo sussurrou dentro dela. De repente, ela teve a estranha sensação de que tudo o que tinham vivido eram apenas os primeiros capítulos de um livro ainda sem conclusão.

Esse pensamento deveria tê-la assustado, mas não foi o que aconteceu. Em vez disso, ela correu a mão sobre o contorno de suas iniciais desgastadas gravadas na bancada fazia tantos anos.

– Foi para cá que eu vim quando meu pai morreu, sabia?

– Onde? Aqui? – Quando ela assentiu, Dawson voltou a pegar o carburador. – Achei que você tivesse dito que começou a visitar Tuck fazia poucos anos.

– Tuck não ficou sabendo. Nunca contei a ele.

– Por que não?

– Não pude. Foi a única maneira que encontrei de não desmoronar. Queria ficar sozinha. – Ela se interrompeu. – Foi cerca de um ano depois de Bea morrer e eu ainda estava tentando me recuperar quando minha mãe me ligou dizendo que papai tinha infartado. Não fazia o menor sentido. Eles haviam nos visitado em Durham na semana anterior. Quando me dei conta, estávamos colocando as crianças no carro e indo para o funeral. Dirigimos a manhã inteira e, ao chegarmos, minha mãe estava toda bem-vestida e foi logo me informando da reunião que teríamos na funerária. Quero dizer, ela mal demonstrou emoção. Parecia mais preocupada em encomendar as flores certas para a cerimônia e se certificar de que eu tinha chamado todos os parentes. Foi um pesadelo. No fim daquele dia, eu me senti tão... sozinha. Então saí da casa da minha mãe no meio da noite e fui dar uma volta de carro. Por algum motivo, acabei estacionando perto da estrada e vindo a pé para cá. Não sei explicar por quê. Mas me sentei e chorei pelo que pareceram horas.

Enquanto um turbilhão de lembranças voltava à tona, ela deu um suspiro. Então prosseguiu:

– Sei que meu pai nunca lhe deu uma chance, mas ele não era má pessoa. Sempre me dei melhor com ele do que com minha mãe e, à medida que fui ficando mais velha, nós nos aproximamos cada vez mais. Ele adorava meus filhos... principalmente Bea. – Ela ficou calada antes de finalmente dar um sorriso triste. – Você acha estranho? Quero dizer, eu ter vindo aqui quando ele morreu?

Dawson refletiu sobre a pergunta.

– Não – falou ele. – Nem um pouco. Também vim para cá depois que cumpri minha pena.

– Mas você não tinha mais para onde ir.

Ele ergueu uma sobrancelha.

– Você tinha?

Ele estava certo. Por mais que a casa de Tuck fosse um lugar de lembranças felizes, também era o refúgio ao qual ela sempre recorrera quando precisava chorar. Ela voltou a puxar as pernas para perto, como se pudesse, assim, afastar aquela lembrança. Então se acomodou na bancada, observando Dawson começar a remontar o motor.

Enquanto a tarde transcorria, eles conversaram sobre assuntos cotidianos, passados e presentes, revelando partes de suas vidas um para o outro e trocando opiniões sobre tudo, de livros a lugares que queriam conhecer. Amanda foi invadida por uma sensação de déjà-vu ao ouvir os cliques familiares da chave inglesa enquanto ele a encaixava no lugar. Ficou observando Dawson fazer força, contraindo a mandíbula até finalmente afrouxar um parafuso, pondo-o de lado em seguida. Exatamente como fazia quando eram jovens, ele com frequência parava o que estava fazendo para que ela tivesse certeza de que a estava ouvindo com atenção. De sua forma sutil, Dawson deixava claro que ela era e sempre seria importante para ele e isso a atingiu com uma intensidade quase dolorosa.

Mais tarde, ele parou um pouco para descansar e foi até a casa, retornando com dois copos de chá. Foi quando, por um breve momento, Amanda foi capaz de imaginar uma vida diferente que poderia ter sido sua – e que ela sabia que sempre desejara.

Quando o sol já estava baixo sobre os pinheiros, Dawson e Amanda saíram da oficina caminhando lentamente em direção ao carro dela. Algo havia mudado entre os dois no decorrer da tarde – acontecera um frágil renascimento do passado, talvez – e a deixava ao mesmo tempo empolgada e com medo. Já Dawson ansiava por envolvê-la em seus braços enquanto andavam lado a lado, mas, percebendo como Amanda estava confusa, se conteve.

Amanda abriu um sorriso inseguro quando os dois finalmente chegaram à porta de seu carro. Ela ergueu os olhos para Dawson, notando seus cílios grossos e cerrados, do tipo que qualquer mulher invejaria.

– Queria poder ficar – admitiu.

Dawson mudou de posição, apoiando-se no outro pé.

– Tenho certeza de que vai se divertir com sua mãe.

Talvez, pensou ela, *mas provavelmente não.*

– Você tranca tudo quando for embora?

– Claro – falou ele, notando a maneira como a luz do sol dançava sobre a pele de Amanda e alguns fios soltos de cabelo se moviam com a brisa suave. – Como quer fazer amanhã? Encontro você em Vandemere ou prefere que a espere aqui e siga seu carro?

Ela pesou as opções, indecisa.

– Acho que não há motivo para levarmos dois carros – disse por fim. – Por que simplesmente não nos encontramos aqui umas onze da manhã e vamos juntos?

Dawson assentiu e olhou para ela, ambos imóveis. Então deu um pequeno passo para trás, quebrando o encanto, e Amanda sentiu que o ar fugia de seus pulmões. Só então percebeu que estava prendendo a respiração.

Ele fechou a porta do carro depois que ela sentou ao volante. O sol poente delineava a silhueta de Dawson, quase dando a Amanda a impressão de que ele era um estranho. Constrangida, ela começou a revirar sua bolsa em busca das chaves. Suas mãos tremiam.

– Obrigada pelo almoço – disse.

– Disponha – respondeu ele.

Olhando pelo retrovisor enquanto se afastava, Amanda viu que Dawson permanecia parado no mesmo lugar, como se esperasse que ela mudasse de ideia e voltasse. Então sentiu algo perigoso se agitar dentro de si, algo que vinha tentando negar. Ele ainda a amava, Amanda agora tinha certeza, e isso a inebriava.

Mas ela sabia que era errado. Tentou se obrigar a afastar o sentimento, mas Dawson e o passado dos dois haviam tornado a criar raízes. Ela já não podia negar a simples verdade de que, pela primeira vez em anos, sentia que estava no lugar a que pertencia.

8

Ted ficou observando a animadorazinha de torcida sair da estrada que levava à casa de Tuck. Era bonitona para a idade. Mas, na verdade, sempre tinha sido gostosa. Ted muitas vezes pensara em dar um trato na garota, jogá-la no carro, fazer o que quisesse com ela e enterrá-la onde ninguém pudesse encontrar o corpo, mas o papai de Dawson tinha se metido, dizendo que ninguém devia encostar na namoradinha do filho. Naquela época, Ted achava que Tommy Cole soubesse o que estava fazendo.

Mas Tommy não sabia de nada. Ted precisou ir preso para descobrir isso e, quando foi libertado, seu ódio por ele era quase tão grande quanto o que sentia por Dawson. O tio não fez nada depois que Dawson os humilhou. Eles viraram motivo de piada. Foi por isso que Tommy Cole se tornou o primeiro da lista de Ted assim que ele saiu da cadeia. Não foi difícil forjar que ele havia bebido até morrer. Tudo o que Ted precisou fazer foi dar uma injeção de álcool etílico depois que o outro desmaiou e logo ele estava sufocado pelo próprio vômito.

E agora, finalmente, Dawson também seria riscado da lista de Ted. Enquanto esperava Amanda ir embora, ele se perguntou o que os dois teriam ficado fazendo lá. Provavelmente compensando todos aqueles anos separados, enroscando--se nos lençóis e gritando o nome um do outro. Se fosse para arriscar um palpite, Ted diria que ela era casada. Perguntou-se se o marido desconfiaria do que estava acontecendo. Provavelmente não. Não era o tipo de coisa que uma mulher saísse alardeando, principalmente uma mulher que tinha um carro daqueles. Devia ser casada com algum otário cheio da grana e passar as tardes no salão de beleza fazendo as unhas, igual à mãe. O marido devia ser médico ou advogado, o tipo vaidoso demais para sequer cogitar que a mulher pudesse pular a cerca.

Por outro lado, ela devia ser boa em manter as coisas em segredo. Como a maioria das mulheres. Ora, disso ele sabia muito bem. Casada ou solteira, não fazia diferença para Ted: se elas oferecessem, ele aceitava. Tampouco importava se fossem da família. Ele havia transado com metade das mulheres que moravam na propriedade dos Cole, inclusive esposas de primos seus. Com as filhas deles também. Fazia seis anos que ele se encontrava umas duas vezes por semana com Claire, a mulher de Calvin, e ela nunca contara nada a ninguém. Ella provavelmente sabia o que estava acontecendo (já que lavava suas cuecas), mas também mantinha o bico calado. Se fosse esperta, continuaria assim. Ninguém deveria se meter nos assuntos de um homem.

As lanternas traseiras do carro de Amanda piscaram e ele finalmente sumiu de vista numa curva. Não vira a caminhonete de Ted – o que não era surpresa, já que ele havia parado fora da estrada, escondendo-a da melhor forma possível no mato. Preferiu esperar alguns minutos, só para se certificar de que ela não voltaria. A última coisa que queria era uma testemunha, mas ainda estava imaginando qual seria a melhor maneira de resolver aquela situação. Se Abee tinha visto Dawson naquela manhã, certamente Dawson também o vira. Então talvez ele estivesse esperando lá dentro com uma espingarda no colo. Talvez tivesse seus próprios planos para o caso de algum parente resolver aparecer.

Como da última vez.

Ted deu um tapinha na pistola que trazia encostada à coxa. A melhor saída era surpreender Dawson. Chegar perto, atirar, jogar o corpo na caminhonete e desovar o carro alugado em algum lugar da propriedade deles. Depois era só tirar o número de identificação do veículo e tacar fogo no resto, até sobrar apenas uma carcaça. Também não seria difícil se livrar do corpo. Era só prendê-lo a um peso e jogá-lo no rio. A água e o tempo completariam o serviço. Ou talvez enterrá-lo em algum lugar na floresta, onde provavelmente ninguém iria achá-lo. Era difícil provar um assassinato sem que houvesse corpo. A animadorazinha de torcida e até o xerife poderiam suspeitar dele, mas daí a provarem alguma coisa seria outra história. Haveria certa confusão, é claro, mas logo as coisas voltariam ao normal. Depois disso, acertaria as contas com Abee. Se o irmão não tomasse cuidado, poderia acabar no fundo do rio também.

Ted estava pronto. Saiu do carro e seguiu em direção à floresta.

Dawson pôs a ferramenta de lado e fechou o capô. O motor estava pronto. Desde a saída de Amanda, ele não conseguia se livrar da sensação de estar sendo observado. Na primeira vez que teve essa impressão, segurou a chave com força enquanto olhava ao redor, mas não havia ninguém ali.

Agora, andando até a entrada da oficina, ele corria os olhos pelo terreno, avaliando o entorno. Viu carvalhos e pinheiros com trepadeiras subindo por seus troncos e notou que as sombras das árvores já começavam a se alongar. Um falcão passou pelo céu, sua sombra atravessando o caminho que dava acesso à casa, e pássaros menores cantaram nos galhos. Tudo o mais estava em silêncio em meio ao calor de começo de verão.

Mas alguém o observava. Havia alguém lá fora, Dawson tinha certeza. Lembrou-se da espingarda que, tantos anos atrás, havia enterrado ao pé do carvalho perto da casa – não muito fundo, talvez a uns 30 centímetros de profundidade, embrulhada em uma lona dentro de uma caixa, para que ficasse protegida. Tuck também tinha armas na casa, provavelmente debaixo da cama, mas Dawson não sabia se elas estavam legalizadas. Pelo que podia ver, não havia nada lá fora, mas foi então que notou um borrão se movimentar perto de um grupo de árvores do outro lado do caminho de acesso.

Quando tentou enxergar mais nitidamente, não viu nada. Piscou, esperando por algo mais, tentando decidir se teria sido apenas sua imaginação. Então os pelos da sua nunca começaram a se arrepiar.

⚜

Ted se movia com cautela. Seria tolice apressar-se. De repente desejou ter levado Abee junto. Seria bom tê-lo ali, aproximando-se por outra direção. Mas pelo menos Dawson ainda estava no local – ou pelo menos Ted acreditava que estivesse. Teria ouvido o barulho do carro se ele houvesse saído.

Ele se perguntava onde exatamente o primo estaria. Na casa, na oficina ou em algum lugar do lado de fora? Esperava que não estivesse dentro da casa, porque seria difícil chegar perto sem ser percebido. A casa de Tuck ficava em uma pequena clareira, com o riacho nos fundos, mas havia janelas por todos os lados e Dawson poderia vê-lo se aproximando. Nesse caso, talvez fosse melhor ficar escondido e esperar até que Dawson saísse. O único problema era que ele poderia sair pela frente ou pelos fundos e Ted não tinha como estar em dois lugares ao mesmo tempo.

Ele precisava criar alguma distração. Assim, quando Dawson saísse para ver o que era, Ted poderia esperar até que ele estivesse perto o suficiente e então puxar o gatilho. Se estivessem a no máximo uns 10 metros de distância, achava que poderia confiar em sua arma.

Mas que tipo de distração poderia criar? Essa era a grande pergunta.

Ele seguiu adiante, sorrateiro, evitando as pilhas que as pequenas pedras soltas formavam à sua frente; o solo era pedregoso em toda aquela região do condado. Então pensou em algo simples, porém eficaz. Era só jogar algumas delas no carro, ou mesmo quebrar uma janela. Dawson sairia para ver o que estava acontecendo e Ted estaria à sua espera.

Ele apanhou um punhado de pedras e as colocou no bolso.

Sem fazer barulho, Dawson se encaminhou ao local em que notara o movimento, repassando mentalmente as alucinações que vinha tendo desde a explosão na plataforma e achando tudo aquilo muito familiar. Chegou ao limite da clareira e olhou para dentro da mata, tentando acalmar o coração acelerado.

Ele se deteve, ouvindo os gorjeios de centenas de estorninhos que cantavam nas árvores. Quando criança, sempre ficava fascinado ao vê-los sair das árvores em bando quando ele batia palmas, como se estivessem amarrados uns aos outros. Agora, por algum motivo, eles estavam cantando.

Seria um alerta?

Dawson não sabia. Era como se a floresta tivesse vida própria. O ar parecia salgado, com um cheiro forte de madeira em decomposição. Antes de subirem ao céu, os galhos dos carvalhos se espalhavam próximos ao chão. Trepadeiras e barbas-de-velho deixavam o mundo às escuras poucos metros adiante.

Com o canto do olho, ele tornou a notar um movimento e se virou depressa, prendendo a respiração. Um homem de cabelos pretos e casaco azul saía de trás de uma árvore. Dawson conseguia ouvir o esmurrar do próprio coração. Não, pensou, aquilo não era possível. Não era real, não podia ser, e ele teve certeza de que estava vendo coisas.

Ainda assim, Dawson afastou alguns galhos e seguiu mata adentro atrás do homem.

⚜

Quase lá, pensou Ted. Através da folhagem, ele viu o topo da chaminé e se agachou, pisando com cuidado. Nenhum barulho, silêncio total. Esse era o segredo da caça e Ted sempre tinha sido bom nisso.

Homem ou animal, não fazia diferença, se o caçador fosse habilidoso o suficiente.

⚜

Dawson se desviava das árvores e abria caminho pela vegetação rasteira. Sua respiração ficava mais pesada à medida que tentava diminuir a distância que o separava do homem. Tinha medo de parar, porém ficava mais assustado a cada passo.

Chegou ao ponto em que tinha visto o homem de cabelos pretos e seguiu em frente, buscando algum sinal dele. Dawson suava em bicas, a camisa grudando às suas costas. Ele resistiu ao impulso repentino de gritar pelo outro, embora não soubesse ao certo se seria capaz de fazê-lo.

O solo estava seco, as agulhas dos pinheiros estalando sob seus pés. Ao saltar por sobre uma árvore caída, viu o homem de cabelos pretos abrir caminho pelos galhos e agachar-se atrás de uma árvore. O casaco azul balançava ao vento.

Dawson começou a correr.

⚜

Ted havia finalmente se esgueirado até a pilha de lenha que ficava no limite da clareira. A casa se erguia logo atrás. Dessa posição, podia ver o interior da oficina. A luz continuava acesa e Ted ficou aproximadamente um minuto observando, procurando por algum movimento. Tinha quase certeza de que Dawson estivera ali, trabalhando no carro, mas já havia saído. Também não estava em nenhum lugar na parte da frente da casa. Só podia estar lá dentro ou nos fundos. Ted se agachou, retornando para a proteção da floresta antes de dar a volta em direção aos fundos do terreno. Dawson também não estava ali. Refazendo os próprios passos, voltou para trás da pilha de lenha. Ainda não havia sinal de Dawson na oficina. Devia ter ido beber alguma coisa ou talvez tirar água do joelho. De qualquer forma, voltaria em breve.

Ele se acomodou para esperar.

Dawson viu o homem uma terceira vez, agora mais perto da estrada. Correu mais, os galhos e arbustos açoitando seu corpo, mas parecia não conseguir diminuir a distância que havia entre os dois. Ofegante, foi diminuindo o ritmo aos poucos até parar à beira da estrada.

O homem tinha desaparecido. Se é que em algum momento estivera na floresta – de repente, Dawson já não tinha certeza. A sensação arrepiante de estar sendo observado se fora, assim como o medo. Tudo o que restava eram o calor e o cansaço, além da frustração e do fato de estar se sentindo um idiota.

Tuck costumava ver Clara e agora Dawson estava vendo um homem de cabelos pretos e casaco azul em pleno calor do começo de verão. Será que Tuck ficara tão louco quanto ele? Dawson ficou parado, esperando sua respiração voltar ao normal. Estava seguro de que o homem o vinha seguindo, mas, mesmo que fosse verdade, quem seria ele? E o que queria com Dawson?

Ele não sabia, mas quanto mais tentava se concentrar no que vira, mais a imagem se dissipava. Como acontece com um sonho minutos depois do despertar, ela foi desaparecendo até que Dawson já não tivesse certeza de nada.

Ele balançou a cabeça, feliz por já estar quase terminando o conserto do Stingray. Queria voltar para a pousada, tomar um banho e deitar-se para pensar em tudo aquilo: o homem de cabelos pretos, Amanda... Sua vida vinha sendo tumultuada desde o acidente na plataforma. Ele olhou na direção de onde viera e resolveu que não fazia sentido voltar pela floresta. Seria mais fácil ir pela estrada e simplesmente pegar o acesso de volta. Seguiu para o asfalto. Foi então que percebeu uma caminhonete velha estacionada fora da estrada, atrás de uns arbustos.

Perguntou-se o que ela estaria fazendo ali. Com exceção da casa de Tuck, não havia nada naquela parte da floresta. Os pneus não estavam vazios, mas, mesmo que a caminhonete houvesse quebrado, o motorista provavelmente teria pegado o acesso à casa, em busca de ajuda. Embrenhando-se nos arbustos, Dawson notou que o veículo estava trancado. Pôs a mão sobre o capô: morno, mas não quente. Devia estar ali havia uma ou duas horas.

Também não fazia sentido que a caminhonete estivesse fora da estrada, parada no mato. Se precisasse ser rebocada, teria sido melhor deixá-la no acostamento. Era como se o motorista não quisesse que percebessem o veículo ali. *Como se alguém o tivesse escondido de propósito?*

Então tudo pareceu se encaixar, a começar pelo fato de ele ter visto Abee pela manhã. Aquela não era a caminhonete de Abee – pela qual havia passado correndo mais cedo –, mas isso não significava nada. Cautelosamente, Dawson deu a volta até o outro lado do veículo, parando ao notar alguns galhos afastados para o lado.

Uma trilha.

Alguém tinha passado por ali e seguira em direção à casa.

Cansado de esperar, Ted tirou um pedra do bolso. Se quebrasse uma janela com Dawson lá dentro, o primo poderia muito bem resolver não sair da toca. Mas seria diferente se fosse apenas um barulho. Quando algo bate com força na parede da sua casa, você sai para ver o que aconteceu. Dawson provavelmente passaria bem em frente à pilha de lenha, a poucos metros de distância. Seria impossível errar.

Satisfeito, ele espiou com cuidado por detrás da pilha de lenha. Ninguém nas janelas. Então, levantando-se depressa, atirou a pedra com força e já estava se agachando de volta quando ela se despedaçou contra a casa, o som alto e estridente.

Atrás de Ted, um bando de estorninhos saiu voando ruidosamente das árvores.

Dawson ouviu um estalo abafado e uma nuvem de estorninhos se deslocou no alto, pousando de volta alguns segundos depois. O barulho não tinha sido um tiro, mas outra coisa. Ele desacelerou o passo, movendo-se em silêncio em direção à casa de Tuck.

Tinha certeza de que havia alguém ali. Algum parente seu, sem dúvida.

Ted estava nervoso, perguntando-se onde Dawson havia se metido. Era impossível que não tivesse ouvido o barulho, mas onde estava? Por que não saía da casa?

Ele pegou outra pedra do bolso, atirando-a com toda a força dessa vez.

Dawson parou no ato ao ouvir um segundo estampido, agora mais alto. Pouco a pouco, ele se acalmou e se aproximou devagar, localizando a origem do barulho. Ted, escondido atrás da pilha de lenha. Armado. Estava de costas para Dawson e olhava por cima da pilha de lenha na direção da casa. Estaria fazendo aquele barulho todo na esperança de que isso forçasse Dawson a sair de lá?

De repente, Dawson desejou ter desenterrado a espingarda. Ou trazido algum tipo de arma, pelo menos. Havia algumas coisas úteis na oficina, mas seria impossível chegar lá sem que Ted o visse. Cogitou voltar para a estrada, mas o primo provavelmente não sairia dali, a não ser que tivesse um motivo. Ao mesmo tempo, pela maneira como Ted não parava de se mexer, dava para perceber que estava ficando inquieto, o que era bom. A impaciência era o pior inimigo de um caçador.

Dawson se agachou atrás de uma árvore, pensando, esperando por uma chance de resolver o problema sem levar um tiro.

⚜

Cinco minutos se passaram, depois 10, e Ted ficava mais agitado. Nada, absolutamente nada. Nenhum movimento em frente à casa, ou mesmo às janelas. Mas o carro que estava no acesso à casa era alugado – havia um adesivo no para-choque – e alguém havia trabalhado na oficina. Sem dúvida não tinha sido Tuck nem Amanda. Então, se Dawson não estava na frente nem nos fundos, ele só podia estar dentro da casa.

Mas por que não tinha saído?

Talvez estivesse vendo tevê, ouvindo música, dormindo, tomando banho, ou só Deus sabe o que mais. Qualquer que fosse o motivo, ele não devia ter ouvido nada.

Ted ficou agachado por mais alguns minutos, irritando-se mais ainda, antes de finalmente decidir que não iria simplesmente esperar. Saindo de trás da pilha de lenha, seguiu depressa até a lateral da casa, sem se levantar, e espiou pela quina. Quando não viu nada na frente, tornou a se mover, agora em direção à varanda. Uma vez lá, espremeu o corpo contra a parede entre a porta e a janela.

Tentou ouvir sons de movimento dentro da casa, sem sucesso. Nenhuma tábua rangendo, nem barulho de televisão ou de música. Quando teve certeza de que não havia sido notado, espiou pela janela, colocou a mão na maçaneta e a girou lentamente.

Destrancada. Perfeito.

Ted preparou a arma.

Dawson ficou observando Ted abrir devagar a porta. Assim que o primo a fechou atrás de si, ele disparou até a oficina, calculando que teria cerca de um minuto, talvez menos. Apanhou a chave de roda na bancada e correu silenciosamente para a frente da casa, supondo que àquela altura Ted estivesse na cozinha ou no quarto. Rezou para estar certo.

Então saltou para a varanda e se espremeu no mesmo lugar em que Ted havia parado, segurando firme a chave de roda e se preparando para o que viesse a seguir. Não demorou muito: logo ouviu Ted xingando enquanto voltava, pisando firme, em direção à porta da frente. Quando ela se escancarou, Dawson vislumbrou a expressão de pânico do primo ao perceber, com um segundo de atraso, que ele estava ali.

Com um golpe certeiro, Dawson sentiu no braço a vibração quando a chave de roda quebrou o nariz de Ted. Enquanto ele cambaleava para trás, sangue jorrando do rosto em um jato quente e vermelho, Dawson já partia para cima dele. Ted caiu no chão e Dawson usou a chave de roda para golpear com força seu braço estendido, fazendo a arma cair de sua mão. Ao ouvir seus ossos se partirem, Ted finalmente começou a gritar.

Enquanto ele se contorcia no chão, Dawson pegou a arma e a apontou para o primo:

– Eu avisei que era para não voltar.

Essas foram as últimas palavras que Ted ouviu antes de seus olhos girarem nas órbitas e ele desmaiar por conta da dor lancinante.

Por mais que odiasse a família, Dawson não conseguiu matar Ted. Ao mesmo tempo, não sabia o que fazer com ele. Talvez devesse telefonar para o xerife, mas sabia que, depois que fosse embora, não iria voltar mais à cidade, havendo um julgamento ou não – então nada aconteceria a Ted, de qualquer forma. E Dawson ainda teria de ficar na delegacia por horas a fio prestando depoimento, e sem dúvida seria alvo de suspeitas. Afinal de contas, ele era um Cole e tinha ficha na polícia. Não, decidiu enfim, não queria se aborrecer.

Mas tampouco podia simplesmente deixar Ted ali fora. O primo precisava de cuidados médicos, mas levá-lo a uma clínica sem dúvida também envolveria o xerife. O mesmo aconteceria se chamasse uma ambulância.

Ele remexeu nos bolsos de Ted e encontrou um celular. Depois de abri-lo, acessou a lista de contatos. Dawson conhecia a maioria dos nomes ali. Já dava para o gasto. Tornou a remexer nos bolsos do primo e pegou a chave da caminhonete, então foi depressa até a oficina e escolheu algumas cordas e arame, que usou para amarrar Ted.

Quando o sol já havia se posto, jogou o primo por sobre o ombro, carregou-o até o veículo e o pôs na carroceria. Em seguida, foi para o banco do motorista, deu partida e seguiu para a propriedade em que havia sido criado. Dirigiu com os faróis apagados e parou diante de uma placa de entrada proibida. Então arrastou Ted da carroceria e o recostou em um mourão.

Abriu o celular e selecionou o contato que dizia "Abee". O telefone tocou quatro vezes antes que ele atendesse. Dawson ouviu música alta ao fundo.

– Ted? – gritou Abee em meio ao barulho. – Onde você se meteu?

– Não é o Ted quem está falando. Mas você precisa vir buscá-lo. Ele está muito ferido – respondeu Dawson. Antes que Abee pudesse dizer qualquer coisa, Dawson lhe explicou onde encontrar o irmão. Depois de desligar, jogou o aparelho no chão, entre as pernas do primo.

Voltou à caminhonete e pisou fundo, afastando-se depressa da propriedade. Depois de jogar a arma de Ted no rio, decidiu passar pela pousada e pegar suas coisas. Deixaria a caminhonete do primo no lugar em que ele a havia estacionado e encontraria um hotel fora de Oriental onde finalmente pudesse tomar um banho e comer antes de ir para a cama.

Dawson estava cansado. Tinha sido um longo dia. Era um alívio que tivesse chegado ao fim.

9

Abee Cole tinha a sensação de que alguém estava marcando sua barriga com um ferro quente. A febre também não havia baixado, o que o fez pensar que talvez devesse mostrar o ferimento ao médico da próxima vez que ele fosse ao quarto dar uma olhada em Ted. É claro que provavelmente iriam querer interná-lo também, mas Abee não aceitaria. Precisava evitar perguntas que não queria responder.

Era tarde, quase meia-noite, e o movimento no hospital tinha finalmente começado a diminuir. Na penumbra, Abee olhou para o irmão. Dawson tinha dado um belo trato nele. Exatamente como da última vez. Abee achou que ele estivesse morto quando o encontrara – o rosto coberto de sangue, o braço entortado – e só conseguia pensar que Ted tinha se descuidado. Ou isso, ou Dawson estivera à espera dele – o que o fez pensar que talvez o primo tivesse os próprios planos.

Abee sentiu a dor explodir em sua barriga, desencadeando ondas de enjoo. Estar no hospital não ajudava. Era um forno lá dentro. Abee só não saía do quarto porque queria estar ali quando o irmão acordasse, para descobrir se Dawson estava tramando alguma coisa. Talvez fosse paranoia, ele podia não estar pensando direito. Era melhor aqueles antibióticos fazerem efeito, e rápido.

Sua noite tinha sido uma droga, e não só por causa de Ted. Mais cedo ele resolvera dar uma passada no Tidewater para ver Candy. Quando chegara lá, metade dos caras do bar já estava em cima dela. Abee só precisou olhar uma vez para saber que ela estava aprontando. Candy usava uma camiseta que mostrava tudo o que a mulher tinha a oferecer e um short tão curto que mal cobria o traseiro. Quando o viu chegar, ficou nervosa na mesma hora, como se tivesse sido pega fazendo algo errado, e com certeza não pareceu nem um pouco feliz. Sua vontade foi arrastá-la do bar imediatamente, mas, com tantas pessoas por perto, decidiu que não seria uma boa ideia. Teriam uma *conversa* mais tarde e Candy recobraria o juízo. Isso era certo, mas, primeiro, o melhor era descobrir por que exatamente ela estava se sentindo tão culpada. Ou seja, quem era o motivo da culpa.

Porque estava na cara que era isso que estava acontecendo. Algum cara do bar, sem dúvida. Por mais que estivesse zonzo de febre e com a barriga pegando fogo, ele iria descobrir.

Então Abee se sentara para esperar e, pouco depois, havia identificado um cara que poderia ser quem estava procurando. Um rapaz novo, de cabelos pretos, flertando um pouco demais com Candy para que fosse apenas uma paquera casual. Abee observou quando, ao levar a cerveja para ele, ela tocou o braço do cara e lhe permitiu dar uma boa olhada em seu decote. Assim que Abee se levantou para tomar uma atitude, seu telefone tocou e a voz de Dawson surgiu do outro lado da linha. Quando se deu conta, estava esmurrando o volante a caminho do hospital, com Ted esparramado no banco de trás. Mesmo enquanto seguia a toda a velocidade para New Bern, ficou imaginando Candy com aquele cara de pau desgraçado, tirando a camiseta e gemendo nos braços dele.

Àquela altura, ela estaria saindo do trabalho. Pensar nisso o encheu de raiva. Sabia muito bem quem a acompanharia até o carro e não podia fazer nada a respeito. Agora precisava descobrir quais eram os planos de Dawson.

Ted ficou despertando e apagando a noite inteira, confuso quando acordava, por causa dos remédios e dos ferimentos na cabeça. Mas, na manhã seguinte, tudo o que conseguia sentir era raiva. De Abee, pois o irmão não parava de perguntar se Dawson viria atrás dele; de Ella, porque sua mulher não parava de choramingar; e dos parentes, que sussurravam no corredor, como se questionassem se ainda deveriam ter medo dele. No entanto, deitado na cama e tentando entender o que exatamente acontecera, a raiva de Ted se concentrava basicamente em Dawson.

A última coisa de que se lembrava era do primo em cima dele, e Ted levou um bom tempo para compreender o que Abee e Ella lhe contaram. No final, os médicos tiveram que imobilizá-lo e ameaçar chamar a polícia.

Ele ficara bem mais calmo desde então, já que era a única maneira de conseguir sair dali. Abee estava sentado na cadeira e Ella estava ao seu lado na cama. A mulher não parava de paparicá-lo e Ted teve que conter a vontade de lhe dar um tapa, embora estivesse amarrado à cama e não pudesse fazê-lo, de qualquer forma. Em vez disso, forçou as correias novamente, pensando em Dawson. Aquele desgraçado iria morrer, isso era garantido, e Ted estava pouco se lixando para a recomendação do médico de que ele deveria ficar mais uma noite ali, em observação, ou para seu alerta de que movimento em excesso poderia ser perigoso. Dawson talvez saísse da cidade a qualquer momento. E, quando ele ouviu Ella começar a soluçar em meio às lágrimas, falou com os dentes cerrados:

– Saia daqui. Preciso falar com Abee.

Ella secou o rosto e saiu do quarto sem dar nem um pio. Depois que ela foi embora, Ted se virou para Abee e viu como o irmão estava um trapo. Seu rosto estava vermelho e ele suava. A infecção. Era Abee quem deveria estar internado, não ele.

– Me tire daqui.

Abee fez uma careta enquanto se inclinava para a frente.

– Você vai se vingar dele?

– Ainda temos contas a acertar.

Ele apontou para o gesso.

– E como pretende se vingar com o braço todo quebrado desse jeito, se não conseguiu ontem, com os dois braços no lugar?

– Você vai vir comigo. Primeiro vai me levar até em casa, para eu pegar outra arma. Então você e eu vamos colocar um ponto final nessa história.

Abee se recostou na cadeira.

– E por que eu iria querer fazer isso?

Ted o encarou firme, pensando no monte de perguntas ansiosas que seu irmão havia feito antes.

– Porque a última coisa que ouvi antes de apagar foi Dawson dizendo que você era o próximo.

10

Dawson estava correndo na areia compacta da orla, olhando sem muita atenção as andorinhas-do-mar enquanto elas mergulhavam e emergiam das ondas.

Embora fosse cedo, a praia estava cheia de gente fazendo jogging e passeando com seus cachorros e de crianças construindo castelos de areia. Para além da duna, os moradores estavam em suas varandas tomando café, aproveitando a manhã, com seus pés apoiados no parapeito.

Ele tivera sorte de encontrar um quarto. Naquela época do ano, os hotéis na praia costumavam estar lotados e foi só depois de muitos telefonemas que conseguira uma vaga, por conta de um cancelamento. Suas opções eram achar um hotel ali ou em New Bern. Mas, uma vez que o hospital ficava em New Bern, decidiu que seria melhor ficar mais afastado. Teria que sumir por um tempo. Suspeitava que Ted não fosse deixar aquilo passar em branco.

Por mais que se esforçasse, não conseguia parar de pensar no homem de cabelos pretos. Se não tivesse ido atrás dele, nunca teria descoberto que Ted estava à espreita. O vulto – o fantasma – o chamara e ele o seguira, como havia feito no mar depois da explosão da plataforma.

Os dois incidentes giravam incessantemente em seu cérebro. Poderia ser ilusão pensar que algo tivesse salvado sua vida em uma ocasião, mas agora já eram duas. Pela primeira vez, Dawson começou a se perguntar se as visitas do homem de cabelos pretos não fariam parte de um desígnio superior, como se ele tivesse sido poupado por algum motivo, embora não soubesse ao certo qual.

Dawson apertou o passo tentando escapar desses pensamentos, sua respiração ficando mais pesada. Tirou a camisa sem desacelerar e a usou como toalha no rosto. Então fixou o olhar no píer ao longe e decidiu correr ainda mais rápido até alcançá-lo. Poucos minutos depois, sentia os músculos das pernas queimando. Seguiu em frente, tentando se concentrar apenas em levar o corpo ao limite, mas seus olhos não paravam de se desviar para os dois lados, inconscientemente analisando os banhistas em busca do homem de cabelos pretos.

Chegou ao píer, mas, em vez de desacelerar, manteve o ritmo até a frente do hotel. Pela primeira vez em anos, terminou sua corrida sentindo-se pior do que ao começá-la. Estava tão longe de qualquer resposta concreta quanto estivera antes. Curvou-se para a frente, tentando recuperar o fôlego. Não podia deixar de notar uma mudança interior desde que chegara à cidade. Tudo ao seu redor parecia diferente, mas de uma maneira inexplicável. Não por conta do homem de cabelos pretos, de Ted ou da morte de Tuck. Tudo parecia mudado por causa de Amanda. Ela não era mais uma simples lembrança. De uma hora para outra, havia se tornado inegavelmente real – a versão viva e vibrante do passado que Dawson nunca deixara para trás. Mais de uma vez, a jovem que ela fora o havia visitado em sonhos, e ele se perguntava se isso mudaria. Como passariam a ser seus sonhos com Amanda? Não sabia ao certo. Tudo o que sabia era que estar com ela o fazia sentir-se completo, de uma forma que poucas pessoas no mundo poderiam compreender.

Aquele era o horário mais calmo na praia. Os banhistas matinais voltavam para seus carros e os turistas ainda não haviam chegado para estender suas toalhas na areia. As ondas iam e vinham em um ritmo constante, emitindo seu som hipnótico. Dawson estreitou os olhos em direção à água, seus pensamentos sobre o futuro enchendo-o de desespero. Por mais que a amasse, precisava aceitar que Amanda tinha marido e filhos. Havia sido muito difícil cortar laços uma vez. Agora, a ideia de tornar a fazê-lo lhe parecia insuportável. O vento ficou mais forte, sussurrando no ouvido de Dawson que seu tempo com Amanda estava se esgotando, e essa certeza o abateu. Ele caminhou para o saguão desejando com todas as forças que as coisas pudessem ser diferentes.

Quanto mais café Amanda bebia, mais fortalecida se sentia para lidar com a mãe. Elas estavam na varanda dos fundos, que dava para um jardim. Sua mãe estava sentada em uma cadeira de vime branca, com a postura ereta perfeita e vestida como se estivesse à espera de uma visita do governador. Falava dos acontecimentos da noite anterior e parecia sentir um imenso prazer em descobrir críticas implícitas e conspirações nos tons e palavras que as amigas haviam usado durante o jantar e a partida de bridge.

Por causa do jogo, que se alongara bastante, em vez de passar uma ou duas horas fora, Amanda tinha ficado lá até quase as 22h30. E, mesmo àquela hora, quando ela já estava bocejando e não conseguia se concentrar no que a mãe falava, nenhuma das outras mulheres queria ir embora. Até o momento em que as acompanhou, as conversas eram as que sempre havia por ali, ou em qualquer cidade pequena, por sinal. O assunto variava entre os vizinhos, os netos, quem estava dando aulas de catequese, qual a maneira adequada de pendurar determinado modelo de cortina e como o preço da carne não parava de subir, tudo isso temperado com uma pitada de fofocas inofensivas. Em outras palavras, só trivialidades. Mas sua mãe sempre conseguia elevar a conversa ao nível de um debate de importância nacional, por mais equivocada que estivesse. Era capaz de encontrar defeitos ou tragédias até na arrumação de uma gaveta, e Amanda sentia-se grata por ela só ter começado sua ladainha depois que haviam tomado uma xícara de café.

No entanto, o fato de não conseguir tirar Dawson da cabeça tornava mais difícil se concentrar. Amanda tentava se convencer de que tinha tudo sob controle. Mas por que não parava de visualizar os cabelos dele em destaque contra a gola da camisa, ou de pensar em como ele ficava bonito de calça jeans, ou no fato de o abraço dos dois assim que ele chegou ter sido tão natural? Amanda estava casada fazia tempo suficiente para saber que essas coisas não eram tão importantes quanto uma relação de amizade e confiança erguida com base em objetivos comuns. Passar alguns dias juntos depois de mais de 20 anos não era o bastante para que laços assim sequer começassem a se formar. Leva tempo para construir uma amizade verdadeira e a confiança se conquista passo a passo.

Às vezes ela achava que as mulheres possuíam uma tendência a ver o que queriam nos homens, pelo menos no começo, e se perguntava se não estaria cometendo esse erro. Enquanto refletia sobre essas perguntas irrespondíveis, sua mãe era incapaz de manter silêncio. Em vez disso, tagarelava sem parar.

– Está me ouvindo? – perguntou a mãe, interrompendo seus pensamentos.

Amanda baixou a xícara.

– É claro que estou.

– Eu estava dizendo que você deveria praticar seus lances.

– Fazia tempo que eu não jogava.

– É por isso que eu disse que deveria entrar para um clube ou fundar um – incentivou ela. – Ou você não escutou essa parte?

– Desculpe. Estou com muita coisa na cabeça hoje.

– Ah, sim. A cerimoniazinha, não é?

Amanda ignorou a provocação, pois não estava a fim de discutir – o que, como sabia muito bem, era exatamente o que a mãe procurava. Ela havia passado a manhã inteira se preparando para isso, usando as picuinhas imaginárias da noite anterior como justificativa para a inevitável intromissão.

– Eu lhe contei que Tuck queria que suas cinzas fossem espalhadas – explicou Amanda, mantendo a voz calma. – A esposa dele, Clara, também foi cremada. Talvez ele achasse que essa seria uma forma de se reencontrarem.

A mãe não pareceu lhe dar atenção:

– O que se deve vestir para uma ocasião dessas? Parece que faz tanta... sujeira.

Amanda se virou na direção do rio.

– Não sei, mamãe. Não pensei no assunto.

A expressão de sua mãe era tão impassível e artificial quanto a de um manequim.

– E as crianças? Como estão?

– Não falei com Jared e Lynn esta manhã. Mas creio que esteja tudo bem.

– E Frank?

Amanda bebericou seu café para ganhar tempo. Não queria falar nele. Não depois da discussão que haviam tido na noite anterior, a mesma que se tornara quase parte do cotidiano dos dois, a mesma que ele muito provavelmente já teria esquecido. A rotina era o que definia os casamentos, fossem eles bons ou ruins.

– Ele está bem.

A mãe assentiu, esperando por algo mais. Amanda ficou calada. Evelyn ajeitou o guardanapo no colo antes de continuar:

– Então, como vai ser? Você vai simplesmente despejar as cinzas no lugar em que ele pediu?

– Algo assim.

– Não é preciso ter autorização para isso? Eu detestaria pensar que as pessoas podem fazer uma coisa dessas onde bem entenderem.

– O advogado não falou nada, então acredito que já esteja tudo resolvido. De qualquer forma, fiquei honrada por Tuck ter me incluído nos planos dele.

A mãe se inclinou um pouco para a frente e abriu um sorriso irônico.

– Ah, é claro – disse. – Afinal, vocês eram muito amigos.

Amanda se virou, subitamente cansada de tudo aquilo: da mãe, de Frank, de todas as mentiras que haviam passado a caracterizar sua vida.

– Sim, mamãe, nós éramos muito amigos. Eu gostava da companhia de Tuck. Ele era uma das pessoas mais gentis que já conheci.

Pela primeira vez, a mãe pareceu desconcertada.

– Onde vai ser essa cerimônia?

– Por que quer saber? Está na cara que a senhora não aprova que eu faça isso.

– Só estou puxando conversa – disse ela, fungando. – Não precisa ser grosseira.

– Talvez eu soe grosseira porque estou sofrendo. Ou porque a senhora ainda não disse nem uma palavra de solidariedade sobre toda essa situação. Sequer um "Sinto muito pela sua perda. Sei como ele era importante para você". É isso que as pessoas costumam dizer quando uma pessoa morre.

– Talvez eu tivesse dito se soubesse sobre esse seu *relacionamento*, para início de conversa. Mas você vem mentindo sobre o assunto desde o começo.

– A senhora já parou para pensar que precisei mentir justamente por sua causa?

Sua mãe girou os olhos.

– Não seja ridícula. Não era eu quem ia lá às escondidas e nunca coloquei palavras na sua boca. A decisão foi sua, não minha, e toda decisão gera consequências. Você precisa aprender a assumir a responsabilidade pelas escolhas que faz.

– A senhora acha que não sei disso? – retrucou Amanda, sentindo o rosto ficar vermelho.

– Acho – disse sua mãe, falando devagar – que às vezes você é um pouco egocêntrica demais.

– Eu? – Amanda pestanejou. – A senhora acha que *eu* sou egocêntrica?

– É claro – falou a mãe. – Todo mundo é, até certo ponto. Só estou dizendo que às vezes você abusa.

Amanda ficou olhando para o outro lado da mesa, pasma demais para dizer qualquer coisa. O fato de a mãe – *logo ela!* – estar sugerindo aquilo só aumentava sua indignação. No mundo de Evelyn, as outras pessoas nunca chegavam a ser mais do que meros espelhos. Amanda escolheu as palavras seguintes com muito cuidado:

– Não acho que seja boa ideia conversarmos sobre isso.

– Pois eu acho que é – retrucou a mãe.

– Só porque eu não contei à senhora sobre Tuck?

– Não – respondeu ela. – Porque acho que isso tem algo a ver com os problemas que você vem tendo com Frank.

Amanda sentiu que se encolhia de raiva por dentro e precisou de todas as forças para manter o tom de voz e a expressão facial sob controle.

– O que faz a senhora pensar que estou tendo problemas com Frank?

A mãe manteve o tom de voz neutro, mas havia certa ternura nele:

– Conheço minha filha melhor do que parece e o fato de você não ter negado só prova que tenho razão. Não fico chateada por você preferir não falar sobre o que está havendo. Isso é problema seu e de Frank e não há nada que eu possa fazer ou dizer para ajudar. Nós duas sabemos disso. Casamentos são uma parceria, não uma democracia. O que naturalmente nos leva a questionar o que você vinha fazendo na casa de Tuck todos esses anos. Se fosse para arriscar um palpite, diria que você não sentia apenas vontade de vê-lo, mas uma necessidade de conversar, de *compartilhar* algo com ele.

Evelyn deixou o comentário no ar, sua sobrancelha um arco interrogativo, e Amanda tentou em silêncio absorver aquele impacto. A mãe ajeitou o guardanapo mais uma vez e prosseguiu:

– Bem, imagino que você ainda estará aqui no jantar. Prefere comer em casa ou fora?

– Então é assim? – explodiu Amanda. – A senhora despeja suas suposições e acusações e encerra o assunto?

A mãe entrelaçou as mãos no colo.

– Não encerrei o assunto. É você quem se recusa a falar sobre ele. Mas, no seu lugar, eu pensaria sobre o que realmente quero, porque, quando você voltar para casa, vai ter que tomar algumas decisões sobre seu casamento. Ou ele tem salvação ou não tem. E, em grande parte, quem vai determinar isso é você.

Havia uma verdade cruel em suas palavras. No fim das contas, o que estava em questão não era ela e Frank, mas sim seus filhos. De repente, Amanda ficou exausta. Largando sua xícara no pires, sentiu a raiva se esvair, deixando apenas uma sensação de derrota.

– A senhora se lembra da família de lontras que costumava brincar perto do nosso cais? – perguntou ela enfim, sem esperar por uma resposta. – Quando eu era pequena? Papai me pegava no colo sempre que elas apareciam e me levava para os fundos. Nós nos sentávamos na grama e ficávamos observando as lontras nadarem e brincarem na água. Eu achava que elas eram os animais mais felizes do mundo.

– Não entendo o que isso tem a ver com o assunto…

– Vi lontras de novo – continuou Amanda, atropelando a fala da mãe. – Ano passado, quando fomos à praia nas férias, visitamos o aquário de Pine Knoll Shores. Eu estava louca para ver as novas lontras que estavam vivendo lá. Devo ter contado várias vezes a Annette sobre as lontras que apareciam atrás da nossa casa e ela mal podia esperar para vê-las também, mas, quando finalmente chegamos ao aquário, não foi como quando eu era criança. As lontras estavam lá, é claro, mas ficaram só dormindo em cima de uma pedra. Passamos horas no aquário e elas nem ao menos se mexeram. Quando estávamos saindo, Annette me perguntou por que elas não estavam brincando e eu não soube o que responder. Mas depois me senti... triste. Eu sabia muito bem a resposta.

– E...?

Ela correu o dedo pela borda de sua xícara de café antes de encarar a mãe.

– Elas não estavam felizes. As lontras sabiam que não estavam em um rio de verdade. Provavelmente não compreendiam como aquilo havia acontecido, mas pareciam entender que estavam em uma jaula e que não tinham como sair. Aquela não era a vida que deveriam, ou queriam, levar, mas não havia nada que pudessem fazer a respeito.

Pela primeira vez desde que elas haviam sentado à mesa, a mãe parecia não saber bem o que dizer. Amanda afastou sua xícara antes de se levantar. Enquanto saía da varanda, ouviu a mãe pigarrear. Ela se virou.

– Imagino que essa história signifique alguma coisa, não? – perguntou Evelyn.

Amanda abriu um sorriso cansado.

– Sim – falou baixinho. – Significa.

11

Dawson baixou a capota do Stingray e se recostou no porta-malas para esperar por Amanda. O ar estava pesado e abafado, prenunciando tempestade para o início da noite, e ele se perguntou se Tuck não teria um guarda-chuva em algum lugar da casa. Ele duvidava. Era tão difícil imaginar Tuck usando um guarda-chuva quanto imaginá-lo de vestido, mas sabe-se lá. Tuck era um homem cheio de surpresas, como ele havia descoberto.

Uma sombra atravessou o chão e Dawson ficou observando uma águia-pescadora descrever círculos lentos e preguiçosos no céu até que o carro de Amanda finalmente surgiu no caminho de acesso. O cascalho fazia barulho ao ser esmagado pelos pneus enquanto ela estacionava na sombra perto dele.

Amanda saiu do carro, surpreendendo-se com a calça preta e a camisa branca bem passada que Dawson estava usando, uma combinação que sem dúvida funcionava. Com o paletó jogado casualmente sobre o ombro, ele estava quase bonito demais, o que só tornava mais proféticas as palavras de sua mãe. Ela respirou fundo, perguntando-se o que iria fazer.

– Estou atrasada? – disse, andando em sua direção.

Dawson a observou se aproximar. Mesmo a alguns metros de distância, os raios de sol da manhã faziam seus olhos azul-claros parecerem as águas de um lago límpido. Ela usava um terninho preto, blusa de seda e um medalhão de prata.

– Nem um pouco – ele respondeu. – Cheguei cedo para garantir que o carro estivesse pronto.

– E…?

– A pessoa que o consertou sabia muito bem o que estava fazendo.

Amanda sorriu enquanto se aproximava dele e então, num impulso, lhe deu um beijo no rosto. Dawson pareceu não saber como reagir e sua confusão se tornou um reflexo da de Amanda quando ela tornou a ouvir o eco das palavras da mãe. Tentando escapar dele, Amanda apontou para o carro.

– Você baixou a capota?

A pergunta o fez voltar a si.

– Achei que poderíamos ir nele.

– Mas o carro não é nosso.

– Eu sei – falou ele. – Mas preciso dar uma volta nele para ter certeza de que está tudo em ordem. Acredite, o dono vai querer ter certeza de que o carro está funcionando perfeitamente antes de sair com ele para uma noitada.

– E se ele quebrar?

– Isso não vai acontecer.

– Tem certeza?

– Absoluta.

Um sorriso brincou nos lábios de Amanda.

– Então por que precisamos fazer um *test drive*?

Ele ergueu as mãos, sem saída.

– Está bem, talvez eu só queira dirigi-lo. É praticamente um pecado deixar um carro como este parado, sobretudo se levarmos em consideração que o dono não vai saber e que as chaves estão bem aqui.

– E, deixe-me adivinhar, quando voltarmos, vamos erguê-lo em uns tijolos e deixá-lo em marcha a ré, para a quilometragem retroceder, certo? Assim o dono nunca irá desconfiar.

– Isso não funciona.

– Eu sei. Descobri depois de assistir a *Curtindo a vida adoidado* – disse ela com um sorriso travesso.

Ele se inclinou um pouco para trás, vendo-a melhor.

– Você está linda, por sinal.

Amanda sentiu o calor subir por seu pescoço e se perguntou se um dia iria parar de ficar vermelha na presença dele.

– Obrigada – falou, colocando uma mecha de cabelo atrás da orelha enquanto o analisava também, mantendo certa distância entre os dois. – Acho que nunca vi você de terno. É novo?

– Não, mas não costumo usá-lo. Só em ocasiões especiais.

– Acho que Tuck teria aprovado – disse ela. – O que você fez ontem à noite, afinal?

Ele pensou em Ted e em tudo o que havia acontecido, inclusive a mudança para a praia.

– Nada de mais. Como foi o jantar com sua mãe?

– Nem vale a pena comentar – respondeu Amanda. Ela estendeu a mão para dentro do carro, correndo-a pelo volante antes de erguer os olhos para ele. – Mas tivemos uma conversa interessante hoje de manhã.

– Ah, é?

Ela assentiu.

– Me fez pensar sobre esses últimos dias. Sobre mim mesma, sobre você... sobre a vida. Sobre tudo. E, enquanto estava vindo para cá, percebi que estava feliz por Tuck nunca ter lhe contado a meu respeito.

– Por que diz isso?

– Porque ontem, quando estávamos na oficina... – Ela hesitou, tentando encontrar as palavras certas. – Acho que passei dos limites. Quero dizer, pela maneira como agi. E quero pedir desculpas.

– Pelo quê?

– É difícil explicar. Quero dizer...

Ela não concluiu a frase, então Dawson a observou por alguns instantes e, por fim, se aproximou um passo.

– Você está bem, Amanda?

– Não sei – disse ela. – Não sei de mais nada. As coisas eram muito mais simples quando nós éramos jovens.

Ele hesitou.

– O que você está tentando dizer?

Amanda tornou a erguer os olhos para ele.

– Você precisa entender que não sou mais aquela adolescente – falou ela. – Agora sou esposa e mãe e, como qualquer outra pessoa, não sou perfeita. Cometo erros, questiono minhas decisões, passo metade do tempo me perguntando quem sou de verdade, ou o que estou fazendo, ou se minha vida tem algum sentido. Não sou nem um pouco especial, Dawson, e você precisa saber disso. Precisa ver que sou apenas... igual a todo mundo.

– Você não é igual a todo mundo.

Ela parecia angustiada, mas não se deixou convencer.

– Sei que você acredita nisso. Mas eu sou. E o problema é que não há nada de simples nesta situação. Não sei o que fazer. Mas gostaria que Tuck tivesse falado sobre você, para que eu pudesse estar preparada para este fim de semana. – Sem perceber, Amanda tinha levado a mão ao medalhão de prata. – Não quero cometer um erro.

Dawson se remexeu, jogando o peso para a outra perna. Entendia perfeitamente por que ela estava dizendo aquilo. Era um dos motivos pelos quais ele sempre a amara – mesmo que agora não pudesse dizer isso em voz alta. Não era o que Amanda queria ouvir. Em vez disso, ele manteve a voz o mais branda possível.

– Nós conversamos, comemos, trocamos recordações – assinalou ele. – Isso é tudo. Você não fez nada de errado.

– Ah, fiz sim. – Ela sorriu, mas não conseguiu esconder a tristeza. – Não contei para minha mãe que você está aqui. Nem para meu marido.

– E quer contar? – perguntou ele.

Essa era a questão, não era? Sem nem ao menos se dar conta, sua mãe havia perguntado a mesma coisa. Ela sabia o que deveria dizer, mas ali, naquele momento, as palavras simplesmente não saíam. Em vez disso, Amanda se viu começando a balançar lentamente a cabeça.

– Não – sussurrou por fim.

Dawson pegou sua mão, como se houvesse compreendido o medo que a invadira.

– Vamos até Vandemere – falou ele. – Prestar nossa homenagem a Tuck, OK?

Ela assentiu e se deixou levar pela gentileza do toque de Dawson, sentindo outra parte de si mesma ceder, começando a aceitar o fato de que, dali para a frente, já não teria controle total sobre o que acontecesse.

Dawson a conduziu até o outro lado do carro e abriu a porta. Amanda se sentou, sentindo-se zonza enquanto Dawson pegava no carro alugado a urna que continha as cinzas de Tuck. Antes de entrar, ele a encaixou no espaço atrás do banco do motorista, junto com seu paletó. Amanda pegou o mapa e colocou sua bolsa atrás do próprio assento.

Dawson pisou em um dos pedais e girou a chave, fazendo o motor despertar com um rugido. Ele acelerou o carro por alguns segundos, o giro do motor subindo e o veículo vibrando de leve. Então engatou a marcha, saiu de ré da oficina e seguiu devagar pela estrada principal, tendo o cuidado de evitar os buracos. O som do motor diminuiu enquanto eles atravessavam Oriental e pegavam a rodovia silenciosa.

Quando Amanda começou a relaxar, percebeu que podia ver tudo o que precisava com o canto do olho. Dawson estava com uma das mãos no volante, uma postura dolorosamente familiar para ela: era assim que se lembrava dele nos passeios que costumavam fazer. E era nesses momentos que Dawson mais relaxava. Amanda percebeu que ainda era assim que ele se sentia ao trocar as marchas, os músculos do antebraço enrijecendo no movimento para em seguida se soltarem. À medida que o carro ganhava velocidade, o vento agitava o cabelo de Amanda, então ela o prendeu em um rabo de cavalo. O barulho era alto demais para permitir que eles conversassem, mas isso não a incomodava. Sentia-se feliz por estar sozinha com os próprios pensamentos, sozinha com Dawson. A cada quilômetro que ficava para trás, sua ansiedade se dissipava um pouco, como se o vento a soprasse para longe.

Apesar de a estrada estar vazia, Dawson manteve uma velocidade constante. Não estava com pressa. Ela tampouco. Amanda estava em um carro com o homem que um dia amara, indo a um lugar que ambos desconheciam. Poucos dias atrás, refletiu ela, a possibilidade dessa viagem teria lhe parecido absurda. Aquilo era inimaginável, uma loucura, mas também era empolgante. Por alguns instantes, ela deixava de ser esposa, mãe ou filha e, pela primeira vez em anos, sentia-se quase livre.

Mas Dawson sempre fizera com que ela se sentisse assim e, quando ele colocou um cotovelo para fora da janela, Amanda lançou um olhar em sua direção tentando pensar em alguém que se parecesse ao menos um pouco com ele. Havia um ar de inteligência nele e dor e tristeza gravadas nas rugas que envolviam os cantos de seus olhos. Ela se viu imaginando que tipo de pai Dawson teria sido. Um dos bons, suspeitava. Era fácil imaginá-lo jogando bola com um filho por horas ou tentando fazer uma trança no cabelo de uma filha, mesmo que não tivesse a menor ideia de como fazê-lo. Havia algo de estranhamente tentador e proibido nesse pensamento.

Então, quando Dawson lhe devolveu o olhar, Amanda teve certeza de que era nela que ele estava pensando. Perguntou-se quantas noites ele teria feito o mesmo na plataforma de petróleo. Dawson, como Tuck, era dessas raras pessoas que só conseguem amar uma vez – e a única coisa que a separação podia fazer com esse sentimento era torná-lo mais forte. Dois dias atrás, pensar nisso teria sido desconcertante, mas agora ela entendia que, para Dawson, essa tinha sido a única escolha. Afinal de contas, o amor sempre diz mais sobre quem o sente do que sobre a pessoa amada.

Uma brisa começou a soprar do sul, trazendo o cheiro do mar, e Amanda fechou os olhos, entregando-se ao momento. Quando finalmente chegaram aos arredores de Vandemere, Dawson desdobrou o mapa que Amanda lhe dera e correu os olhos por ele antes de simplesmente menear a cabeça.

Com seus cento e poucos habitantes, Vandemere estava mais para um vilarejo do que para uma cidade. Amanda viu algumas poucas casas afastadas da estrada e uma pequena mercearia com uma bomba de gasolina na frente. No minuto seguinte, Dawson estava pegando um caminho de terra batida. Amanda não ima-

118

ginava como ele teria enxergado aquela trilha sulcada – a vegetação alta tornava quase impossível vê-la da rodovia –, mas eles começaram a segui-la, dobrando com cautela uma curva e depois outra, desviando de árvores derrubadas por tempestades e atravessando o terreno ligeiramente íngreme. O motor, que soava tão alto na rodovia, parecia quase mudo agora, seu barulho abafado pela vegetação densa que os rodeava. A trilha se estreitava ainda mais à medida que eles seguiam em frente, os galhos baixos cobertos de barbas-de-velho roçando no carro ao longo do caminho. Com suas flores viçosas e indomadas, as azaleias competiam com as trepadeiras pela luz do sol, obscurecendo a visão dos dois lados.

Dawson se inclinou para mais perto do volante, fazendo manobras sutis à medida que seguia devagar, tomando cuidado para não arranhar a pintura. O sol havia mergulhado atrás de outra nuvem, escurecendo o mundo verdejante ao redor.

Fizeram duas curvas consecutivas e então a trilha se alargou um pouco.

– Que loucura – falou ela. – Tem certeza de que estamos indo na direção certa?

– De acordo com o mapa, sim.

– Por que tão afastado da estrada principal?

Dawson encolheu os ombros, tão intrigado quanto ela. Assim que dobraram a última curva, ele freou o carro por instinto, ambos descobrindo subitamente a resposta.

12

O caminho terminava em uma pequena cabana antiga aninhada em um bosque de carvalhos. Uma varanda de pedra emoldurava a construção e, subindo por uma de suas colunas brancas, as trepadeiras ganhavam o telhado. A pintura tinha começado a descascar e os caixilhos das janelas, a escurecer. Havia uma cadeira de metal em um dos cantos da varanda e, acrescentando cor àquele mundo verde, via-se um pequeno vaso de gerânios.

Mas os olhos dos dois foram inevitavelmente atraídos pelas flores silvestres. Milhares delas num jardim multicolorido que se estendia quase até os degraus de entrada da cabana – um mar de vermelho, laranja, púrpura, azul e amarelo que se erguia quase até a cintura de uma pessoa e tremulava à brisa suave, com centenas de borboletas revoando, como uma onda de cores sob o sol. Quase invisível em meio aos lírios e palmas-de-santa-rita, uma cerca de ripas de madeira delimitava o jardim.

Maravilhada, Amanda olhou para Dawson e tornou a olhar para as flores. Parecia uma ilusão, o paraíso imaginário de alguém. Ela se perguntou como e quando Tuck havia planejado aquele lugar, porém, mesmo naquele instante, teve certeza de que ele havia plantado aquelas flores silvestres para Clara. Tuck as plantara para expressar quanto a esposa era importante para ele.

– É incrível – falou ela, sem fôlego.

– Você sabia disto? – A voz de Dawson refletia seu deslumbramento.

– Não – respondeu Amanda. – Isto era algo só deles dois.

Ao falar essas palavras, ela visualizou com nitidez uma imagem de Clara sentada na varanda enquanto Tuck se recostava em uma coluna, deleitando-se com a beleza inebriante do jardim de flores silvestres. Dawson finalmente tirou o pé do freio e o carro seguiu adiante em direção à casa, as cores se mesclando como gotas de tinta vivas banhadas pelo sol.

Depois de estacionarem perto da cabana, eles desceram do carro e continuaram a assimilar a cena. Podia-se ver um caminho estreito e sinuoso em meio às flores. Fascinados, os dois adentraram aquele oceano de cores sob o céu salpicado de nuvens. O sol ressurgiu por trás de uma delas e Amanda pôde sentir seu calor espalhar o perfume ao redor. Todos os seus sentidos pareciam aguçados, como se aquele dia tivesse sido criado especialmente para ela.

Enquanto andavam lado a lado, Dawson pegou a mão de Amanda. Ela permitiu, pensando em como aquilo parecia natural. Sentindo sua pele, ela imaginou os anos de trabalho que estavam gravados em seus calos. Pequenos cortes haviam deixado cicatrizes nas palmas de suas mãos, mas seu toque era surpreendentemente suave, e de repente Amanda teve certeza de que Dawson também teria cultivado um jardim como aquele para ela, se soubesse que isso a deixaria feliz.

Para sempre. Era o que ele havia entalhado na bancada de Tuck. Uma promessa adolescente, nada mais que isso, porém, de alguma forma, ele havia conseguido mantê-la viva. Amanda sentia a força daquelas palavras agora, preenchendo a distância entre os dois enquanto eles passavam pelas flores. Uma trovoada roncou muito longe e ela teve a estranha sensação de que o barulho a estava chamando, incitando-a a ouvir.

Seu ombro roçou o dele, fazendo seu pulso acelerar.

– Será que estas flores crescem sozinhas todos os anos ou ele precisava semeá-las? – ponderou Dawson.

O som da voz dele resgatou Amanda de seu devaneio.

– Algumas crescem, outras precisam ser plantadas – respondeu ela, sua voz soando estranha aos próprios ouvidos. – Conheço algumas dessas espécies.

– Então ele veio aqui este ano? Para plantar mais flores?

– Deve ter vindo. Estou vendo alguns âmios-maiores. Minha mãe os plantava lá em casa e eles morrem no inverno.

Eles passaram os minutos seguintes caminhando pela trilha enquanto Amanda apontava as flores sazonais que conhecia: amarelinhas, liatris, ipomeias e ásteres, intercaladas por outras perenes, como não-te-esqueças-de-mim, chapéus--mexicanos e papoulas-orientais. Não parecia haver uma organização formal no jardim: era como se Deus e a natureza estivessem decididos a deixá-lo como queriam, quaisquer que fossem os planos de Tuck. De alguma forma, no entanto, isso só aumentava sua beleza. E, à medida que atravessavam aquela aquarela caótica, tudo em que Amanda conseguia pensar era na felicidade que sentia por Dawson estar ao seu lado compartilhando aquele momento.

O vento ficou mais forte, esfriando o ar e atraindo mais nuvens. Ela observou Dawson olhar para o céu.

– Vai chover – comentou ele. – É melhor eu levantar a capota do carro.

Amanda assentiu, mas não largou sua mão. Parte dela temia que Dawson não fosse voltar a pegá-la, que a oportunidade não tornasse a surgir. Mas ele tinha razão: as nuvens estavam escurecendo.

– Encontro você lá dentro – disse ele, parecendo tão relutante quanto Amanda ao soltar lentamente seus dedos.

– Você acha que a porta está destrancada?

– Eu apostaria que sim – falou Dawson, sorrindo. – Já volto.

– Pode trazer minha bolsa?

Ele assentiu e, enquanto Amanda o observava se afastar, lembrou-se de que, antes de namorar e amar Dawson, havia se apaixonado por ele. Tudo tinha começado como uma paixonite infantil, do tipo que a fazia escrever o nome dele nos cadernos da escola, quando deveria estar fazendo o dever de casa. Ninguém sabia, talvez nem mesmo Dawson, que eles não tinham se tornado parceiros de laboratório na aula de química por acidente. Quando o professor mandou que os alunos formassem duplas, ela pediu para ir ao banheiro e, quando voltou, Dawson era, como sempre, o único que restava. Suas amigas lançaram-lhe olhares de piedade, mas ela estava empolgada por poder passar algum tempo com aquele garoto calado e enigmático que, de alguma forma, parecia maduro demais para a idade.

Agora, enquanto ele baixava a capota do carro, era como se a história se repetisse e Amanda sentia aquela mesma empolgação. Havia algo em Dawson que se comunicava somente com ela, uma conexão da qual Amanda havia sentido falta durante os anos que os dois passaram separados. E ela sabia que, em certo sentido, havia esperado por ele, assim como Dawson a esperara.

Não conseguia imaginar nunca mais voltar a vê-lo, não poderia permitir que Dawson se tornasse apenas uma lembrança. O destino – na forma de Tuck – interviera e, à medida que começava a andar em direção à cabana, Amanda teve certeza de que havia um motivo. Tudo aquilo precisava significar algo. Afinal de contas, o passado ficara para trás. Só lhes restava o futuro.

❦

Conforme Dawson previra, a porta da frente estava destrancada. Ao entrar na pequena casa, a primeira coisa que passou pela cabeça de Amanda foi que aquele havia sido o espaço de Clara.

Apesar de ter o mesmo piso desgastado, as mesmas paredes de madeira e no geral se parecesse com a casa de Oriental, ali havia almofadas de cores vivas em cima do sofá e fotografias em preto e branco dispostas com esmero pelas paredes. As tábuas do revestimento das paredes tinham sido bem lixadas e pintadas de azul-claro e as janelas grandes permitiam que a luz natural inundasse o ambiente. Havia duas estantes brancas embutidas, repletas de livros e entremeadas com bibelôs de porcelana, algo que Clara obviamente colecionara ao longo dos anos. Uma colcha detalhada feita à mão fora posta sobre o encosto de uma poltrona e não havia um só vestígio de poeira nas mesas de canto rústicas. Abajures de pé se erguiam em dois lados da sala e uma versão menor da fotografia de aniversário de casamento estava perto do rádio em um dos cantos.

Às suas costas, Amanda ouviu Dawson entrar na cabana. Ele ficou parado em silêncio na porta, segurando seu paletó e a bolsa de Amanda, aparentemente sem palavras.

Ela também não conseguia esconder o próprio espanto.

– Impressionante, não?

Dawson aos poucos assimilou o que via.

– Só tem uma coisa: será que estamos na casa certa?

– Não se preocupe – disse ela, apontando para a fotografia. – É aqui mesmo. Mas está na cara que este era o cantinho de Clara, não dele. E que Tuck nunca mudou nada aqui.

Dawson dobrou o paletó sobre o espaldar de uma cadeira, pendurando nela a bolsa de Amanda.

– Não me lembro de ter visto a casa de Tuck tão limpa assim. Imagino que Tanner tenha contratado alguém para arrumar o lugar para nós.

É claro que sim, pensou Amanda. Ela se lembrou de Tanner mencionando os planos de ir até lá e as instruções de que eles só fizessem a viagem no dia seguinte à reunião. A porta destrancada apenas confirmava suas suspeitas.

– Já viu o resto da casa? – perguntou ele.

– Ainda não. Estava ocupada demais tentando descobrir onde Clara deixava que Tuck se sentasse para fumar. É óbvio que não era aqui dentro.

Ele apontou com o polegar por cima do ombro, na direção da porta aberta.

– O que explica a cadeira na varanda. Devia ser ali.

– E será que continuou assim mesmo depois que Clara morreu?

– Ele provavelmente tinha medo de que o espírito dela aparecesse e lhe desse uma bronca se ele acendesse um cigarro dentro de casa.

Ela sorriu e eles foram conhecer o restante da cabana, esbarrando-se ao atravessarem a sala de estar. Como na casa em Oriental, a cozinha ficava nos fundos, com vista para o rio, mas, diferentemente da outra, tudo nesta lembrava a esposa de Tuck, desde os armários brancos e os arabescos intricados até o pequeno mural de azulejos azuis e brancos na parede da pia. Havia uma chaleira no fogão e um vaso de flores silvestres na bancada, obviamente colhidas do jardim da frente. Uma mesa estava encostada na parede sob a janela e ali havia duas garrafas de vinho, um branco e outro tinto, além de duas taças impecáveis.

– Ele está começando a ficar previsível – comentou Dawson ao ver as garrafas.

Amanda deu de ombros.

– Não é o pior dos defeitos.

Eles admiraram a vista do rio Bay pela janela, nenhum dos dois dizendo mais nada. Enquanto ficavam parados ali, Amanda se deleitou com o silêncio e o conforto que a familiaridade com Dawson lhe dava. Era possível notar o ligeiro subir e descer do peito dele à medida que respirava e ela precisou se conter para não pegar sua mão. Então, ainda calados, ambos deram as costas para a janela e continuaram a percorrer a casa.

O quarto ficava logo em frente à cozinha e havia uma aconchegante cama com dossel no centro dele. As cortinas eram brancas e a cômoda não lembrava em nada os móveis com riscos e marcas que Tuck tinha em Oriental. Havia dois abajures de cristal idênticos, um em cada criado-mudo, e um quadro impressionista pendurado na parede oposta ao armário.

Junto ao quarto, havia um toalete com uma banheira com pés de garra, do tipo que Amanda sempre quisera ter. Um espelho antigo pendia sobre a pia e ela viu seu reflexo ao lado do de Dawson. Era a primeira vez que via uma imagem dos dois juntos desde que tinham voltado a Oriental. Ocorreu-lhe que, durante todo o tempo de namoro na adolescência, eles nunca haviam tirado uma foto juntos – tiveram a ideia, mas nunca chegaram a concretizá-la.

Amanda se arrependia agora, mas e se houvessem tirado uma foto como lembrança? Será que ela a teria guardado em uma gaveta e se esquecido de sua existência, para reencontrá-la de tempos em tempos? Ou será que a teria mantido em algum lugar especial, que só ela conhecesse? Amanda não sabia, mas, quando viu o rosto de Dawson ao lado do seu no espelho do banheiro, teve uma inconfundível sensação de intimidade. Havia tempos ninguém fazia com que se sentisse atraente, mas era assim que ela se sentia naquele momento. Sabia da atração que havia entre os dois. Deleitava-se com a maneira como o olhar dele viajava pelo seu corpo e com a fluidez graciosa dos movimentos de Dawson. Percebia, com toda a clareza, que eles se entendiam de forma quase instintiva. Por mais que tivessem se reencontrado fazia poucos dias, Amanda confiava nele e sabia que poderia lhe contar tudo. Sim, eles tinham discutido durante o jantar naquela primeira noite e também a respeito da família Bonner, mas existia uma honestidade pura e simples em tudo o que diziam. Não havia significados ocultos nem tentativas veladas de julgar o outro. Com a mesma rapidez com que surgiram, os desentendimentos tinham passado. Amanda continuou a analisar Dawson pelo espelho. Ele se virou e notou seu olhar no reflexo. Sem deixar de encará-la, estendeu a mão e, com um toque suave, afastou uma mecha de cabelo que caíra sobre os olhos dela. E então saiu, deixando-a com a certeza de que, quaisquer que fossem as consequências, sua vida já havia sido irrevogavelmente alterada, de uma maneira que ela jamais poderia ter imaginado.

⚜

Depois de pegar sua bolsa na sala, Amanda foi encontrar Dawson na cozinha. Ele havia aberto uma garrafa de vinho e servido duas taças. Entregou-lhe uma e os dois se encaminharam em silêncio para a varanda. As nuvens negras no horizonte tinham se aproximado, trazendo consigo uma leve neblina. No aclive cercado de árvores que conduzia ao rio, a folhagem assumia um tom de verde escuro e vibrante.

Amanda pôs o vinho de lado e mexeu em sua bolsa, retirando dois envelopes. Entregou a Dawson o que trazia o nome dele e apoiou o outro, que deveria ser lido antes da cerimônia, no colo. Dawson dobrou o dele e o enfiou no bolso de trás da calça.

Amanda lhe estendeu o envelope em branco.

– Está pronto?

– Na medida do possível.

– Quer abrir? Devemos ler antes da cerimônia.

– Não, abra você – disse ele, aproximando sua cadeira. – Eu leio daqui.

Amanda levantou a beirada do lacre e abriu com cuidado o envelope. Ao desdobrar a carta, ficou impressionada com os garranchos na página. Aqui e ali, as palavras estavam riscadas e as linhas tortas exibiam um tremor que refletia a idade de Tuck. A carta era longa – três folhas, frente e verso – e ela se perguntou quanto tempo Tuck teria demorado escrevendo-a. Era datada daquele ano, 14 de fevereiro, Dia dos Namorados no país. De certo modo, parecia apropriado.

– Vamos? – perguntou ela.

Quando Dawson assentiu, Amanda se inclinou para a frente e os dois começaram a ler.

Amanda e Dawson,
Obrigado por virem. E obrigado por fazerem isto por mim. Não saberia a quem mais pedir.

Não sou muito de escrever, então imagino que a melhor maneira de começar seja dizendo a vocês que esta é uma história de amor. Minha e de Clara, quero dizer, e, embora eu pudesse aborrecê-los dando todos os detalhes de nosso namoro e dos primeiros anos do casamento, nossa verdadeira história – a parte que vocês vão querer ouvir – começou em 1942. Àquela altura, estávamos casados fazia três anos e já havíamos perdido nosso primeiro bebê. Eu sabia quanto Clara sofria com isso, e eu também sofria, pois não havia nada que pudesse fazer. As dificuldades afastam alguns casais. Outros, como nós, aproximam-se mais ainda por conta delas.

Mas estou divagando. Acontece bastante quando se fica mais velho, por sinal. Um dia vocês irão descobrir.

Como disse, o ano era 1942 e, para comemorar nosso aniversário de casamento, fomos assistir a Idílio em dó-ré-mi, com Gene Kelly e Judy Garland. Nenhum de nós dois tinha ido ao cinema antes, e precisamos ir até Raleigh para isso. Quando tudo acabou e as luzes se acenderam, nós simplesmente continuamos sentados, pensando no filme. Duvido que vocês o tenham visto, e não pretendo aborrecê-los com os detalhes, mas é sobre um homem que se mutila para não ser mandado à Primeira Guerra Mundial e então precisa reconquistar a mulher que ama, que passa a considerá-lo um covarde. Na época, eu tinha recebido uma convocação do Exército, então me identifiquei com algumas partes da história, porque também não queria deixar minha esposa e partir. Mas nenhum de nós dois queria pensar no assunto. Em vez disso, ficamos conversando sobre a canção principal do filme, "For Me and My Gal". Nós a cantamos durante todo o percurso de volta para casa. Uma semana depois, eu me alistei na Marinha.

É meio estranho, já que, como eu disse, o Exército havia me chamado e, sabendo o que sei agora, talvez tivesse sido melhor, levando em conta meu trabalho e o fato de que não sabia nadar. Talvez eu acabasse indo parar na oficina, fazendo manutenção dos caminhões e jipes que rodariam pela Europa. Afinal de contas, o Exército não pode fazer muita coisa se seus veículos não estiverem funcionando, certo? Mas, embora não passasse de um rapaz do interior, eu sabia que o Exército colocava você onde fosse preciso, não aonde você quisesse ir, e àquela altura todos sabiam que era apenas uma questão de tempo até atacarmos a Europa de vez. Iriam precisar de homens em terra e, por mais empolgante que fosse a ideia de enfrentar Hitler, a perspectiva de entrar para a infantaria simplesmente não me agradava.

Na seção de alistamento, havia um pôster da Marinha mostrando um homem sem camisa recarregando um canhão. Algo naquela imagem repercutiu em mim. Posso fazer isso, pensei com meus botões. Então, em vez de ir até a mesa do Exército, fui até a da Marinha e me alistei. Quando voltei para casa, Clara chorou por horas a fio. Depois me fez prometer que voltaria vivo. E eu prometi.

Passei pelo treinamento básico e, em novembro de 1943, fui mandado para o USS Johnson, um destróier que estava no Pacífico. Nunca acreditem se alguém lhes disser que é mais perigoso estar no Exército ou nos Fuzileiros Navais do que na Marinha. Ou mais aterrorizante. Na Marinha, sua capacidade não adianta de nada, porque você fica à mercê do navio. Se ele afundar, você morre. Se você cair no mar, morre – ninguém vai se arriscar a parar para resgatá-lo. Não há para onde correr ou como se esconder e, depois que a ideia de que você não tem controle sobre nada entra na sua cabeça, ela não sai mais. Nunca senti tanto medo na vida. Bombas e fumaça por toda parte, incêndios no convés. Enquanto isso, os canhões eram disparados, um barulho que não se parecia com nada que eu tivesse ouvido antes, umas 10 vezes mais forte que uma trovoada, mas talvez nem isso seja suficiente para descrevê-lo. Nas grandes batalhas, os caças japoneses metralhavam o convés sem parar e os disparos ricocheteavam por todo lado. No meio disso tudo, tínhamos que continuar fazendo nosso trabalho, como se nada estivesse acontecendo.

Em outubro de 1944, estávamos perto da ilha de Samar, preparando-nos para a invasão das Filipinas. Tínhamos 13 embarcações, o que pode parecer muito, mas, tirando o porta-aviões, nossa frota era composta basicamente de destróieres e navios de escolta, de modo que não contávamos com muito poder de fogo. E então, no horizonte, vimos o que parecia ser a Marinha japonesa inteira vindo em nossa direção. Quatro encouraçados, oito cruzadores e 11 destróieres dispostos a nos mandar para o fundo do oceano. Mais tarde ouvi alguém dizer que foi como Davi contra Golias, exceto por não termos a atiradeira. E foi basicamente isso mesmo. Nossas armas nem sequer conseguiam alcançá-los quando eles abriram fogo. Então o que deveríamos fazer, sabendo que não tínhamos a menor chance?

Nós partimos para o combate. Fomos direto para cima deles. O nosso foi um dos primeiros navios a começar a disparar, o primeiro a lançar bombas e torpedos, e afundamos um cruzador e um encouraçado. Fizemos bastante estrago em outros também, mas dois cruzadores inimigos se aproximaram e começaram a disparar. Como estávamos na linha de frente, não resistimos e fomos os primeiros de nossa frota a ir a pique. Havia 327 homens a bordo e naquele dia 186 morreram – alguns deles, grandes amigos meus.

Aposto que estão se perguntando o porquê de eu contar isso. Devem estar pensando que divaguei de novo, então talvez seja melhor ir direto ao ponto. No bote salva-vidas, com toda aquela batalha acontecendo ao nosso redor, percebi que não sentia mais medo. De repente, tive a certeza de que ficaria bem, porque sabia que minha história com Clara ainda não havia terminado, e fui invadido por uma sensação de paz. Podem chamar de trauma de guerra se quiserem, mas sei do que estou falando e, naquele momento, debaixo de um céu que era só explosões e fumaça, lembrei-me do nosso aniversário de casamento e comecei a cantar "For Me and My Gal", exatamente como Clara e eu tínhamos feito no carro voltando de Raleigh. Simplesmente cantei a música a plenos pulmões, como se não tivesse absolutamente nada com que me preocupar, pois sabia que, de alguma forma, Clara iria me ouvir e entender que podia ficar tranquila. Eu havia feito uma promessa a ela e nada, nem mesmo naufragar no Pacífico, me impediria de cumpri-la.

É loucura, eu sei. Mas, como disse, fui salvo. Acabei sendo transferido para um navio de transporte de tropas. Quando me dei conta, a guerra tinha acabado e eu estava em casa. Não falei sobre a guerra depois de voltar. Não conseguia. Nem uma só palavra. Era simplesmente doloroso demais e Clara entendia isso, de modo que, pouco a pouco, voltamos a nossas vidas. Em 1955, começamos a construir esta cabana. Fiz tudo praticamente sozinho. Uma tarde, logo depois de encerrar os trabalhos do dia, me aproximei de Clara quando ela estava tricotando à sombra. Ela cantava "For Me and My Gal".

As lembranças da batalha invadiram minha mente e eu congelei. Nunca contara à minha esposa o que tinha acontecido na balsa naquele dia e fazia anos que não pensava naquela canção. Mas Clara deve ter notado algo em mim, porque ergueu os olhos e disse: "Do nosso aniversário, lembra? Nunca lhe contei, mas uma noite, quando você estava na Marinha, eu tive um sonho." Então voltou a tricotar e acrescentou: "Eu estava em um campo de flores silvestres e, embora não conseguisse ver você, eu o ouvia cantar essa música para mim. Quando acordei, não sentia mais medo. Até então, eu tinha muito medo de que você não voltasse."

Eu fiquei parado ali, abismado. "Não foi um sonho", falei enfim. Clara apenas sorriu e eu tive a sensação de que ela já esperava por aquela resposta. "Eu sei. Como disse, ouvi você cantar", falou. Depois disso, a ideia de que Clara e eu tínhamos uma ligação especial e muito forte – espiritual até, alguns diriam – nunca me abandonou.

Alguns anos mais tarde, decidi fazer o jardim e a trouxe aqui no nosso aniversário para mostrá-lo a ela. Não era grande coisa na época, nada parecido com o que é agora, mas ela jurou que era o lugar mais bonito do mundo. No ano seguinte, eu arei um pouco mais de terra e plantei mais sementes, o tempo todo cantarolando nossa música. Fiz a mesma coisa todos os anos, até o dia em que Clara faleceu. Então eu espalhei suas cinzas aqui, no lugar que ela amava.

Mas fiquei arrasado depois que ela se foi. Tinha raiva de tudo, bebia demais e me perdia aos poucos. Parei de arar a terra, de semeá-la ou de cantar porque Clara estava morta e eu não via motivo para viver. Odiava o mundo e não queria continuar nele. Mais de uma vez, pensei em me matar. Mas então Dawson apareceu. Foi bom tê-lo por perto. De certa forma, ele me ajudou a lembrar que *eu ainda pertencia a este mundo, que minha missão aqui não havia terminado. Mas aí ele também foi tirado de mim.*

Foi quando, depois de anos, voltei a este lugar. Não era a época certa, mas algumas flores continuavam abertas e, embora até hoje não saiba bem o porquê, quando cantei nossa música meus olhos se encheram de lágrimas. Eu chorei por Dawson, imagino, mas também chorei por mim. Porém, acima de tudo, chorei por Clara.

Naquela mesma noite, tudo começou. Quando voltei para casa, vi Clara pela janela da cozinha. Embora o som fosse baixinho, pude ouvi-la cantarolando nossa canção. Mas sua imagem era indistinta, como se não estivesse exatamente ali, e quando saí ela já havia desaparecido. Então voltei para a cabana e recomecei a arar a terra. E tornei a ver minha esposa, dessa vez na varanda. Dali a poucas semanas, depois que plantei as sementes, ela passou a vir com frequência e consegui me aproximar mais um pouco antes que sua imagem desaparecesse. Quando as flores desabrocharam, fui para o jardim e caminhei por entre elas. Naquele dia, ao voltar para casa, eu a vi com toda a nitidez. Clara estava parada na varanda, esperando por mim, como se perguntasse por que eu havia demorado tanto para entender o que estava acontecendo. E, desde então, tem sido assim.

Ela é parte das flores, entendem? Suas cinzas as ajudaram a crescer e, quanto mais elas cresciam, mais minha esposa retornava à vida. Enquanto eu continuasse a cultivá-las, Clara conseguiria encontrar uma maneira de voltar para mim.

Então é por esse motivo que vocês estão aqui e que lhes peço que façam isso por mim. Este é o nosso lugar, um cantinho do mundo onde o amor torna tudo possível. Acho que vocês dois entenderão isso melhor do que ninguém.

Agora chegou o momento de eu me unir a Clara, de cantarmos juntos novamente. Chegou a minha hora e não tenho arrependimentos. Estou junto de minha esposa outra vez e este é o único lugar em que desejaria estar. Espalhem minhas cinzas ao vento e sobre as flores e não chorem por mim. Em vez disso, sorriam por nós, sorriam de alegria por mim e pelo meu amor.

Tuck

Dawson se inclinou para a frente, apoiando os antebraços sobre as pernas. Tentava imaginar Tuck escrevendo aquela carta. Não se parecia em nada com o homem lacônico e bronco que o acolhera. Aquele era um Tuck que Dawson nunca havia conhecido, uma pessoa totalmente estranha.

A expressão no rosto de Amanda era de ternura quando ela dobrou novamente a carta, tomando todo o cuidado para não rasgá-la.

– Conheço essa canção – disse ela depois de guardar a carta na bolsa. – Cheguei a ouvir Tuck cantá-la uma vez, sentado em sua cadeira de balanço.

Quando lhe perguntei a respeito dela, ele não respondeu nada. Em vez disso, colocou-a para tocar.

– Na casa dele?

Ela assentiu.

– Lembro-me de ter pensado que era o tipo de música que ficava na cabeça, mas Tuck só fechou os olhos e pareceu... perdido nela. Quando acabou, ele se levantou e guardou o disco. Na época eu não soube o que pensar daquilo, mas agora entendo. – Ela se virou para Dawson. – Ele estava chamando Clara.

Dawson girou devagar sua taça de vinho.

– Você acredita? Que ele via Clara?

– Antes, eu duvidava. Não acreditava totalmente, pelo menos. Agora já não tenho certeza.

Uma trovoada ressoou ao longe, lembrando-os novamente do que tinham ido fazer ali.

– Acho que está na hora – falou Dawson.

Amanda se levantou e, juntos, eles desceram em direção ao jardim. O vento não mudara, mas a neblina estava ainda mais espessa. A manhã cristalina dera lugar a uma tarde que refletia o peso melancólico do passado.

Assim que Dawson buscou a urna, eles pegaram o caminho que conduzia ao centro do jardim. Os cabelos de Amanda ondulavam ao vento e Dawson a observou correr os dedos por eles, tentando mantê-los sob controle. Eles chegaram ao meio do jardim e pararam.

Dawson sentia o peso da urna nas mãos.

– Deveríamos dizer alguma coisa – murmurou ele.

Quando Amanda assentiu, ele começou a falar primeiro, fazendo um tributo ao homem que lhe dera abrigo e amizade. Amanda, por sua vez, agradeceu a Tuck por ser seu confidente e disse que havia passado a amá-lo como a um pai. Quando terminaram, quase como se aproveitasse a deixa, o vento ficou mais forte, e Dawson abriu a tampa da urna.

As cinzas saíram voando, rodopiando sobre as flores, e, enquanto observava a cena, Amanda não pôde deixar de pensar que Tuck estava procurando por Clara, chamando-a uma última vez.

⚜

Eles voltaram para a casa e ficaram alternando momentos de silêncio com comentários de suas lembranças de Tuck. Lá fora, a chuva havia começado a cair. Era firme, mas não muito forte: uma delicada chuva de verão que parecia uma bênção.

Quando ficaram com fome, decidiram enfrentar a chuva, pegando o Stingray e voltando até a rodovia pela trilha sinuosa. Poderiam ter retornado para Oriental, mas preferiram seguir para New Bern. Encontraram um restaurante chamado Chelsea perto do centro histórico. Estava quase vazio quando chegaram, mas, ao saírem, não havia uma única mesa livre.

Assim que a chuva parou por alguns instantes, eles foram passear pelas calçadas silenciosas da cidade, visitando as lojas que ainda estavam abertas. Enquanto Dawson dava uma olhada nos livros de um sebo, Amanda aproveitou para telefonar para casa. Conversou primeiro com Jared e Lynn antes de falar com Frank. Ligou também para a mãe, deixando uma mensagem na secretária eletrônica avisando que talvez se atrasasse e pedindo-lhe que deixasse a porta destrancada. Ela desligou ao ver que Dawson se aproximava, sentindo uma pontada de tristeza ao pensar que aquele dia estava quase chegando ao fim. Como se lesse seus pensamentos, ele lhe ofereceu o braço e Amanda se apoiou nele enquanto os dois retornavam lentamente para o carro.

Quando voltaram à estrada, a chuva caía novamente. Assim que atravessaram o rio Neuse, a neblina ficou mais espessa, esgueirando-se além da floresta. Os faróis mal iluminavam a estrada e as árvores pareciam absorver a pouca luz que restava. Em meio à escuridão úmida e nebulosa, Dawson seguiu dirigindo mais devagar.

A água caía em um ritmo constante sobre a capota e Amanda se viu pensando naquele dia. Mais de uma vez durante o jantar, havia surpreendido Dawson olhando para ela, porém, em vez de ficar constrangida, desejou que ele não parasse.

Ela sabia que isso era errado. Sua vida não permitia esse tipo de desejo; a sociedade tampouco o tolerava. Amanda poderia tentar vê-lo como uma consequência de outros acontecimentos em sua vida, mas sabia que não era verdade. Dawson não era um estranho que ela havia encontrado por acaso: era seu primeiro amor, o único verdadeiro e o mais duradouro de todos.

Frank ficaria arrasado se soubesse o que ela estava pensando. E, apesar dos problemas que tinham, ela sabia que amava o marido. No entanto, mesmo que nada acontecesse – mesmo que Amanda fosse para casa à noite –, ela sabia que a presença de Dawson continuaria a assombrá-la. Embora seu casamento estivesse atribulado fazia anos, não era uma questão de ela estar em busca de consolo em outra pessoa. Era Dawson – e o *nós* que existia sempre que estavam juntos – que tornava tudo aquilo ao mesmo tempo natural e inevitável. Não conseguia deixar de pensar que a história dos dois ainda estava inacabada, que ambos estavam esperando para escrever o final.

Depois de passarem por Bayboro, Dawson desacelerou o carro. A próxima curva na direção sul levava a Oriental. Mas, caso continuassem em linha reta, voltariam a Vandemere. Dawson estava prestes a fazer a curva, e, à medida que se aproximavam do cruzamento, cada vez mais ela tinha vontade de lhe dizer que seguisse em frente. Não queria acordar no dia seguinte imaginando se voltaria a vê-lo algum dia. Essa ideia era aterrorizante, mas, por algum motivo, as palavras não saíam de sua boca.

Não havia mais ninguém na estrada. Água escorria do asfalto em direção às valas rasas dos dois lados da rodovia. Quando chegaram ao cruzamento, Dawson pisou de leve no freio e, para surpresa de Amanda, parou o carro. Os limpadores do para-brisa jogavam a água de um lado para outro. Gotas de chuva cintilavam sob a luz dos faróis. Com o motor em ponto morto, Dawson se virou para ela, o rosto coberto pelas sombras.

– Sua mãe deve estar esperando por você.

O coração de Amanda batia cada vez mais rápido.

– Sim – assentiu ela, sem dizer mais nada.

Dawson passou um bom tempo somente olhando para ela, analisando-a, vendo toda a esperança, o medo e o desejo nos olhos que fitavam os seus. Então, com um breve sorriso, virou o rosto de volta para o para-brisa. O carro recomeçou lentamente a seguir rumo a Vandemere e nenhum dos dois teve vontade – ou foi capaz – de impedir que isso acontecesse.

Não houve nenhum constrangimento quando chegaram de volta à porta da cabana. Amanda foi até a cozinha enquanto Dawson acendia as luzes. Ela tornou a encher suas taças de vinho, sentindo-se ao mesmo tempo inquieta e secretamente entusiasmada.

Na sala de estar, Dawson girou o seletor do rádio até encontrar um jazz antigo e deixou o volume baixo. Pegou um dos velhos livros da prateleira acima do rádio e estava folheando suas páginas amareladas quando Amanda se aproximou dele com o vinho. Devolvendo o livro a seu lugar na prateleira, Dawson pegou a taça e a seguiu até o sofá. Ficou observando enquanto ela tirava os sapatos.

– É tão silencioso – falou Amanda. Pousando a taça na mesa de canto, ela puxou as pernas para cima e abraçou os joelhos. – Dá para entender por que Tuck e Clara queriam ficar aqui.

A luz tênue da sala de estar emprestava um quê de mistério aos seus traços, e Dawson pigarreou.

– Você acha que vai voltar aqui algum dia? – perguntou ele. – Depois deste fim de semana, quero dizer?

– Não sei. Se tivesse certeza de que continuaria desta forma, sim. Mas sei que não vai, porque nada dura para sempre. E parte de mim quer se lembrar deste lugar como ele está hoje, com todas as flores desabrochadas.

– Isso sem falar na casa limpa.

– Isso também – concordou ela, pegando o vinho e girando-o na taça. – Mais cedo, quando as cinzas estavam se espalhando, sabe no que fiquei pensando? Na noite que passamos no cais observando a chuva de meteoros. Não sei por quê, mas de repente foi como se eu estivesse lá. Pude ver nós dois deitados na manta, sussurrando um para o outro e escutando as cigarras, aquele eco perfeito, melodioso. E, acima de nós, o céu estava tão... vivo.

– Por que está me contando isso? – perguntou Dawson em um tom de voz gentil.

A expressão no rosto de Amanda era de melancolia.

– Porque foi naquela noite que descobri que o amava. Que estava completa e perdidamente apaixonada. E acho que minha mãe percebeu que isso tinha acontecido.

– Por que diz isso?

– Porque, na manhã seguinte, ela me perguntou a seu respeito e, quando lhe contei como eu me sentia, nós acabamos brigando. Foi uma briga feia, das piores que já tivemos. Ela chegou até a me dar um tapa. Fiquei tão chocada que não soube como reagir. E, durante toda a discussão, ela ficava me dizendo como meu comportamento era ridículo e que eu não sabia o que estava fazendo. Queria dar a impressão de que o problema era você, mas hoje sei que ela teria ficado irritada mesmo se fosse qualquer outra pessoa. Porque o problema não era você, ou nós dois, ou mesmo a sua família. O problema era ela. Minha mãe sabia que eu estava crescendo e tinha medo de perder o controle. Não sabia como lidar com isso naquela época e não sabe até hoje. – Amanda tomou um gole de vinho e baixou a taça, girando a haste entre os dedos. – Hoje de manhã ela disse que sou egocêntrica.

– Ela está errada.

– Eu também achei – disse ela. – No início, pelo menos. Agora não tenho certeza.

– Por quê?

– Não estou agindo exatamente como uma mulher casada, estou?

Sem deixar de observá-la, ele manteve silêncio, dando-lhe tempo para refletir sobre o que dizia.

– Quer que eu a leve de volta? – perguntou por fim.

Ela hesitou antes de balançar a cabeça.

– Não – respondeu Amanda. – Essa é a questão. Quero ficar aqui, com você. Mesmo sabendo que é errado. – Seus olhos estavam abaixados, os cílios negros em destaque contra a pele. – Isso faz algum sentido?

Dawson correu um dedo ao longo das costas da mão de Amanda.

– Quer mesmo que eu responda?

– Não – respondeu ela. – Acho que não. Mas é... complicado. O casamento, quero dizer.

Dawson traçava desenhos delicados em sua pele.

– Você gosta de estar casada? – perguntou ele, a voz hesitante.

Em vez de responder de imediato, Amanda tomou outro gole de vinho, recompondo-se.

– Frank é um bom homem. Na maior parte do tempo, pelo menos. Mas estar casado não é exatamente como as pessoas pensam. Elas querem acreditar que todo casamento é um equilíbrio perfeito, mas não é assim. Uma pessoa sempre ama mais do que a outra. Sei que Frank me ama e eu também o amo... mas não tanto quanto ele. E nunca amei.

– Por que não?

– Você não sabe? – disse ela, encarando-o. – Por sua causa. Mesmo quando estávamos na igreja e eu me preparava para fazer meus votos, lembro-me de ter desejado que fosse você ali na minha frente, não ele. Porque não só eu ainda o amava, como meu amor por você não tinha limites, e mesmo naquele momento eu suspeitei que nunca fosse me sentir da mesma forma em relação a Frank.

Dawson sentiu a boca ficar seca.

– Então por que se casou com ele?

– Porque pensava que o que tínhamos seria suficiente. E tinha esperanças de poder mudar. De que, com o tempo, talvez passasse a sentir por Frank o mesmo que sentia por você. Mas isso não aconteceu e, com o passar dos anos, imagino que ele tenha percebido isso também. Eu sabia que isso o magoava, porém, quanto mais Frank tentava me mostrar que eu era importante para ele, mais sufocada eu me sentia. E eu odiava isso. E o odiava também. – Ela se encolheu ao ouvir as próprias palavras. – Sei que devo parecer uma pessoa horrível.

– Você não é uma pessoa horrível – falou Dawson. – Só está sendo honesta.

– Deixe-me terminar, então – disse ela. – Preciso que você entenda isso. Você precisa saber que amo meu marido e dou muito valor à nossa família. Frank é apaixonado pelas crianças. Sua vida gira em torno delas e acho que foi por isso que perder Bea foi tão difícil para nós. Você não faz ideia de como é terrível ver sua filha ficar cada vez mais doente e saber que não há nada que se possa fazer para ajudá-la. Você acaba em uma verdadeira montanha-russa de emoções, sente raiva de Deus, questiona a injustiça de tudo aquilo, até que no fim se sente devastado, um fracasso total. Mas acabei conseguindo sobreviver à dor. Frank, por outro lado, nunca se recuperou. Porque, por trás de todos aqueles outros sentimentos, o que existe é um desespero sem fim e ele simplesmente... esgota a pessoa. Deixa um buraco onde antes ficava a alegria. Bea era isso. Ela era a alegria em pessoa. Nós costumávamos brincar dizendo que ela já havia nascido sorrindo. Mesmo quando bebê, quase nunca chorava. E isso jamais mudou, ela ria o tempo todo. Para Bea, qualquer novidade era uma descoberta empolgante. Jared e Lynn costumavam competir pela atenção da irmã. Dá para imaginar uma coisa dessas?

Sua voz estava ficando mais embargada e ela se deteve um pouco antes de prosseguir:

– E então as dores de cabeça começaram e ela passou a trombar nas coisas enquanto andava. Nós consultamos uma série de especialistas e, um por um, eles foram dizendo que não podiam fazer nada. – Amanda engoliu em seco.

– Depois disso... as coisas só pioraram. Mas ela continuou sendo quem era, entende? Simplesmente feliz. Mesmo perto do fim, quando mal conseguia se sentar sozinha, ela ainda ria. Sempre que ouvia aquela risada, eu sentia meu coração se partir um pouco mais.

Dawson esperou quando o olhar de Amanda vagou distraído em direção à janela e ela se calou por um momento.

– No fim, eu passava horas deitada com Bea na cama, simplesmente abraçando-a enquanto ela dormia e, quando ela acordava, nós continuávamos deitadas, olhando uma para a outra. Eu não conseguia desviar os olhos dela, queria memorizar seu nariz, seu queixo, seus cachinhos. E quando ela voltava a dormir, eu a abraçava forte e só chorava, por causa da injustiça daquilo tudo.

Lágrimas escorriam pelo rosto de Amanda, que piscou, aparentemente sem percebê-las. Não fez menção de secá-las, e Dawson também não. Em vez disso, ele permaneceu imóvel, atento a cada palavra.

– Depois que ela morreu, parte de mim também se foi. E, durante muito tempo, Frank e eu mal conseguimos olhar um para o outro. Não por raiva, mas porque isso nos fazia sofrer. Eu via Bea nele e ele a via em mim e isso era... insuportável. Por pouco não desmoronamos, embora Jared e Lynn precisassem de nós mais do que nunca. Comecei a beber duas ou três taças de vinho todas as noites, tentando me anestesiar, mas Frank bebia mais ainda. Depois de um tempo, percebi que aquilo não estava me ajudando, então parei. Mas, para Frank, não foi tão fácil.

Uma lembrança das dores de cabeça que sentia na época ecoou na mente de Amanda e, por instinto, ela parou de falar e apertou a ponte do nariz entre o polegar e o indicador.

– Ele não conseguia parar – prosseguiu ela. – Achei que ter outro filho talvez pudesse ajudá-lo a vencer o sofrimento, mas estava enganada. Frank é alcoólatra e, ao longo dos últimos 10 anos, tem levado uma vida pela metade. E eu cheguei a um ponto em que não sei mais como devolver a ele a parte que falta.

Dawson engoliu em seco.

– Não sei o que dizer.

– Eu também não. Queria poder me convencer de que isso não teria acontecido se Bea estivesse viva. Mas aí me pergunto se também não tenho minha parcela de culpa. Porque venho fazendo Frank sofrer há anos, mesmo antes do que aconteceu a Bea. Ele sabia que eu não o amava da mesma forma como ele sempre me amou.

– A culpa não é sua – falou Dawson. Mas, até aos seus ouvidos, as palavras soaram inadequadas.

Ela balançou a cabeça.

– É gentileza sua dizer isso e, superficialmente, sei que tem razão. Mas, se a bebida ainda é uma fuga para Frank, provavelmente é de mim que ele está fugindo. Porque sabe da minha raiva e da minha decepção e que não poderia apagar 10 anos de arrependimento, por mais que se esforçasse. Quem não fugiria de uma coisa assim? Sobretudo quando ela tem relação com a pessoa que você ama? Quando tudo o que você quer, na verdade, é que ela ame você tanto quanto você a ama?

– Não faça isso – disse ele, fitando-a nos olhos. – Você não pode assumir a culpa dos problemas dele e torná-los seus.

– Você está dizendo isso porque nunca foi casado – retrucou Amanda com um sorriso torto. – Tudo o que sei é que quanto mais tempo a pessoa fica casada, mais percebe que poucas coisas são preto no branco. E não estou dizendo que eu seja culpada de todos os problemas do meu casamento. Sei que nem Frank nem eu somos perfeitos.

– Isso parece algo que um analista diria.

– E talvez seja mesmo. Alguns meses depois da morte de Bea, passei a fazer terapia duas vezes por semana. Não sei como teria conseguido sobreviver sem a ajuda da minha analista. Jared e Lynn também se trataram com ela, mas não por tanto tempo. Imagino que as crianças se recuperem com mais facilidade.

– Eu não saberia dizer.

Ela descansou o queixo nos joelhos, a expressão em seu rosto refletindo sua agonia.

– Nunca contei a Frank sobre nós dois.

– Não?

– Ele sabia que eu havia namorado alguém na escola, mas nunca falei sobre como tinha sido sério. Acho que nem mesmo cheguei a dizer a ele o seu nome. E meus pais, é óbvio, fizeram de tudo para fingir que nada havia acontecido. Tratavam o assunto como um segredo de família. Minha mãe, é claro, ficou aliviada quando contei que estava noiva. Não é que ela tenha se emocionado, porque ela não se emociona com nada. Provavelmente acredita que está acima disso. Mas, se serve de consolo para você, tive que lembrar a ela o nome de Frank. Duas vezes. Já o seu...

Dawson riu, mas calou-se logo em seguida. Ela tomou um gole de vinho, sentindo o calor da bebida descer pela garganta e mal notando a música que ainda tocava baixinho ao fundo.

– Tanta coisa aconteceu, não? Desde a última vez em que nos vimos – disse ela com um fiapo de voz.

– A vida aconteceu.

– Não foi só a vida.

– Do que você está falando?

– De tudo isto: estar aqui, reencontrar você. Faz pensar numa época em que eu ainda acreditava que todos os sonhos pudessem se tornar realidade. Faz muito tempo que não me sinto assim. – Ela se virou para Dawson, seus rostos a centímetros de distância. – Você acha que nós poderíamos ter dado certo? Se tivéssemos saído daqui e começado uma vida juntos?

– É difícil dizer.

– Mas e se tivesse que arriscar um palpite?

– Sim. Acho que teríamos dado certo.

Ela assentiu, sentindo algo se quebrar dentro de si.

– Também acho.

Lá fora, uma ventania começou a jogar rajadas de chuva contra a janela, como se atirasse pedras. O rádio tocava músicas de outra época, o som se misturando ao ritmo da chuva. A quentura da sala a tornava um ninho, quase fazendo Amanda acreditar que nada mais existisse.

– Você era tímido – murmurou ela. – Mal falava comigo quando começamos a trabalhar em dupla na escola. Eu ficava jogando verde, esperando que você me convidasse para sair e me perguntando se um dia você faria isso.

– Você era bonita demais – falou Dawson, encolhendo os ombros. – Eu não era ninguém. Ficava nervoso ao seu lado.

– Ainda deixo você nervoso?

– Não – respondeu ele, pensando um pouco mais em seguida. Um sorriso discreto surgiu em seu rosto. – Talvez um pouco.

Ela ergueu uma sobrancelha.

– Posso fazer alguma coisa quanto a isso?

Ele pegou a mão de Amanda e a virou de um lado para outro nas suas, notando como elas pareciam se encaixar perfeitamente e lembrando-se mais uma vez do que havia deixado para trás. Uma semana antes, ele estava contente. Não completamente feliz – talvez sentindo-se um pouco isolado –, mas contente. Sabia quem era e qual seu lugar no mundo. Estava sozinho, mas por uma escolha consciente e da qual, mesmo àquela altura, não se arrependia. Sobretudo àquela altura. Porque ninguém poderia ter substituído Amanda, ninguém jamais a substituiria.

– Quer dançar comigo? – perguntou ele afinal.

Ela respondeu com um sorriso tímido:

– Sim.

Ele se levantou do sofá e, com delicadeza, a ajudou a fazer o mesmo. Ela se colocou de pé, suas pernas tremendo um pouco à medida que eles seguiam juntos para o centro da pequena sala. A música parecia preencher o ambiente de nostalgia e, por um instante, nenhum dos dois soube o que fazer. Amanda esperou, observando Dawson se virar para ela com uma expressão insondável no rosto. Por fim, colocando uma das mãos no quadril de Amanda, ele a puxou para perto. Seus corpos se encontraram e ela se apoiou nele, sentindo a solidez do tórax de Dawson à medida que seus braços enlaçavam sua cintura. Bem devagar, os dois começaram a dança.

Senti-lo tão perto era delicioso. Amanda sorveu seu cheiro, tão limpo e real – exatamente como se lembrava. Percebia as pernas de Dawson encostando nas suas e a rigidez de seu abdome contra seu corpo. Fechando os olhos repleta de desejo, pousou a cabeça no ombro dele, pensando na primeira noite em que fizeram amor. Ela tremera naquela noite e tremia agora.

A canção terminou, mas eles continuaram abraçados até que a música seguinte começasse. Amanda sentia a respiração de Dawson contra seu pescoço e ouviu quando ele soltou o ar como em um suspiro de alívio. Ele aproximou o rosto e Amanda inclinou sua cabeça para trás, entregando-se, desejando que aquela dança durasse para sempre. Que eles dois durassem para sempre.

Os lábios de Dawson percorreram primeiro seu pescoço, então roçaram de leve seu rosto e, embora pudesse ouvir um eco de alerta ao longe, ela se rendeu àquele toque delicado.

Eles então se beijaram, hesitantes a princípio, depois mais apaixonadamente, tentando compensar uma vida inteira separados. As mãos dele percorriam o corpo de Amanda e, quando eles finalmente se afastaram, ela se deu conta de quanto tempo havia ansiado por aquilo. Encarou Dawson com os olhos semicerrados, desejando-o por completo e naquele instante. O desejo que ele sentia também estava claro e, com um gesto que pareceu quase coreografado, Amanda beijou Dawson uma vez mais antes de levá-lo para o quarto.

13

Abee se sentia morto. O dia tinha sido uma merda. Havia começado uma merda, depois a tarde e a noite foram uma merda e até o clima estava uma merda. Fazia horas que chovia e sua camisa estava encharcada. Para completar, por mais que se esforçasse, não conseguia impedir os acessos de tremedeira e suor que vinham um atrás do outro.

Dava para notar que Ted não estava muito melhor. Ao sair do hospital, mal conseguira chegar ao carro sem cair. Mas isso não o impedira de ir direto para o quarto dos fundos de seu barraco, onde guardava todas as armas. Eles as haviam colocado na caminhonete antes de seguirem para a casa de Tuck.

O único problema era que não havia ninguém ali. Dois carros estavam estacionados em frente à casa, mas não se via nem sinal de nenhum dos donos. Abee sabia que Dawson e a mulher iriam voltar. Não tinham alternativa, já que os carros estavam ali. Então ele e Ted se separaram e se acomodaram para esperar. E esperar. E *esperar*.

Eles tinham chegado no mínimo duas horas antes de a chuva começar a cair. Depois de uma hora debaixo d'água, Abee começara a sentir calafrios. Todas as vezes que vinha um tremor, a dor em sua barriga parecia que ia fazê-lo desmaiar. Por Deus, parecia mesmo que estava morrendo. Tentou pensar em Candy para passar o tempo, mas isso só serviu para fazê-lo se perguntar se *o tal cara* estaria no bar naquela noite. Isso o enfureceu, fazendo-o tremer ainda mais e recomeçando todo o processo. Ele se perguntou onde Dawson haveria se metido e o que estaria fazendo, para começo de conversa. Nem sabia ao certo se acreditava ou não no que Ted dissera a respeito do primo – na verdade, tinha quase certeza de que duvidava –, mas resolvera ficar quieto quando notara a expressão no rosto de Ted. Ele não iria desistir. E, pela primeira vez na vida, Abee teve medo do que o irmão poderia fazer se ele dissesse para irem para casa.

Enquanto isso, Candy e *o tal cara* provavelmente estariam no bar. Os dois às gargalhadas, distribuindo sorrisos um para o outro. Só de imaginar, sua pulsação disparava de raiva. Então Abee sentiu outro lampejo de dor e, por um instante, teve certeza de que desmaiaria. Ele iria matar aquele sujeito. Deus era testemunha. Da próxima vez que o visse, iria matá-lo e depois se certificar de que Candy aprendera as regras. Só precisava resolver aquele assunto de família antes, para que Ted pudesse ajudá-lo. Afinal, não tinha a menor condição de cuidar daquilo sozinho.

⚜

Outra hora se passou e o sol desceu mais um pouco no céu. Ted sentia vontade de vomitar. Todas as vezes em que se movia, sua cabeça parecia pronta para explodir e seu braço já coçava tanto debaixo do gesso que ele queria arrancar aquela porcaria. Não conseguia respirar direito por conta do inchaço no nariz e tudo o que queria era que Dawson aparecesse para que pudesse acabar de uma vez por todas com aquela história.

Pouco lhe importava se a animadora de torcida estivesse ou não com ele. No dia anterior, havia se preocupado em não deixar testemunhas, mas a essa altura do campeonato as coisas tinham mudado. Simplesmente esconderia o corpo dela também. Talvez as pessoas acabassem deduzindo que os dois tinham fugido juntos.

Mesmo assim, onde Dawson teria se metido? Onde poderia ter passado a droga do dia inteiro? E chovendo, ainda por cima. Ted com certeza não se preparara para isso. Abee também parecia estar com o pé na cova. O cara estava praticamente verde, mas Ted não poderia fazer aquilo sozinho. Não com um braço só e tendo a sensação de que o cérebro estava solto dentro do crânio. Pelo amor de Deus, só de respirar ele sentia dor. E, quando se movia, ficava tão tonto que precisava se escorar para não cair.

À medida que a noite caía e a névoa chegava, Ted repetia para si mesmo que eles voltariam a qualquer momento, mas estava ficando mais difícil se convencer disso. Ele não comia nada desde o dia anterior e a tonteira aumentava.

Às dez da noite, ainda não havia sinal deles. Às onze tampouco. E nem mesmo à meia-noite, com as estrelas se espalhando entre as nuvens como um manto de luzes cintilantes no céu.

Ele estava com cãibras e sentindo frio quando começou a ter ânsias de vômito. Gelado, tremia descontroladamente.

Uma da manhã e ainda nada. Às duas, Abee finalmente se levantou, mal conseguindo se manter de pé. A essa altura, até Ted sabia que o casal não iria voltar naquela noite, de modo que os dois se arrastaram em direção à caminhonete. Ted mal se lembrava da viagem de volta ou de como Abee e ele tiveram que se escorar um no outro enquanto percorriam aos tropeços o acesso à casa de Tuck. Ao desabar na cama, a única coisa que recordava era a raiva que sentia. E, depois disso, tudo apagou.

14

Quando acordou na manhã de domingo, Amanda precisou de alguns segundos para reconhecer onde estava e se lembrar da noite anterior. Pássaros cantavam lá fora e a luz do sol entrava pela pequena fresta entre as cortinas. Ela rolou devagar na cama e então descobriu que o espaço ao seu lado estava vazio. Sentiu uma pontada de decepção, seguida quase imediatamente por uma sensação de perplexidade.

Sentando-se na cama, ela puxou o lençol contra o corpo enquanto olhava para o banheiro e se perguntava onde Dawson poderia estar. Ao perceber que as roupas dele não estavam ali, envolveu-se com o lençol e foi até a porta do quarto. Espiando pelo vão, pôde vê-lo sentado nos degraus da varanda da frente. Voltou para dentro, vestiu-se às pressas e entrou no banheiro. Penteou rapidamente os cabelos e seguiu a passos leves em direção à porta da frente. Precisava conversar com Dawson e certamente ele precisava conversar com ela.

Ele se virou ao ouvir a porta se abrir com um rangido. Sorriu para ela, a barba por fazer emprestando-lhe um ar travesso.

– Olá – falou ele, um copo de isopor aninhado no colo, enquanto entregava outro a ela. – Imaginei que fosse precisar de um pouco de café.

– Onde comprou isso? – perguntou Amanda.

– Na loja de conveniência. Fica mais adiante na estrada. Até onde sei, é o único lugar em Vandemere que vende café. Mas não deve ser tão bom quanto o que você tomou na sexta de manhã.

Dawson ficou observando-a enquanto ela pegava o copo e se sentava ao seu lado.

– Dormiu bem?

– Dormi – respondeu ela. – E você?

– Não muito. – Ele encolheu de leve os ombros antes de desviar o olhar, voltando a se concentrar nas flores. – A chuva finalmente parou – comentou.

– Eu percebi.

– É melhor eu lavar o carro quando voltarmos à casa de Tuck – disse ele. – Posso ligar para Morgan Tanner, se você quiser.

– Não, eu ligo – falou ela. – Devemos nos falar, de qualquer maneira. – Amanda sabia que aquela conversa sem sentido era apenas uma maneira de evitar o óbvio. – Você não está bem, está?

Ele encurvou os ombros, mas ficou calado.

– Está chateado – sussurrou ela, sentindo um aperto no coração.

– Não – respondeu ele, surpreendendo-a. Então passou o braço ao seu redor. – Nem um pouco. Por que estaria? – Dawson se inclinou para mais perto, beijando-a com ternura antes de recuar lentamente.

– Olhe – começou ela –, sobre ontem à noite...

– Sabe o que eu encontrei? – interrompeu ele. – Enquanto estava sentado aqui? Ela balançou a cabeça, confusa.

– Um trevo de quatro folhas – falou Dawson. – Bem aqui em frente aos degraus, logo antes de você acordar. – Ele lhe entregou a planta delicada dentro de um pedaço dobrado de papel. – É sinal de sorte. Pensei muito sobre isso esta manhã.

Amanda notou uma inquietude na voz de Dawson e teve um mau pressentimento.

– Do que você está falando? – perguntou ela baixinho.

– De sorte, fantasmas, destino.

Suas palavras não diminuíram em nada a confusão que Amanda sentia e ela ficou observando enquanto ele tomava outro gole de café. Dawson baixou o copo e seu olhar se perdeu ao longe.

– Eu quase morri – disse ele enfim. – Não sei. Talvez devesse ter morrido. A queda em si deveria ter me matado. Ou a explosão. Droga, eu provavelmente deveria ter morrido dois dias atrás...

Ele deixou a frase no ar, imerso em pensamentos.

140

– Você está me assustando – disse ela enfim.

Dawson ajeitou a coluna, voltando sua atenção para Amanda.

– Houve um incêndio na plataforma na primavera – começou ele.

Então lhe contou tudo: sobre o fogo que se transformara em um inferno no convés, a queda na água e o homem de cabelos pretos; que o estranho o conduzira em direção ao colete salva-vidas, reaparecera usando o casaco azul e em seguida sumira no navio de abastecimento. Falou de tudo o que havia acontecido ao longo das semanas seguintes: a sensação de estar sendo vigiado e a nova aparição do homem na marina. Por fim, descreveu seu encontro com Ted na sexta-feira, incluindo o inexplicável surgimento (e subsequente desaparecimento) do mesmo homem de cabelos pretos na mata.

Quando ele terminou, Amanda sentia seu coração acelerado enquanto tentava compreender o que ouvira.

– Está me dizendo que Ted tentou matar você? Que foi até a casa de Tuck com uma arma para caçá-lo e que você não sentiu necessidade de sequer mencionar isso ontem?

Dawson balançou a cabeça com o que pareceu indiferença.

– Já tinha resolvido o assunto.

Amanda notou que a própria voz ficou mais alta.

– Você larga seu primo na antiga propriedade da família e liga para Abee. Pega a arma e desaparece com ela. Isso é resolver o assunto?

Ele parecia cansado demais para discutir.

– A família é minha – disse ele. – É assim que resolvemos as coisas.

– Você é diferente.

– Eu sempre fui um deles – falou Dawson. – Sou um Cole, lembra? Eles vêm, nós brigamos, eles voltam depois. Não sabemos fazer outra coisa.

– O que está dizendo? Que ainda não acabou?

– Para eles, não.

– Então o que você vai fazer?

– O mesmo de sempre. Tentar ao máximo me manter fora de vista, fazer de tudo para ficar longe do caminho deles. Não vai ser muito difícil. Além de lavar o carro e talvez dar outra passada no cemitério, não tenho motivos para ficar por aqui.

Um pensamento repentino, vago e indistinto a princípio, começou a se cristalizar na mente de Amanda, gerando os primeiros sinais de pânico.

– Foi por isso que não voltamos ontem à noite? – exigiu saber. – Porque você achou que eles poderiam estar na casa de Tuck?

– Tenho certeza de que estavam – falou ele. – Mas não, não é por isso que estamos aqui. Nem pensei neles ontem. Só passei um dia perfeito ao seu lado.

– Não está com raiva deles?

– Não muito.

141

– Como consegue fazer isso? Se desligar desse jeito, mesmo sabendo que eles estão à sua procura? – A adrenalina invadia o corpo de Amanda. – É alguma ideia louca sobre seu destino por ser um Cole?

– Não – respondeu ele, balançando a cabeça de forma quase imperceptível. – Eu não pensei neles porque estava pensando em você. E, desde que você entrou na minha vida, tem sido sempre assim. Eu não penso neles porque amo você. Não há espaço para as duas coisas.

Ela baixou o olhar.

– Dawson...

– Não precisa dizer nada.

– Preciso, sim – insistiu Amanda, aproximando-se de Dawson, seus lábios encontrando os dele.

Quando se separaram, as palavras saíram tão naturalmente quanto sua respiração:

– Eu te amo, Dawson Cole.

– Eu sei – falou ele, deslizando o braço em volta da cintura de Amanda. – Eu também te amo.

⚜

A tempestade havia arrancado a umidade do ar, deixando para trás um céu azul e o doce perfume das flores. Um ou outro pingo d'água ainda caía do telhado, aterrissando nas samambaias e trepadeiras e fazendo-as cintilar sob a suave luz dourada. Dawson continuava com o braço ao redor de Amanda, que saboreava a pressão do próprio corpo contra o dele.

Depois que Amanda embrulhou o trevo de volta e o guardou em seu bolso, eles se levantaram e passearam pela propriedade, caminhando abraçados. Contornando o jardim – o caminho que haviam usado no dia anterior estava lamacento –, eles deram a volta até os fundos. A casa ficava em cima de um pequeno barranco. Para além dele, estendia-se o rio Bay, quase tão largo quanto o Neuse. À beira do canal, eles viram uma garça-azul atravessando com suas pernas altas a parte rasa e, um pouco mais adiante, um grupo de tartarugas que tomava banho de sol em um tronco.

Eles ficaram ali por um tempo, absorvendo a cena, antes de voltarem devagar em direção à casa. Na varanda, Dawson a puxou para perto, beijando-a mais uma vez. Amanda o beijou invadida pela certeza de seu amor por ele. Quando enfim se separaram, ela ouviu o som distante do toque de um celular. Era o seu telefone, lembrando-a da vida que ela ainda tinha fora dali. Ao ouvir o som, Amanda baixou a cabeça, relutante, e Dawson fez o mesmo. Suas testas se encontraram enquanto o toque persistia, e Amanda fechou os olhos. Depois do que pareceu uma eternidade, o telefone silenciou. Ela abriu os olhos e encarou Dawson, esperando que ele entendesse.

Ele assentiu e estendeu a mão para a porta, abrindo-a para ela. Amanda entrou na casa, virando-se ao entender que ele não iria segui-la. Depois de observá-lo sentar-se no degrau, forçou-se a ir em direção ao quarto. Pegou sua bolsa e fisgou o celular. Havia dezenas de chamadas perdidas.

Sentiu-se enjoada imediatamente, sua cabeça a mil por hora. Foi para o banheiro, arrancando as roupas no caminho. Por instinto, fez uma lista mental do que precisava fazer, do que iria dizer. Ligou o chuveiro e vasculhou os armários em busca de xampu e sabonete, felizmente encontrando os dois. Entrou debaixo d'água, tentando se livrar da sensação de pânico. Em seguida, enxugou-se e tornou a vestir suas roupas, secando os cabelos da melhor forma possível. Por fim, aplicou com cuidado a pouca maquiagem que sempre carregava consigo.

Andou depressa pelo quarto, arrumando-o. Fez a cama e colocou os travesseiros de volta no lugar. Depois pegou a garrafa de vinho, derramou o resto do conteúdo na pia e a jogou na lixeira. Parou, pensando em pegá-la de volta e levá-la, mas a deixou onde estava. Apanhou as taças quase vazias de cima das mesas de canto. Enxaguou-as, depois as secou e guardou no armário da cozinha. Ocultando as provas.

Mas ainda havia os telefonemas. As chamadas perdidas. As *mensagens*.

Ela teria que mentir. Contar a Frank onde havia passado a noite estava fora de questão. Não conseguia suportar a ideia do que seus filhos poderiam pensar. Ou sua mãe. Amanda precisava consertar aquilo. De certa forma, precisava consertar tudo, no entanto, por trás desse pensamento, uma voz persistente sussurrava a seguinte pergunta: *Viu o que você fez?*

Vi. Mas eu o amo, respondia outra voz.

Parada ali, tomada de emoção, Amanda teve vontade de chorar. E talvez tivesse chorado, se, no instante seguinte, prevendo sua angústia, Dawson não entrasse na pequena cozinha. Ele a tomou nos braços e sussurrou novamente que a amava. Então, por um breve instante, por mais impossível que parecesse, ela sentiu que tudo daria certo.

Os dois ficaram calados durante o trajeto de volta a Oriental. Dawson percebia a ansiedade de Amanda e sabia que era melhor não dizer nada, mas segurava com força o volante.

A garganta de Amanda parecia irritada, mas ela sabia que era só nervosismo. O fato de Dawson estar ao seu lado era a única coisa que a impedia de desmoronar. Sua mente ia de lembranças e planos a sentimentos e preocupações, um caleidoscópio que mudava a cada curva da estrada. Imersa em pensamentos, ela mal notava os quilômetros que ficavam para trás.

Chegaram a Oriental pouco depois do meio-dia e passaram pela marina. Em alguns minutos, estavam pegando o acesso à casa de Tuck. Amanda notou vagamente que Dawson havia ficado tenso, inclinado sobre o volante enquanto vasculhava as árvores que ladeavam a trilha. Cauteloso, até. Os primos, pensou ela. Mas, quando o carro começou a desacelerar, o rosto de Dawson assumiu uma expressão de incredulidade.

Acompanhando seu olhar, Amanda se virou em direção à casa. Ela e a oficina pareciam estar como antes e os carros continuavam estacionados no mesmo lugar. Porém, quando viu o que Dawson já havia notado, ela percebeu que não sentia quase nada. Sabia, desde o início, que isso poderia acontecer.

Dawson diminuiu a velocidade e parou o carro. Amanda se virou para ele com um sorriso frágil, tentando assegurar que poderia dar conta daquilo.

– Ela deixou três mensagens – falou Amanda, encolhendo os ombros com impotência.

Dawson assentiu, entendendo que ela precisaria enfrentar aquilo sozinha. Depois de respirar fundo, Amanda abriu a porta e saiu do carro, nem um pouco surpresa ao ver que a mãe parecia ter se dado o trabalho de se vestir de acordo com a ocasião.

15

Dawson ficou observando Amanda seguir direto para a casa, permitindo que a mãe a seguisse se quisesse. Evelyn pareceu não saber o que fazer. Era óbvio que nunca havia estado na casa de Tuck antes – e não seria seu destino ideal se você estivesse com terninho creme e colar de pérolas, principalmente depois de uma tempestade. Hesitante, ela olhou na direção de Dawson. Encarou-o firme, o rosto impassível, como se reagir à sua presença fosse indigno dela.

Por fim, deu meia-volta e seguiu a filha até a varanda. A essa altura, Amanda já tinha sentado em uma das cadeiras de balanço. Dawson voltou a dar partida no carro e seguiu lentamente em direção à oficina.

Uma vez lá, saiu do veículo e se recostou na bancada. Não podia imaginar o que Amanda diria à mãe e, de onde estava, já não conseguia vê-las. Enquanto corria os olhos pela oficina, algo atiçou sua memória, algo que Morgan Tanner tinha falado durante a reunião em seu escritório. Ele dissera que Amanda e Dawson saberiam quando ler as cartas que Tuck lhes escrevera. De repente, ele teve certeza de que o amigo iria querer que ele lesse a sua naquele momento. Provavelmente havia previsto o desenrolar dos acontecimentos. Enfiando a mão no bolso de trás da calça, Dawson pegou o envelope. Passou o dedo sobre seu nome ao desdobrá-lo. O garrancho trêmulo era o mesmo que ele e Amanda haviam notado na carta que leram juntos. Virou o envelope e o abriu. Diferentemente da carta anterior, aquela ocupava apenas a frente e o verso de uma página. No silêncio da oficina que um dia fora seu lar, Dawson se concentrou nas palavras e começou a ler.

Dawson,

Não sei como exatamente começar esta carta, a não ser dizendo-lhe que, ao longo dos anos, passei a conhecer Amanda muito bem. Gostaria de pensar que ela não mudou desde a primeira vez em que a vi, mas não posso afirmar isso. Naquela época, vocês dois eram bastante reservados e, como a maioria dos jovens, paravam tudo o que estivessem fazendo quando eu aparecia. Isso não me incomodava, por sinal. Clara e eu também éramos assim. Duvido que o pai dela tenha sequer ouvido minha voz antes de nos casarmos, mas essa é outra história.

O que quero dizer é que não sei quem ela era, mas sei quem ela é hoje em dia, e digamos apenas que agora entendo por que você nunca conseguiu esquecê--la. Amanda é uma pessoa muito bondosa. Tem muito amor, muita paciência, além de ser inteligente que só e uma das coisas mais bonitas que já andaram pelas ruas desta cidade, isso eu garanto. Mas acho que é sua gentileza que mais me encanta, pois estou neste mundo há tempo suficiente para saber como essa é uma qualidade rara.

Duvido que esteja dizendo algo que você não saiba, mas, durante os últimos anos, passei a considerá-la uma filha. Isso significa que devo falar com você como talvez o pai dela tivesse falado, pois um pai não serve de muita coisa se não se preocupar um pouco. Principalmente com ela. Acima de tudo, você precisa entender que Amanda está sofrendo – e acredito que esteja sofrendo há muito tempo. Percebi isso na primeira vez em que ela veio me visitar e torci para que fosse apenas uma fase, porém, quanto mais ela vinha, pior parecia estar. De vez em quando eu acordava e a via zanzando pela oficina, então comecei a entender que você era parte do que fazia com que ela ficasse daquela forma. Amanda estava sendo assombrada pelo passado, assombrada por você. Mas acredite quando digo que nossas lembranças são curiosas. Às vezes são fiéis, mas outras vezes se transformam no que queremos que sejam. E acho que, à sua maneira, Amanda estava tentando descobrir o que o passado realmente significava para ela. Foi por isso que me dei o trabalho de armar este fim de semana. Tinha um palpite de que rever você seria a única maneira de Amanda encontrar a saída dessa escuridão.

Mas, como disse, ela está sofrendo. E se aprendi algo nesta vida é que, quando as pessoas sofrem, nem sempre conseguem ver as coisas com a clareza que deveriam. Amanda chegou a um momento da vida em que precisa tomar algumas decisões e é aí que você entra. Vocês dois têm que resolver o que vai acontecer a seguir, mas não se esqueça de que talvez ela necessite de mais tempo do que você. Talvez até mude de ideia algumas vezes. Mas, quando finalmente se decidir, ambos precisam aceitar essa decisão. E, se por algum motivo as coisas não derem certo entre vocês, então você não poderá mais olhar para trás. Senão, no fim das contas, isso vai destruí-lo. E a Amanda também. Nenhum de vocês pode seguir adiante arrependido, pois o arrependimento suga a vida de qualquer pessoa. Só de pensar nisso, sinto meu coração se partir. Afinal, se passei a considerar Amanda uma filha, também passei a considerá-lo um filho. E, se tivesse direito a apenas um desejo antes de morrer, seria saber que vocês dois, minhas duas crianças, encontrarão uma maneira de ficar bem.

Tuck

⚜

Amanda ficou observando a mãe testar as tábuas deterioradas do assoalho da varanda como se temesse que elas fossem ceder sob seus pés. Evelyn tornou a hesitar diante da cadeira de balanço, avaliando se haveria realmente necessidade de se sentar. Amanda sentiu o cansaço de sempre ao vê-la baixando o corpo com cuidado até a cadeira.

Evelyn se ajeitou no assento de modo a tocá-lo o mínimo possível. Uma vez acomodada, virou-se para encarar a filha, aparentemente disposta a esperar que ela falasse primeiro, mas Amanda ficou quieta. Sabia que nada do que dissesse poderia tornar aquela conversa mais fácil, de modo que manteve o olhar afastado, observando o sol tremeluzir ao atravessar a copa das árvores.

Finalmente, sua mãe girou os olhos.

– Francamente, Amanda. Pare de agir como criança. Não sou sua inimiga. Sou sua mãe.

– Eu sei o que a senhora vai dizer – replicou Amanda em tom monocórdio.

– Pode até ser, mas, ainda assim, é responsabilidade dos pais alertar os filhos quando eles cometem erros.

– É isso que a senhora acha que está acontecendo? – perguntou Amanda com rispidez, estreitando os olhos em direção à mãe.

– O que mais seria? Você é uma mulher casada.

– A senhora acha que não sei disso?

– Certamente não está agindo como se soubesse – disse ela. – Você não é a primeira mulher no mundo a ficar infeliz com o casamento. E nem a primeira a reagir a essa infelicidade. A diferença é que continua a achar que a culpa é de outra pessoa.

– Do que a senhora está falando?

As mãos de Amanda apertaram com força os braços da cadeira de balanço.

– Você culpa as pessoas, Amanda. – falou a mãe, torcendo o nariz. – Culpa a mim, a Frank e, depois de Bea, culpou até Deus. Busca em toda parte a causa dos problemas em sua vida, exceto no espelho. Em vez disso, anda por aí se sentindo uma mártir. "Pobre Amanda, lutando contra tudo e contra todos em um mundo tão cruel." A verdade é que o mundo não é fácil para ninguém. Nunca foi e nunca será. Mas, se fosse honesta consigo mesma, você entenderia que também não é completamente inocente nessa história toda.

Amanda cerrou os dentes.

– E eu aqui tendo esperanças de que a senhora fosse capaz do mínimo de empatia e compreensão. Parece que me enganei.

– É isso mesmo que acha? – perguntou Evelyn, puxando um fio imaginário da roupa. – Então me diga: o que eu deveria lhe falar? Deveria segurar sua mão e lhe perguntar como está se sentindo? Mentir dizendo que tudo vai ficar bem? Que não haverá consequências, mesmo que consiga manter Dawson em segredo? – Ela se deteve. – Sempre existem consequências, Amanda. Você tem idade mais do que suficiente para saber disso. Preciso mesmo lembrá-la?

Amanda obrigou-se a manter a voz firme:

– A senhora não está me entendendo.

– Quem não está me entendendo é você. Não me conhece tão bem quanto pensa.

– Eu conheço a senhora, mamãe.

– Ah, sim, claro. E eu sou incapaz do mínimo de empatia ou compreensão. – Ela tocou o brinco de diamante em sua orelha. – Sendo assim, deveríamos nos perguntar por que eu acobertei você na noite passada.

– O quê?

– Quando Frank telefonou. Na primeira vez, fingi que não suspeitava de nada enquanto ele falava sobre alguma coisa envolvendo golfe que ele pretendia fazer no dia seguinte com um amigo chamado Roger. Então, mais tarde, quando ele tornou a ligar, falei que você já estava dormindo, quando sabia muito bem o que havia tramado. Não tive dúvidas de que você estaria com Dawson e, na hora do jantar, tive certeza de que não voltaria mais para casa.

– Como pôde saber disso? – perguntou Amanda, tentando mascarar sua surpresa.

– Já percebeu como Oriental é pequena? Não há muitos lugares para se hospedar na cidade. No meu primeiro telefonema, falei com Alice Russell na pousada. Tivemos uma conversa muito agradável, por sinal. Ela me disse que

147

Dawson já havia feito o check-out, mas o simples fato de saber que ele estava na cidade bastou para que eu entendesse o que estava acontecendo. Imagino que seja por isso que estou aqui, em vez de esperando por você em casa. Achei que, se pulássemos a parte das mentiras e negações, esta conversa ficaria um pouco mais fácil para você.

Amanda se sentiu quase zonza.

– Obrigada – balbuciou. – Por não contar a Frank.

– Não cabe a mim contar nada ao seu marido ou falar qualquer coisa que possa complicar ainda mais seu casamento. O que você vai dizer a Frank é problema seu. Até onde sei, não aconteceu absolutamente nada.

Amanda engoliu o gosto ruim em sua boca.

– Então por que a senhora está aqui?

Sua mãe suspirou.

– Porque você é minha filha. Pode não querer conversar comigo, mas espero que me ouça.

Amanda notou um quê de decepção no tom de voz da mãe.

– Não quero ouvir os detalhes sórdidos sobre o que aconteceu na noite passada – continuou Evelyn. – Nem como foi terrível da minha parte não ter aceitado Dawson, para começar. Também não pretendo discutir seus problemas com Frank. O que quero fazer é lhe dar um conselho. Como mãe. Afinal, você é minha filha e eu me importo com o seu bem-estar, independentemente do que você pense. A questão é: você está disposta a ouvir?

– Estou – respondeu Amanda, a voz quase inaudível. – O que eu devo fazer?

O rosto da mãe perdeu a fachada de rigidez e sua voz soou surpreendentemente branda.

– É muito simples, na verdade – falou ela. – Não siga meus conselhos.

Amanda esperou que ela dissesse algo mais, mas a mãe ficou calada, sem acrescentar nada ao comentário.

– Está me dizendo para deixar Frank? – sussurrou ela enfim, sem saber ao certo como interpretar aquilo.

– Não.

– Então eu deveria tentar me acertar com ele?

– Também não disse isso.

– Não entendi.

– Não tente encontrar muito sentido.

Evelyn se levantou ajeitando a roupa. Então se encaminhou para os degraus. Amanda pestanejou, ainda tentando entender o que estava acontecendo.

– Espere… A senhora já vai? Mas não falou nada.

Ela se virou.

– Pelo contrário. Falei tudo o que interessa.

– Não seguir seus conselhos.
– Exatamente – disse a mãe. – Não siga meus conselhos. Ou os de qualquer outra pessoa. Confie em si mesma. Para o bem ou para o mal, na alegria ou na tristeza, a vida é sua. E você sempre foi e sempre será a única a decidir o que fazer com ela. – Colocou o sapato de couro no primeiro degrau, fazendo-o ranger, e seu rosto voltou a se tornar uma máscara. – Enfim, suponho que ainda nos veremos hoje, quando você for buscar suas coisas em casa, não?
– Sim.
– Então vou preparar alguns canapés e umas frutas.
Com isso, voltou a descer os degraus. Quando chegou ao carro, notou Dawson parado dentro da oficina e o analisou por alguns instantes antes de lhe dar as costas. Uma vez atrás do volante, deu a partida no motor e então, de repente, não estava mais ali.

Deixando a carta de lado, Dawson saiu da oficina e fixou o olhar em Amanda. Ela encarava as árvores, mais composta do que ele esperava, mas isso foi tudo o que conseguiu interpretar de sua expressão.

Enquanto ele andava em direção à varanda, ela lhe ofereceu um sorriso fraco antes de afastar o olhar. O medo se instalou em algum lugar no fundo do estômago de Dawson, que se sentou na cadeira de balanço e se inclinou para a frente, juntando as mãos e mantendo silêncio.

– Não vai me perguntar como foi? – perguntou por fim.
– Imaginei que você me contaria mais cedo ou mais tarde – respondeu ele. – Se quisesse falar a respeito, quero dizer.
– Sou tão previsível assim?
– Não.
– Sou, sim. Minha mãe, por outro lado... – Ela mexeu na orelha, ganhando tempo. – Se um dia eu lhe disser que entendo minha mãe, me lembre do que aconteceu hoje, OK?
– Pode deixar – respondeu ele, assentindo.
Amanda respirou fundo, devagar. Quando enfim falou, sua voz soou estranhamente distante.
– Quando a vi subindo até a varanda, tive certeza de que sabia como seria nossa conversa – falou ela. – Ela exigiria que eu lhe contasse o que estava fazendo e me diria que erro terrível eu estava cometendo. Em seguida, me daria o sermão de sempre sobre expectativas e responsabilidades, então eu a cortaria dizendo que ela não entendia nada a meu respeito. Eu lhe diria que amei você a vida inteira e que Frank já não me faz feliz. Que queria ficar com você. – Aman-

149

da se virou para ele, implorando que Dawson entendesse. – Eu conseguia me ouvir dizendo essas palavras, mas então...

Dawson viu a expressão no rosto dela se fechar.

– Minha mãe tem o dom de me fazer questionar tudo.

– Você está falando de nós – disse ele, o nó de medo se apertando em seu estômago.

– Estou falando de mim – prosseguiu ela, a voz um mero sussurro. – Mas, sim, também estou falando de nós. Porque eu quis dizer tudo isso a ela. Quis dizer essas coisas mais do que tudo, porque elas são verdade. – Amanda balançou a cabeça como se tentasse se livrar dos resquícios de um sonho. – Mas quando minha mãe começou a falar minha vida real voltou a toda a velocidade e, de repente, me ouvi dizendo algo completamente diverso. Foi como se houvesse dois rádios sintonizados em duas estações diferentes. Eu me ouvi dizendo que não queria que Frank soubesse de nada disso. E que meus filhos estão me esperando em casa. E que, por mais que eu dissesse ou tentasse explicar a eles, ainda haveria algo de egoísta em tudo isso.

Quando ela se deteve, Dawson a observou girar sua aliança, distraída.

– Annette ainda é uma garotinha – continuou ela. – Não consigo me imaginar abandonando-a e, ao mesmo tempo, também não consigo me imaginar tirando-a do pai. Como poderia explicar uma coisa dessas a ela? De que maneira ela compreenderia? E quanto a Jared e Lynn? Os dois são quase adultos, mas será que as coisas seriam mais fáceis para eles? Saber que abandonei nossa família para poder ficar com você? Como se estivesse tentando retomar minha juventude? – Sua voz estava angustiada. – Eu amo meus filhos e partiria meu coração vê-los olhar decepcionados para mim.

– Eles amam você – falou Dawson, engolindo o nó em sua garganta.

– Eu sei. Mas não quero colocá-los nessa posição – disse ela, cutucando um pedaço de tinta descascada na cadeira de balanço. – Não quero que me odeiem ou se decepcionem comigo. E meu marido... – Ela inspirou, trêmula. – Sim, tem problemas. E, sim, eu vivo em conflito com o que sinto por ele, mas Frank não é um homem ruim e sei que parte de mim sempre se importará com ele. Às vezes acho que é só por minha causa que ele ainda consegue seguir adiante de alguma forma. Mas não é o tipo de homem que se recuperaria se eu o deixasse por causa de outra pessoa. Ele jamais conseguiria se reerguer depois de um golpe desses. Isso simplesmente... o destruiria. E depois? Ele passaria a beber mais do que já bebe? Ou entraria em uma depressão profunda da qual não conseguiria sair? Não sei se posso fazer isso com ele. – Seus ombros se encurvaram. – E, é claro, ainda tem você.

Dawson pressentiu o que estava por vir.

– Este fim de semana foi maravilhoso, mas não é a vida real. Foi mais como uma lua de mel e, depois de um tempo, o entusiasmo vai passar. Podemos tentar nos convencer do contrário, fazer todas as promessas que quisermos, mas é inevitável. E, depois disso, você nunca mais vai me olhar da maneira como me olha agora. Eu não serei a mulher com quem você sonha, ou a garota que amou um dia. E você também vai deixar de ser meu amor perdido, a única verdade em minha vida. Vai se tornar alguém que meus filhos odeiam por ter arruinado nossa família, e então me verá como realmente sou. Em poucos anos, eu serei só uma mulher beirando os 50, com três filhos que talvez a odeiem e que possivelmente acabará se odiando por conta disso. E, no fim das contas, você a odiará também.

– Isso não é verdade. – A voz de Dawson permanecia firme.

Amanda se esforçou ao máximo para ser corajosa.

– É, sim – disse ela. – As luas de mel sempre acabam.

Dawson estendeu a mão, pousando-a em sua coxa.

– Quando penso em ficarmos juntos, não estou falando em lua de mel. Estou falando de você e de mim, duas pessoas reais. Quero acordar de manhã com você ao meu lado, quero chegar à noite e jantar com você. Quero compartilhar com você cada detalhe bobo do meu dia e ouvir cada detalhe do seu. Quero rir junto com você e dormir com você em meus braços. Porque você não é só alguém que amei no passado. Você era minha melhor amiga, a melhor parte de quem eu sou, e não consigo me imaginar desistindo disso outra vez. – Ele hesitou, buscando as palavras certas. – Eu lhe dei o melhor de mim e, depois que você foi embora, nada jamais voltou a ser o mesmo.

As palmas das mãos de Dawson estavam úmidas.

– Sei que está com medo – prosseguiu ele. – Eu também estou. Mas se fingirmos que nada aconteceu, se deixarmos esta chance passar, não sei se teremos outra. – Ele ergueu a mão, afastando uma mecha de cabelo dos olhos dela. – Ainda somos jovens. Ainda temos tempo de consertar isso.

– Já não somos tão jovens assim...

– Somos, sim – insistiu Dawson. – Ainda temos o resto da vida pela frente.

– Eu sei – sussurrou ela. – É por isso que preciso que você faça algo por mim.

– Qualquer coisa.

Ela apertou a ponta do nariz, tentando conter as lágrimas.

– Por favor... não me peça para ir com você, porque, se fizer isso, eu vou. Por favor, não me peça para contar a Frank a nosso respeito, porque eu também o farei. Por favor, não me peça para abandonar minhas responsabilidades ou minha família. – Ela respirou fundo, sorvendo o ar como se estivesse se afogando. – Eu te amo e, se você também me ama, não pode me pedir para fazer essas coisas. Não vou ser capaz de dizer não.

Quando ela terminou, Dawson ficou calado. Embora não quisesse admitir, entendia a verdade nas palavras dela. Separar sua família mudaria tudo, mudaria a própria Amanda e, por mais que isso o assustasse, lembrou-se da carta de Tuck. Talvez ela precisasse de mais tempo, escrevera ele. Ou talvez tudo tivesse realmente acabado e Dawson devesse seguir em frente.

Mas isso não era possível. Ele pensou em todos os anos que passara sonhando em reencontrá-la, pensou no futuro que talvez nunca tivessem juntos. Não queria lhe dar tempo, queria que ela o escolhesse ali mesmo, naquele instante. Mas, por outro lado, sabia que Amanda precisava disso, que talvez nunca tivesse precisado tanto de algo na vida. Ele suspirou, esperando que de alguma forma isso tornasse as palavras mais fáceis de dizer.

– Está bem – sussurrou ele enfim.

Então Amanda começou a chorar. Lutando contra as emoções que se debatiam dentro dele, Dawson se levantou. Amanda fez o mesmo e ele a puxou para perto, sentindo-a desmoronar contra seu corpo. Enquanto o cheiro dela invadia suas narinas, um turbilhão de imagens começou a passar por sua cabeça: o sol contra os cabelos de Amanda quando ela saiu da oficina no dia em que ele chegou à casa de Tuck; a graciosidade com que ela caminhou entre as flores silvestres em Vandemere; o instante voraz, congelado no tempo, em que seus lábios se tocaram pela primeira vez no calor de uma cabana que ele nem mesmo sabia existir. Agora aquilo tudo estava acabando e era como se ele observasse o último cintilar de uma luz na escuridão de um túnel sem fim.

Eles passaram muito tempo abraçados na varanda. Amanda escutando o coração de Dawson, segura de que nada jamais pareceria tão perfeito em sua vida. Desejando inutilmente poder começar tudo de novo. Faria a coisa certa desta vez, ficaria com ele e jamais o abandonaria. Eles eram feitos um para o outro. *Ainda havia tempo para eles dois.* Quando sentiu as mãos de Dawson em seus cabelos, quase disse essas palavras. Mas não conseguiu. Em vez disso, tudo o que pôde fazer foi murmurar:

– Foi muito bom ter reencontrado você, Dawson Cole.

Dawson sentia a sedosidade quase extravagante dos cabelos de Amanda.

– Quem sabe não nos vemos outra vez?

– Talvez – disse ela, limpando uma lágrima do rosto. – Quem sabe? Posso mudar de ideia e simplesmente aparecer na Louisiana um dia. Eu e meus filhos, quero dizer.

Ele forçou um sorriso, uma esperança aflita e vã saltando em seu peito.

– Eu farei o jantar – falou ele. – Para todos.

Mas estava na hora de ela ir embora. Enquanto saíam da varanda, Dawson estendeu a mão e ela a segurou, apertando-a quase até doer. Tiraram as coisas dela do Stingray antes de se encaminharem lentamente para o carro de Amanda. Os sentidos de Dawson pareciam aguçados – o sol da manhã ardia em sua nuca, a brisa parecia leve como uma pluma e as folhas das árvores farfalhavam, mas era como se nada fosse real. Tudo o que ele sabia era que aquilo era o fim.

Amanda agarrava sua mão. Quando chegaram ao carro, Dawson abriu a porta e se virou para ela. Beijou-a com carinho antes de correr os lábios pela sua face, seguindo o caminho de suas lágrimas. Traçou o contorno da sua mandíbula, pensando nas palavras que Tuck havia escrito. Então compreendeu, com repentina clareza, que nunca conseguiria seguir em frente, independentemente do que Tuck lhe pedira. Ela era a única mulher que ele amaria na vida, a única que quisera amar.

Pouco depois, Amanda se obrigou a recuar um passo. Então, deslizando para trás do volante, deu partida no motor e fechou a porta, baixando a janela em seguida. Os olhos de Dawson brilhavam, cheios de lágrimas, assim como os dela. Relutante, ela engatou a ré. Ele se afastou sem dizer nada, a dor que sentia gravada em sua expressão de angústia.

Ela manobrou o carro, apontando-o na direção da estrada. Seu mundo estava borrado pelas lágrimas. Quando começou a dobrar a curva, olhou pelo retrovisor e conteve um soluço à medida que a imagem de Dawson ficava cada vez menor. Ele não tinha se movido nem um centímetro.

Quanto mais o carro ganhava velocidade, mais ela chorava. As árvores se fechavam ao seu redor. Ela quis fazer o retorno e voltar para Dawson, dizer-lhe que tinha coragem de ser a pessoa que queria ser. Sussurrou seu nome e, embora Dawson não pudesse de forma alguma ouvi-la, ele ergueu o braço, dando-lhe um último adeus.

Sua mãe estava sentada na varanda da frente quando Amanda chegou. Bebericava um copo de chá gelado e uma música tocava baixinho no rádio. Amanda passou por ela sem dizer nada, subindo as escadas em direção ao quarto. Ligou o chuveiro, tirou as roupas e ficou nua em frente ao espelho. Sentia-se esgotada, um jarro vazio.

O jato d'água forte açoitou sua pele como um castigo. Quando finalmente saiu do banho, vestiu uma calça jeans e uma blusa de algodão simples antes de guardar o restante de suas coisas na mala. O trevo, Amanda o depositou em um compartimento com zíper em sua bolsa de mão. Como de hábito, tirou os lençóis da cama e os levou para a área de serviço. Então os jogou dentro da máquina de lavar, agindo no piloto automático.

De volta ao quarto, deu prosseguimento à lista de coisas a fazer. Lembrou-se de que o refrigerador de casa precisava ser consertado. Esquecera-se de providenciar isso antes de sair. Também precisava começar a se preparar para o evento de arrecadação de fundos. Vinha adiando aquilo fazia algum tempo, mas, quando menos percebesse, já seria setembro. Precisava contratar um bufê e seria boa ideia começar a pedir doações para comprar presentes. Lynn precisava se inscrever no curso preparatório para os exames seletivos para a faculdade e ela não conseguia se lembrar se tinha ou não feito o depósito para o alojamento de Jared. Annette voltaria para casa no fim de semana e provavelmente iria querer algo especial para o jantar.

Fazer planos. Deixar o fim de semana para trás, retornar à vida real. Como a água do chuveiro lavando o cheiro de Dawson de sua pele, isso parecia uma espécie de castigo.

Porém, mesmo quando sua mente começou a desacelerar, Amanda se deu conta de que não estava pronta para descer. Em vez disso, sentou-se na cama observando a luz do sol se espalhar delicadamente pelo quarto. Lembrou-se da maneira como Dawson havia ficado parado em frente à casa de Tuck. A imagem era clara, tão vívida como se estivesse acontecendo novamente – e, contra a própria vontade e contra tudo, ela teve a súbita certeza de estar tomando a decisão errada. Ela ainda poderia voltar para Dawson e eles encontrariam uma maneira de fazer tudo dar certo, por maiores que fossem os percalços. Com o tempo, seus filhos iriam perdoá-la. Com o tempo, ela mesma iria se perdoar.

Mas, ainda assim, Amanda continuou paralisada, incapaz de um só movimento.

– Eu te amo – sussurrou ela no quarto silencioso, sentindo seu futuro ser soprado para longe como grãos de areia, um futuro que já lhe parecia quase um sonho.

16

Marilyn Bonner estava parada na cozinha de casa observando preguiçosamente os trabalhadores ajustarem o sistema de irrigação no pomar. Apesar do temporal do dia anterior, as árvores ainda precisavam ser regadas e ela sabia que os homens passariam o dia inteiro lá fora, embora fosse fim de semana. Acreditava que o pomar fosse como uma criança mimada, sempre precisando de um pouco mais de cuidados, um pouco mais de atenção, nunca satisfeito.

Mas o verdadeiro coração do negócio ficava além do pomar, na pequena fábrica em que envasavam geleias e compotas. Nos dias úteis, havia uma dúzia de pessoas ali, mas nos finais de semana o lugar ficava deserto. Ela se lembrava de que, quando a construíra, os moradores de Oriental ficaram dizendo à boca miúda que seu negócio jamais suportaria os custos de uma instalação como aquela. E talvez *tivesse* sido um passo maior do que as pernas na época, mas, pouco a pouco, as pessoas foram parando de falar. Ela não havia ficado rica fazendo geleias e compotas, mas sabia que o negócio era bom o suficiente para que ela o deixasse para os filhos e eles tivessem uma vida confortável. No fim das contas, era só o que desejava.

Ela ainda estava com a mesma roupa que usara para ir à igreja e ao cemitério. Geralmente trocava-a assim que chegava, mas desta vez não havia conseguido reunir forças para isso. Tampouco estava com fome, o que também era incomum. Um desavisado poderia achar que ela estivesse ficando doente, mas Marilyn sabia muito bem o que a estava incomodando.

Dando as costas para a janela, inspecionou a cozinha. Ela a reformara fazia alguns anos, assim como os banheiros e boa parte do andar de baixo, e se viu pensando que a velha casa de fazenda havia finalmente começado a parecer um lar – ou melhor, o tipo de lar com o qual Marilyn sempre sonhara. Antes da reforma, era apenas a casa de seus pais, algo que lhe causava desconforto agora que estava mais velha. Muitas coisas lhe causaram desconforto à medida que atravessava, a duras penas, a vida adulta. Mas, por mais árduos que tivessem sido aqueles anos, ela havia aprendido com as experiências. Apesar de tudo, tinha menos arrependimentos do que as pessoas poderiam imaginar.

Ainda assim, sentia-se incomodada com o que tinha visto mais cedo e indecisa quanto ao que fazer a respeito. Ou talvez não devesse fazer nada. Sempre poderia fingir que não sabia o significado daquilo e deixar o tempo fazer seu trabalho.

Mas havia aprendido na própria pele que ignorar uma situação nem sempre era a melhor saída. Ao pegar sua bolsa, ela soube de repente o que deveria fazer.

Depois de enfiar a última das caixas no banco do carona, Candy voltou para dentro de casa e tirou a estatueta do Buda de ouro do peitoril da janela da sala de estar. Por mais feia que fosse, sempre havia gostado dela e imaginava que lhe trouxesse sorte. Também era sua apólice de seguro e Candy pretendia penhorá-la quanto antes, quer fosse um amuleto, quer não, pois sabia que iria precisar de dinheiro para recomeçar.

Embrulhou o Buda em um jornal e o guardou no porta-luvas antes de recuar para analisar a arrumação. Ficou impressionada por ter conseguido colocar tudo dentro do Mustang. O porta-malas mal fechava, a pilha de bagagens no banco do carona estava tão alta que seria impossível enxergar através da janela e havia objetos enfiados por todo canto. Precisava parar de comprar pela internet. No futuro, necessitaria de um carro maior, ou fugas rápidas como aquela ficariam mais difíceis. É claro que sempre poderia deixar algumas coisas para trás: a máquina de cappuccino, por exemplo. Mas precisava dela em Oriental, nem que fosse apenas para não sentir que estava isolada em um fim de mundo – um pequeno toque cosmopolita, por assim dizer.

De qualquer forma, aquela parte estava resolvida. Depois que acabasse seu turno no Tidewater naquela noite, pegaria a estrada e seguiria para o sul assim que chegasse à Interestadual 95. Tinha decidido voltar para a Flórida. Ouvira muitas coisas promissoras sobre South Beach – parecia o tipo de lugar em que poderia acabar ficando por um bom tempo. Talvez até definitivamente. Já dissera isso antes e não tinha sido bem assim, mas uma garota precisava ter sonhos, não?

Em termos de gorjeta, a noite de sábado tinha sido farta, mas sexta-feira fora decepcionante, por isso decidira ficar mais uma noite. A sexta tinha começado bem – ela havia colocado uma camiseta e um short curto e os caras estavam praticamente esvaziando suas carteiras para conseguir sua atenção, mas então Abee aparecera e estragara tudo. Ele havia sentado a uma mesa, parecendo muito doente e suando como se tivesse acabado de sair de uma sauna, e passara a meia hora seguinte encarando-a com aquele seu olhar enlouquecido.

Ela já havia visto aquilo acontecer antes – uma espécie de ciúme paranoico –, mas Abee tinha passado dos limites na noite de sexta. Candy não via a hora de o fim de semana acabar. Tinha a sensação de que Abee estava prestes a fazer alguma idiotice, talvez até algo perigoso. Naquela noite, teve certeza de que ele iria começar alguma confusão, e talvez fosse mesmo, mas felizmente seu celular havia tocado e ele saíra do bar às pressas. Candy em parte esperara encontrá-lo em frente à sua casa na manhã de sábado, ou no bar à noite, mas, estranhamente, ele não havia aparecido. Para seu alívio, tampouco aparecera hoje. O que era bom, já que o carro entulhado de bagagem deixaria seus planos bem óbvios – o que não o agradaria nem um pouco. Embora Candy não gostasse de admitir, Abee a assustava. E havia assustado metade do bar na sexta, também. O lugar começara a ficar mais vazio assim que ele chegou, o que explicava a escassez de gorjetas. Mesmo depois de ele ter ido embora, os clientes demoraram a voltar.

Porém aquilo estava quase acabado. Mais um turno e ela daria o fora dali. E Oriental, como todos os outros lugares em que tinha morado, logo não passaria de uma lembrança.

Para Alan Bonner, os domingos eram sempre um pouco deprimentes, pois significavam que o fim de semana estava prestes a acabar. Trabalhar, ele havia descoberto, não era tudo aquilo que as pessoas diziam.

Não que tivesse muita escolha. A mãe fazia questão de que ele "ganhasse o próprio sustento", ou fosse lá como ela dizia, o que era um pé no saco. Seria ótimo se ela o contratasse como gerente da fábrica, então ele poderia ficar sentado em seu escritório com ar-condicionado, dando ordens e supervisionando o trabalho dos outros, em vez de entregar salgadinhos a lojas de conveniência. Mas o que ele poderia fazer? Mamãe era a chefe e estava reservando o cargo para a irmã dele, Emily, que, ao contrário de Alan, tinha feito faculdade.

Mas não era de todo ruim. Ele tinha casa própria, graças à mamãe, e as contas eram pagas pelo pomar, o que significava que qualquer dinheiro que ganhasse era basicamente seu. Melhor ainda, ele podia entrar e sair quando bem entendesse, o que definitivamente era um avanço em relação aos anos em que morara com a mãe. Além do mais, trabalhar para ela, mesmo em um escritório com ar-condicionado, não teria sido fácil. Primeiro, eles ficariam juntos o tempo todo, o que não seria agradável para nenhum dos dois. Somando-se a isso o fato de que a mãe adorava um trabalho burocrático – o que nunca tinha sido seu forte –, ele sabia que era melhor as coisas continuarem como estavam. No geral, Alan podia fazer o que quisesse, quando quisesse, e tinha as noites e os fins de semana só para ele.

Sexta à noite tinha sido especialmente boa, pois o Tidewater não estava nem de longe tão cheio quanto de costume. Não depois de Abee aparecer, pelo menos. Quando ele chegou, os clientes se mandaram. Mas Alan ficou no bar e, por algum tempo, foi simplesmente… *agradável*. Pôde conversar com Candy, que parecia interessada de verdade no que ele dizia. É claro que Candy flertava com todos os caras, mas Alan teve a impressão de que ela gostava dele. Esperava receber mais do mesmo no sábado à noite, mas o lugar estava um verdadeiro zoológico. O bar estava lotado, com pessoas se acotovelando e todas as mesas ocupadas. Ele mal conseguia ouvir os próprios pensamentos, quanto mais falar com Candy.

Mas, todas as vezes que fazia um pedido, ela lhe abria um sorriso por cima das cabeças dos outros sujeitos, o que lhe dava esperanças para a noite de hoje. O bar nunca ficava cheio no domingo e Alan havia passado a noite inteira reunindo coragem para chamá-la para sair. Não sabia ao certo se Candy diria sim, mas o que ele tinha a perder? Afinal, ela não era casada nem nada.

Longe dali, a três horas de viagem na direção oeste, Frank estava parado no campo de golfe perto do buraco número 13, bebendo sua cerveja enquanto Roger se preparava para encaçapar uma bola. Roger vinha jogando bem, muito melhor do que ele. Mas hoje Frank não parecia capaz de acertar uma tacada nem se sua vida dependesse disso. Suas tacadas longas estavam pendendo demais para a direita e as curtas não iam longe o suficiente.

Tentou se lembrar de que não estava ali para se preocupar com o resultado do jogo. Aquela era sua chance de escapar do trabalho e passar um tempo com o melhor amigo, uma oportunidade de respirar um pouco de ar fresco e relaxar. Infelizmente, esses lembretes não estavam ajudando. Qualquer um sabia que a verdadeira alegria do golfe era acertar uma tacada maravilhosa, fazer a bola descrever um longo e perfeito arco pela parte central do campo ou conseguir deixá-la a três palmos do buraco. Até o momento, Frank não tinha acertado nem uma só tacada decente e, no oitavo buraco, precisara de cinco tentativas. *Cinco*! Do jeito que estava jogando, seria melhor ir para o campo de minigolfe mais próximo e tentar acertar a bola em um daqueles moinhos ou na boca do palhaço. Nem mesmo o fato de que Amanda voltaria para casa naquela noite estava melhorando seu humor. Pelo andar da carruagem, nem sabia ao certo se iria querer assistir ao jogo mais tarde. Até parece que conseguiria se divertir.

Frank deu outra golada na cerveja, terminando aquela e pensando que felizmente tinha abastecido o *cooler*. Aquele seria um longo dia.

Jared adorara o fato de a mãe estar fora da cidade, pois isso significava que ele podia ficar na rua até quando bem entendesse. Aquela história de ter hora para voltar para casa era ridícula. Ele estava na faculdade e lá ninguém tinha hora para voltar, mas, pelo jeito, sua mãe não fora informada disso. Quando ela voltasse de Oriental, Jared iria precisar esclarecer essa questão.

Não que isso tivesse sido um problema nos últimos dias. Quando seu pai dormia, era como se morresse para o mundo, de modo que Jared pudera voltar à hora que quisesse. Na sexta, tinha ficado na rua até as duas e, na noite anterior, só havia voltado para casa depois das três. O pai não havia percebido nada. Ou talvez houvesse, mas Jared não tinha como saber. Quando acordou, ele já estava no campo de golfe com o amigo Roger.

Mas as noitadas tinham acabado com ele. Depois de vasculhar a geladeira em busca de algo para comer, Jared decidiu voltar para o quarto e tirar uma soneca. Às vezes não havia nada melhor do que um cochilo no meio da tarde. Sua irmãzinha estava na colônia de férias, Lynn tinha viajado com uma amiga e seus pais estavam fora. Em outras palavras, a casa estava silenciosa, ou pelo menos mais silenciosa do que tinha estado durante todo o verão.

Espreguiçando-se na cama, ficou na dúvida sobre se deveria ou não desligar o celular. Por um lado, não queria ser incomodado, mas, por outro, Melody poderia ligar. Eles tinham saído na sexta à noite, depois ido a uma festa juntos no sábado – e, embora não estivessem namorando há muito tempo, Jared gostava dela. Na verdade, gostava muito.

Ele deixou o telefone ligado e se deitou na cama. Poucos minutos depois, havia caído no sono.

Assim que acordou, Ted sentiu uma dor lancinante na cabeça e, embora as imagens fossem fragmentadas, elas aos poucos foram se juntando. Dawson, seu nariz quebrado, o hospital. O gesso em seu braço. A noite anterior, esperando na chuva enquanto Dawson se mantinha longe, rindo dele.
Dawson. Rindo. Dele.
Ele se sentou com cuidado, a cabeça latejando, o estômago embrulhado. Ted se encolheu, mas até isso doía, e, quando tocou o rosto, a dor foi excruciante. Seu nariz estava do tamanho de uma batata e ondas de náusea o invadiam. Ele se perguntou se conseguiria chegar até o banheiro para tirar água do joelho.

Pensou novamente na chave de roda se chocando contra seu rosto, pensou também na desgraça de noite que tinha passado na chuva e sentiu a raiva começar a aumentar. Ouviu o bebê gritar na cozinha, o choro agudo abafando a barulheira da tevê. Ele fechou os olhos, tentou sem sucesso bloquear os sons, então finalmente se levantou, cambaleante, da cama.

Sua visão escureceu. Ele se apoiou na parede para não cair. Respirou fundo, rangendo os dentes à medida que o bebê continuava a chorar, perguntando-se por que diabo Ella não calava a boca daquele moleque. E por que a droga da tevê estava tão alta.

Cambaleou até o banheiro, mas, quando ergueu o gesso rápido demais para se apoiar ao sair, foi como se o braço estivesse preso a um fio desencapado. Deu um grito e a porta do quarto se escancarou. O choro da criança foi como uma faca enterrada entre seus ouvidos e, quando Ted se virou, viu duas Ellas e dois bebês.

– Dê um jeito nesse moleque, ou eu mesmo vou fazer isso – rosnou ele. – E desligue essa merda de tevê!

Ella saiu do quarto. Ted fechou um olho ao se virar, tentando encontrar sua arma. Aos poucos, foi parando de enxergar em dobro e vislumbrou a pistola em cima do criado-mudo, ao lado das chaves da caminhonete. Precisou de duas tentativas para pegá-la. Dawson tinha levado vantagem sobre ele o fim de semana inteiro, mas estava na hora de resolver aquilo de uma vez por todas.

Ella o encarou assustada quando ele saiu do quarto. A mulher tinha feito o bebê parar de chorar, mas se esquecera da tevê. O som martelava na cabeça de Ted. Ele entrou vacilante na pequena sala de estar e chutou o televisor, jogando o aparelho no chão. Sua filha de 3 anos começou a gritar e Ella e o bebê desataram a chorar também. Quando saiu de casa, seu estômago já havia recomeçado a incomodar e ele voltou a ficar enjoado.

159

Num espasmo, inclinou-se e vomitou na beirada da varanda. Limpou a boca antes de enfiar a arma no bolso. Agarrou o corrimão e desceu com cautela os degraus. A caminhonete era apenas um borrão, mas Ted se encaminhou na direção dela.

Dawson não iria se safar. Não desta vez.

⚜

Abee estava parado na janela de casa enquanto Ted cambaleava em direção à caminhonete. Sabia muito bem aonde o irmão ia, embora tentasse chegar ao veículo pelo caminho mais longo. Oscilava de um lado para outro, incapaz de andar em linha reta.

Por pior que tivesse se sentido na noite anterior, há dias Abee não acordava tão bem. Os remédios de uso veterinário deviam ter funcionado, pois a febre havia passado e, embora o corte em sua barriga ainda estivesse sensível ao toque, não parecia tão vermelho quanto no dia anterior.

Não que ele estivesse 100%. Longe disso. Mas estava bem melhor do que Ted, sem dúvida, e a última coisa que queria era que o restante da família visse o estado de seu irmão. Já andavam falando de como Dawson tinha levado a melhor sobre Ted *outra vez*, o que não era nada bom. Porque talvez estivessem se perguntando se não poderiam levar a melhor sobre ele também – e Abee não precisava nem um pouco disso.

Alguém tinha que cortar aquele mal pela raiz. Abee abriu a porta e foi atrás do irmão.

17

Depois de lavar o Stingray, Dawson largou a mangueira e foi até o riacho atrás da casa de Tuck. Havia esquentado à tarde e o calor agora era forte demais para que as tainhas saltassem, o que deixava a superfície da água tão inerte quanto uma lâmina de vidro. Não havia o menor movimento, e Dawson se viu recordando seus últimos instantes com Amanda.

À medida que ela se afastava, Dawson teve que se esforçar para não sair correndo atrás dela e tentar mais uma vez convencê-la a mudar de ideia. Queria lhe dizer novamente quanto a amava. Mas, em vez disso, ficou observando-a ir embora, sabendo, no fundo do coração, que aquela seria a última vez que a veria e perguntando-se como fora capaz de deixá-la partir de novo.

Ele não deveria ter voltado a Oriental. Não pertencia àquele lugar e nunca havia pertencido. Não havia nada ali para ele. Era hora de partir. Sabia que estava abusando da sorte ao ficar tanto tempo na cidade tendo os primos atrás dele. Dando as costas para o riacho, ele contornou a lateral da casa e seguiu em direção a seu carro. Tinha só mais um lugar para ir. Depois disso, deixaria Oriental para sempre.

Amanda não sabia ao certo quanto tempo tinha ficado no quarto. Uma ou duas horas, talvez mais. Sempre que olhava pela janela, via a mãe sentada na varanda com um livro aberto no colo. Ela cobrira a comida para manter as moscas afastadas. Não tinha subido nenhuma vez para ver se a filha estava bem desde que Amanda voltara para casa, mas Amanda não esperava por isso. As duas se conheciam bem o suficiente para saber que ela desceria quando estivesse pronta.

Frank havia ligado mais cedo, do campo de golfe. Não se alongara na conversa, mas Amanda ouvira a bebida em sua voz. Dez anos a haviam ensinado a reconhecer os sinais. Por mais que ela não estivesse disposta a conversar, Frank não havia notado. Não porque estivesse bêbado, o que obviamente estava, mas porque, embora tivesse começado jogando muito mal, tinha terminado a partida com uma média de tacadas excelente. Provavelmente pela primeira vez na vida, Amanda ficara feliz por ele estar bebendo. Sabia que Frank estaria tão cansado quando ela chegasse que quase com certeza pegaria no sono bem antes de ela ir para a cama. A última coisa que queria era encontrá-lo pensando em sexo. Não conseguiria suportar, não naquela noite.

Ainda assim, não estava pronta para descer. Em vez disso, levantou-se da cama, foi ao banheiro, vasculhou no armário de remédios e encontrou um frasco de colírio. Pingou algumas gotas nos olhos vermelhos e inchados e então passou uma escova pelos cabelos. Não adiantou muita coisa, mas ela não deu importância: sabia que Frank não iria notar.

Mas Dawson teria notado. E, com Dawson, ela se importaria com sua aparência.

Amanda tornou a pensar nele, como não deixara de fazer desde que voltara para a casa da mãe, mas tentava manter as emoções sob controle. Ao olhar para as malas que tinha feito mais cedo, viu a beirada de um envelope despontando da bolsa. Ela o puxou, notando seu nome escrito no garrancho trêmulo de Tuck. Voltando a sentar-se na cama, rompeu o lacre e tirou a carta do envelope, pensando, estranhamente, que Tuck teria as respostas de que precisava.

Querida Amanda,

Quando ler estas palavras, você provavelmente estará se debatendo com al-

gumas das escolhas mais difíceis de sua vida e, sem dúvida, terá a sensação de que seu mundo está desmoronando.

Se estiver se perguntando como sei disso, digamos apenas que passei a conhecê-la muito bem ao longo dos últimos anos. Sempre me preocupei com você, Amanda. Mas não é sobre isso que quero falar. Não posso lhe dizer o que fazer e duvido que consiga acrescentar algo que a faça se sentir melhor. Em vez disso, quero lhe contar uma história. Ela também é sobre mim e Clara, mas uma que você ainda não conhece, pois nunca consegui encontrar a maneira certa de contá-la. Tive vergonha e acho que temi que você parasse de me visitar por pensar que eu estivesse mentindo o tempo todo.

Clara não era um fantasma. Isso não quer dizer que eu não a visse nem ouvisse. Não estou dizendo que essas coisas não aconteçam, porque aconteceram. Tudo o que está na carta que escrevi para você e Dawson é verdade. Eu a vi no dia em que voltei à cabana e, quanto mais cuidava das flores, mais claramente conseguia enxergá-la. O amor pode evocar muitas coisas, mas, no fundo, eu sabia que aquela não era a Clara real. Eu a via porque desejava isso e a escutava porque sentia sua falta. Acho que o que estou tentando dizer é que ela foi criação minha, só isso, mesmo que eu tenha tentado enganar a mim mesmo e pensar o contrário.

Talvez você esteja se perguntando por que decidi lhe contar isso agora, então é melhor ir direto ao assunto. Eu me casei com Clara aos 17 e nós passamos 42 anos juntos, unindo nossas vidas de tal forma que pensei que elas jamais pudessem ser separadas. Quando ela morreu, os 28 anos seguintes foram tão dolorosos para mim que a maioria das pessoas – eu inclusive – pensou que eu tivesse enlouquecido.

Amanda, você ainda é jovem. Pode não se sentir dessa forma, mas, para mim, ainda é apenas uma criança com uma longa vida pela frente. Acredite quando lhe digo: vivi com a Clara de verdade e com o espírito dela; uma me encheu de alegria, enquanto o outro foi apenas um tênue reflexo. Se você der as costas para Dawson agora, vai passar o resto da vida assombrada pelo que poderia ter sido seu. Sei que, nesta vida, é inevitável magoarmos pessoas inocentes por conta das decisões que tomamos. Pode me chamar de velho egoísta, mas nunca quis que você fosse uma delas.

Tuck

Amanda guardou a carta de volta na bolsa, certa de que Tuck tinha razão. A verdade calava mais fundo nela do que qualquer outra coisa que tivesse sentido na vida, e ela mal podia respirar.

Com uma sensação de urgência que nem sequer conseguia entender, Amanda juntou suas coisas e as carregou para o andar de baixo. Normalmente, ela as teria deixado ao lado da porta até que estivesse pronta para ir embora. Em vez disso, ela se viu girando a maçaneta e seguindo direto para o carro.

Jogou a bagagem no porta-malas antes de dar a volta até o lado do motorista. Foi só então que percebeu a mãe em pé na varanda, observando-a. Amanda não falou nada, sua mãe tampouco. Ficaram simplesmente paradas, olhando uma para a outra. Amanda teve a sensação de que a mãe sabia exatamente para onde ela estava indo, mas, com as palavras de Tuck ainda ecoando em seus ouvidos, nada disso lhe importava. Tudo o que sabia era que precisava encontrar Dawson.

Ele talvez ainda estivesse na casa de Tuck, mas Amanda achava que não. Dawson não demoraria muito para lavar o carro e ela sabia que, com seus primos à solta, não iria ficar na cidade.

Mas ele tinha dito que talvez fosse a um último lugar...

De repente as palavras dele lhe vieram à cabeça, de forma quase inconsciente, e ela foi para trás do volante certa de onde ele estaria.

No cemitério, Dawson saiu do carro e cruzou a pequena distância até a lápide de David Bonner.

No passado, sempre que visitava o lugar, ele o fazia em horários de pouco movimento e se esforçava ao máximo para passar despercebido.

Daquela vez, no entanto, isso não seria possível. Os fins de semana costumavam ser concorridos e havia grupos de pessoas vagando pelas lápides. Ninguém parecia lhe dar atenção enquanto passava, mas Dawson manteve a cabeça baixa assim mesmo.

Quando enfim chegou ao local, notou que as flores que havia deixado na manhã de sexta-feira ainda estavam ali, mas tinham sido movidas para o lado. Provavelmente pela pessoa que cortara a grama. Agachando-se, Dawson arrancou algumas das folhas mais longas que haviam sobrado perto da lápide.

Seus pensamentos se voltaram para Amanda e ele foi invadido por uma enorme solidão. Dawson sabia que sua vida havia sido amaldiçoada desde o início e, fechando os olhos, fez uma última oração por David Bonner, sem notar que outra sombra tinha acabado de se unir à sua. Sem notar que havia alguém parado bem atrás dele.

Quando chegou à rua principal que cortava Oriental, Amanda parou no cruzamento. Se dobrasse à esquerda, passaria pela marina e, alguns quilômetros depois, chegaria à casa de Tuck. Se dobrasse à direita, sairia da cidade e acabaria chegando à rodovia que levava de volta à sua casa. Seguindo em frente, depois de uma cerca de ferro batido, estaria no cemitério. Era o maior da cidade e onde o Dr. David Bonner tinha sido enterrado. Ela se lembrou de que Dawson dissera que talvez passasse por lá quando fosse embora.

Os portões do cemitério estavam abertos. Ela correu os olhos pela meia dúzia de veículos no estacionamento, procurando pelo carro alugado de Dawson, e ficou sem fôlego quando o viu. Três dias atrás, ele o estacionara ao lado do seu ao chegar à casa de Tuck. Mais cedo naquela mesma manhã, ela havia parado ao lado daquele mesmo carro enquanto ele a beijava uma última vez.

Dawson estava ali.

Ainda somos jovens, ele tinha dito. *Ainda temos tempo de consertar isso.*

Seu pé estava no freio. Na rua principal, uma minivan passou ruidosamente em direção ao centro, tapando sua visão por um instante. Fora isso, a rua estava deserta.

Se ela cruzasse a rua e estacionasse, sabia que conseguiria encontrá-lo. Pensou na carta de Tuck, nos anos de sofrimento que ele havia suportado sem Clara, e teve certeza de que tinha tomado a decisão errada antes. Não conseguia imaginar uma vida sem Dawson.

Amanda já via a cena em sua mente. Ela surpreenderia Dawson diante do túmulo do Dr. Bonner. Diria que tinha agido errado ao partir. Podia até sentir a felicidade que experimentaria quando ele a tomasse nos braços outra vez, sabendo que eles haviam nascido para ficar juntos.

Se Amanda fosse atrás de Dawson, não tinha dúvidas de que iria segui-lo aonde quer que ele fosse. Ou de que ele a seguiria. Mas, ainda assim, suas responsabilidades continuavam a pesar em suas costas e, muito devagar, ela tirou o pé do freio. Em vez de seguir em frente, Amanda se viu girando o volante, um soluço prendendo-se em seu peito à medida que pegava a estrada na direção de casa.

Ela começou a acelerar, mais uma vez tentando se convencer de que era a decisão certa, a única realista. Atrás dela, o cemitério se afastava.

– Me perdoe, Dawson – sussurrou, desejando que ele pudesse de alguma forma ouvi-la, desejando que nunca tivesse precisado dizer essas palavras.

Um farfalhar às suas costas arrancou Dawson de seus pensamentos e ele se levantou depressa. Surpreso, ele a reconheceu na mesma hora, mas se viu sem palavras.

– Você está aqui – afirmou Marilyn Bonner. – No túmulo do meu marido.

– Me desculpe – falou ele, baixando o olhar. – Não deveria ter vindo.

– Mas veio – disse Marilyn. – E também esteve aqui recentemente. – Quando Dawson ficou calado, ela meneou a cabeça para as flores. – Sempre venho aqui depois da missa. Elas não estavam aqui no fim de semana passado e estão frescas demais para terem sido trazidas no começo da semana. Então deve ter sido... na sexta?

Dawson engoliu em seco antes de responder.

– Sim, pela manhã.

O olhar dela continuava firme.

– Você também costumava fazer isso muitos anos atrás. Depois que saiu da prisão. Era você, não era?

Dawson não falou nada.

– Achava mesmo que fosse – disse ela, suspirando enquanto dava um passo em direção à lápide.

Dawson se afastou, abrindo espaço, enquanto Marilyn se concentrava na inscrição da pedra.

– Muitas pessoas trouxeram flores para David depois que ele morreu. E continuaram trazendo por um ou dois anos, mas depois acho que pararam de vir. Exceto eu. Durante um tempo, só eu trazia flores. Então, cerca de quatro anos depois de ele morrer, voltei a ver outras. Não o tempo todo, mas o suficiente para me deixar intrigada. Não fazia ideia de quem as estivesse trazendo. Perguntei aos meus pais, aos meus amigos, mas eles negaram. Durante algum tempo, cheguei a cogitar a possibilidade de que David tivesse uma amante. Pode imaginar uma coisa dessas? – Ela balançou a cabeça e respirou fundo. – Foi só quando as flores deixaram de aparecer que entendi que era você o responsável. Sabia que tinha saído da prisão e que estava em condicional. Cerca de um ano depois, também fiquei sabendo que tinha ido embora da cidade. Eu senti muita... *raiva* ao pensar que tinha sido você o tempo todo.

Aquela lembrança pareceu incomodá-la e ela cruzou os braços, como se tentasse se fechar.

– E então, hoje de manhã, tornei a ver as flores – continuou Marilyn. – Tive certeza de que isso significava que você tinha voltado. Não sabia bem se viria aqui hoje... mas, como era de esperar, você veio.

Dawson enfiou as mãos nos bolsos, desejando de repente estar em qualquer parte, menos ali.

– Não vou mais visitar o túmulo de seu marido nem deixar flores de novo – murmurou ele. – Eu lhe dou minha palavra.

Ela o encarou.

– E você acha que isso compensa o fato de ter vindo aqui, para começo de conversa? Levando em conta o que fez? Levando em conta que meu marido está enterrado aqui, e não vivo e ao meu lado? Que ele perdeu a chance de ver nossos filhos crescerem?

– Não – respondeu ele.

– É claro que não – disse ela. – Porque se sente culpado pelo que fez. É por isso que vem nos mandando dinheiro durante todos esses anos, não é?

Dawson queria mentir para ela, mas não conseguiu.

– Há quanto tempo a senhora sabe?

– Desde o primeiro cheque – falou Marilyn. – Você tinha passado na minha casa poucas semanas antes, lembra? Não foi tão difícil somar dois mais dois. – Ela hesitou. – Queria se desculpar, não foi? Pessoalmente. Quando bateu à minha porta naquele dia.

– Sim.

– E eu não deixei que fizesse isso. Falei... muitas coisas naquele dia. Coisas que talvez não devesse ter dito.

– A senhora tinha todo o direito de dizê-las.

A sombra de um sorriso se formou em seu rosto.

– Você tinha 22 anos. Eu vi um homem adulto na minha varanda, mas, com o passar do tempo, fui passando a acreditar que as pessoas não crescem de verdade antes de chegarem no mínimo aos 30. Meu filho é mais velho do que você era na época, mas ainda penso nele como uma criança.

– A senhora fez o que qualquer pessoa faria.

– Talvez – disse Marilyn, encolhendo muito de leve os ombros. Então se aproximou de Dawson. – O dinheiro que você nos deu ajudou, e muito, nesses anos que se passaram, mas não preciso mais dele. Então, por favor, pare de enviá-lo.

– Eu só quis...

– Eu sei o que você quis – interrompeu ela. – Mas nem todo o dinheiro do mundo poderia trazer David de volta nem apagar o desamparo que senti depois que ele morreu. E não pode dar aos meus filhos o pai que eles nunca conheceram.

– Eu sei.

– E o dinheiro não pode comprar o perdão.

Dawson sentiu seus ombros se encurvarem.

– É melhor eu ir embora – disse ele, virando-se para partir.

– É – falou ela. – É, talvez seja melhor mesmo. Mas, antes, preciso lhe dizer outra coisa.

Quando Dawson se virou, Marilyn atraiu o olhar dele para o seu.

– Sei que foi um acidente. Sempre soube disso. E sei que você daria qualquer coisa para mudar o passado. Tudo o que fez desde então não deixa dúvidas disso. E, sim, admito que tive raiva, medo e que me senti sozinha quando você apareceu na minha casa, mas nunca acreditei que tivesse havido qualquer maldade de sua parte no que aconteceu naquela noite. Foi só mais uma dessas coisas terríveis que acontecem às vezes e, quando o vi bater à minha porta, eu descontei em cima de você. – Ela fez uma pausa, permitindo a Dawson assimilar suas palavras, e quando prosseguiu sua voz soou quase gentil: – Estou bem agora e meus filhos também estão. Nós sobrevivemos. Estamos bem.

Quando Dawson desviou o olhar, Marilyn esperou até ele voltar a encará-la.

– Vim até aqui para lhe dizer que você não precisa mais do meu perdão – falou ela lentamente. – Mas também sei que esse nunca foi o verdadeiro motivo disso tudo. A questão nunca fui eu, nem minha família. Sempre foi você. Há muito tempo que você vem sendo perseguido por um erro terrível e, se fosse meu filho, eu lhe diria que está na hora de finalmente virar a página. Então, Dawson, vire essa página – disse Marilyn. – Faça isso por mim.

Marilyn Bonner o fitou nos olhos, certificando-se de que ele a havia entendido, então se virou e foi embora. Dawson ficou paralisado enquanto ela se afastava, seguindo pelo corredor de lápides até finalmente sumir de vista.

18

Amanda dirigia no piloto automático, alheia ao tráfego lento de fim de semana. Famílias em minivans e utilitários, alguns rebocando barcos, abarrotavam a rodovia depois do fim de semana na praia.

Atrás do volante, ela não conseguia se imaginar voltando para casa e tendo que fingir que os últimos dias não tinham acontecido. Compreendia que não poderia contar nada a ninguém, porém, estranhamente, não sentia culpa. O que sentia, na verdade, era arrependimento, a ponto de se ver desejando ter agido de outra forma. Se soubesse desde o início como o fim de semana terminaria, teria passado mais tempo com Dawson na primeira noite em que se encontraram e não teria desviado o rosto quando suspeitou que ele fosse beijá-la. Teria ido vê--lo na sexta à noite também, independentemente de quantas mentiras precisasse contar à mãe, e daria tudo para ter passado o sábado inteiro em seus braços. Afinal de contas, se tivesse cedido aos seus sentimentos antes, o sábado poderia ter terminado de maneira diferente. Talvez tivesse sido capaz de ultrapassar as barreiras erguidas pelos seus votos matrimoniais. E por pouco não fora. Enquanto dançavam na sala, a única coisa em que Amanda conseguia pensar era fazer amor com ele. Quando se beijaram, ela soube exatamente o que iria acontecer. Ela o desejava, queria que ficassem juntos como antes.

Amanda chegou a acreditar que conseguiria – acreditou que, assim que chegassem ao quarto, poderia fingir que sua vida em Durham não existia, nem que fosse apenas por uma noite. Enquanto ele a despia e a carregava até a cama, Amanda pensou que poderia não pensar em seu compromisso. Mas, por mais que quisesse ser outra pessoa naquela noite, livre de responsabilidades e promessas que já não se sustentavam, por mais que desejasse Dawson, sabia que estava prestes a cruzar uma linha apartir da qual não haveria retorno. Apesar do anseio pelo toque de Dawson e da sensação do corpo dele contra o seu, Amanda não conseguiu se entregar aos seus sentimentos.

Dawson não ficou irritado. Em vez disso, a abraçou, correndo os dedos pelos seus cabelos. Beijou seu rosto e sussurrou docemente em seus ouvidos. Disse que aquilo não importava, que nada jamais mudaria seus sentimentos por ela.

Eles ficaram dessa forma até serem vencidos pelo cansaço, quando o céu já começava a clarear. Logo antes do amanhecer, ela finalmente adormeceu aninhada em seus braços. Quando acordou na manhã seguinte, sua primeira reação foi tatear a cama em busca de Dawson. Mas, àquela altura, ele já havia saído do quarto.

No bar do clube, bem depois do final da partida de golfe, Frank fez sinal pedindo mais uma cerveja, sem perceber o olhar interrogativo que o garçom lançou para seu amigo. Roger, que já havia passado para a Diet Coke, simplesmente deu de ombros. Relutante, o garçom colocou outra cerveja na frente de Frank enquanto Roger se inclinava para a frente, tentando se fazer ouvir em meio ao barulho. Ao longo da última hora, o bar tinha ficado lotado. Na tevê, o jogo estava empatado.

– Não se esqueça de que vou encontrar Susan para jantar, então não vou poder levá-lo para casa. E você também não está em condições de dirigir.

– É, eu sei.

– Quer que eu chame um táxi?

– Vamos ver o jogo. Depois a gente decide, OK?

Frank ergueu a garrafa e tomou outro gole, sem desgrudar os olhos vidrados da tela.

✤

Abee estava sentado na cadeira ao lado da cama do irmão, perguntando-se mais uma vez por que Ted vivia em um buraco daqueles. O lugar fedia a uma mistura de fraldas sujas, mofo e só Deus sabe o que mais poderia ter morrido ali dentro. Se você somasse a isso o bebê que nunca parava de chorar e Ella zanzando pela casa como uma assombração, era de espantar que Ted não fosse ainda mais maluco.

Ele nem sabia ao certo por que continuava ali. Ted havia passado a maior parte da tarde inconsciente, desde que desabara no chão antes de chegar à caminhonete. Ella já estava gritando que eles deveriam levá-lo de volta para o hospital quando Abee o levantou e o levou para dentro de casa.

Se Ted piorasse, ele acabaria levando o irmão, mas não havia muita coisa que os médicos pudessem fazer. Ted só precisava descansar, da mesma forma como descansaria no hospital. Tinha sofrido uma concussão e deveria ter pegado leve na noite anterior. Como não tinha feito isso, agora estava pagando o preço.

A questão era que Abee não queria passar outra noite no hospital com o irmão, não agora que ele mesmo estava se sentindo melhor. Ora, não queria nem estar ali com Ted, mas tinha um negócio para tocar, um negócio que dependia de ameaças e violência, e Ted era parte muito importante disso. Tinha sido sorte o restante da família não ter visto o que acontecera e ele ter conseguido trazer Ted de volta para casa antes que alguém o visse caído.

Meu Deus, como aquele lugar fedia. Parecia um esgoto – e o calor de fim de tarde só deixava o cheiro ainda mais forte. Ele sacou o celular e foi passando sua lista de contatos até chegar ao nome de Candy. Então pressionou o comando de chamar. Havia ligado para ela mais cedo, mas a garota não tinha atendido e tampouco retornara a ligação. Abee não estava gostando de ser ignorado dessa forma. Não estava gostando nem um pouco.

Mas, pela segunda vez naquele dia, o telefone de Candy apenas tocou sem parar.

– Que porra é essa? O que está havendo? – falou Ted de repente, sua voz um grasnido. Parecia que ele tinha levado uma marretada na cabeça.
– Você está na sua cama – falou Abee.
– O que aconteceu?
– Você não conseguiu chegar até a caminhonete e acabou comendo um punhado de terra. Eu o arrastei até aqui.

Ted se sentou lentamente na cama. Esperou a tonteira chegar, mas, quando ela veio, não foi tão violenta quanto pela manhã. Ele limpou o nariz.
– Você encontrou Dawson?
– Não fui atrás dele. Passei a tarde inteira cuidando do seu rabo.

Ted cuspiu no chão perto de uma pilha de roupas sujas.
– Ele ainda deve estar pela cidade – disse Ted.
– Talvez. Mas duvido. Já deve saber que estamos atrás dele. Se for esperto, já está longe daqui.
– Bem, mas talvez não seja tão esperto. – Apoiando-se com força na coluna da cama, Ted finalmente se levantou, enfiando a arma na cintura da calça. – Você dirige.

Abee sabia que Ted não iria deixar aquilo em branco. Mas talvez fosse bom que a família soubesse que Ted estava de pé e pronto para voltar ao trabalho.

– E se ele não estiver aqui?

– Então ele não está. Mas eu preciso saber.

Abee o encarou, preocupado com o fato de Candy não ter atendido seus telefonemas e querendo saber onde ela estava. Pensou no cara que tinha visto flertando com ela no Tidewater.

– Está bem – disse ele. – Mas, depois, vou precisar que você faça uma coisa por mim também.

❧

Candy estava parada no estacionamento do Tidewater com seu telefone nas mãos. Duas chamadas de Abee. As duas não atendidas e, até o momento, não retornadas. Vê-las na tela deixava Candy nervosa e ela sabia que deveria ligar de volta. Era só falar doce e dizer as coisas certas, mas então ele poderia resolver passar no seu trabalho para vê-la, e essa era a última coisa que ela queria. Ele provavelmente veria seu carro cheio de malas e perceberia que ela planejava dar o fora – e só Deus sabia o que aquele psicopata poderia fazer.

Ela deveria ter feito as malas mais tarde, depois do trabalho, mas não havia pensado direito e seu turno estava prestes a começar. E, embora talvez tivesse dinheiro para comida e uma semana em um hotel simples, precisava das gorjetas daquela noite para o combustível.

Não poderia de jeito nenhum parar o carro na entrada – não onde Abee conseguisse vê-lo. Então engatou a ré e saiu do estacionamento, dobrando a curva da rodovia e voltando em direção ao centro da cidade. Atrás de um dos antiquários nos limites de Oriental havia um pequeno estacionamento, de modo que Candy entrou nele e parou numa vaga fora de vista. Melhor assim. Mesmo que ela precisasse andar um pouco.

Mas e se Abee aparecesse e *não* visse seu carro? Isso também poderia ser um problema. Candy não queria que ele ficasse fazendo perguntas. Pensando melhor, decidiu que, se ele tornasse a ligar, ela atenderia e talvez mencionasse de forma casual que havia tido um problema com o carro e passara o dia tentando resolvê-lo. Poderia ser um problema, mas Candy tentou se consolar com o fato de que faltavam apenas cinco horas para ela partir. Naquela noite, deixaria tudo para trás.

❧

Jared ainda estava dormindo às 17h15, quando seu telefone começou a tocar. Rolando na cama, ele o apanhou, perguntando-se por que o pai estaria ligando.

Só que não era o pai. Era o parceiro de golfe dele, Roger, pedindo-lhe que fosse buscar Frank no clube, porque ele havia bebido e não tinha condições de dirigir.

Sério?, pensou ele. *Meu pai? Bebendo?*

Por mais que quisesse, Jared não disse o que pensou. Apenas prometeu que chegaria dali a uns 20 minutos. Saindo da cama, ele vestiu o short e a blusa que tinha usado mais cedo e calçou os chinelos. Pegou as chaves e a carteira na escrivaninha. Então desceu as escadas bocejando, já pensando em telefonar para Melody.

Abee não seu deu o trabalho de esconder a caminhonete na estrada em frente à casa de Tuck e de atravessar a mata a pé, como fizera na noite anterior. Em vez disso, subiu a toda a velocidade a trilha irregular e parou bem diante da casa, espalhando o cascalho do caminho de acesso, dirigindo como o líder de uma equipe da SWAT numa missão importante. Saiu do veículo com a arma em punho antes de Ted, mas o irmão desceu da caminhonete com uma agilidade surpreendente, ainda mais levando-se em conta sua aparência. As marcas debaixo de seus olhos já haviam assumido um tom arroxeado escuro.

Não havia ninguém por ali, como Abee já esperava. A casa estava deserta e não havia nem sinal de Dawson na oficina. O desgraçado do primo havia se safado, isso sim. Era uma pena que tivesse passado todos aqueles anos fora da cidade. Ele poderia ter sido muito útil para Abee, por mais que isso fosse deixar Ted louco da vida.

Ted também não se surpreendeu que Dawson tivesse ido embora, mas nem por isso ficou menos irritado. Os músculos de sua mandíbula se retesavam em um ritmo constante, enquanto o dedo alisava o gatilho da pistola. Depois de passar um minuto fervendo de raiva em frente à casa, ele marchou em direção à porta e a arrombou com um chute.

Abee se recostou na caminhonete, resolvendo deixá-lo em paz. Dava para ouvir o irmão xingando e atirando coisas pela casa. Enquanto Ted dava seu ataque, uma cadeira velha atravessou voando uma janela, o vidro explodindo em um milhão de cacos. Ted finalmente apareceu no vão da porta de entrada, mas mal diminuiu o ritmo, andando furioso em direção à oficina.

Havia um Stingray clássico parado lá dentro. Não estava lá na noite anterior, outro sinal de que Dawson tinha passado por ali. Abee não sabia bem se Ted já havia deduzido isso, mas imaginava não ter importância. Era melhor deixá-lo extravasar sua raiva. Quanto mais cedo ela passasse, mais cedo as coisas voltariam ao normal. Precisava que Ted começasse a se concentrar menos no que queria e mais no que Abee lhe mandava fazer.

Ele observou Ted pegar uma chave de roda da bancada. Erguendo-a acima da cabeça, desceu a ferramenta contra o para-brisa dianteiro do carro com um rugido. Então começou a golpear o capô, amassando-o imediatamente. Quebrou os faróis e arrancou os retrovisores, mas estava só começando.

Durante os 15 minutos seguintes, Ted destroçou o carro usando todas as ferramentas à sua disposição. O motor, os pneus, o estofado e o painel foram quebrados ou rasgados em pedacinhos. Ted deu vazão à sua fúria contra Dawson com uma intensidade enlouquecida.

Era uma pena, refletiu Abee. O carro era lindo, um verdadeiro clássico. Mas não era seu e, se aquilo fosse fazer Ted se sentir bem, ele imaginava que fosse melhor assim.

Quando o irmão finalmente seu deu por satisfeito, lançou um olhar para Abee. Estava menos cambaleante do que o esperado e respirava com dificuldade, os olhos ainda um pouco alucinados. Ocorreu-lhe que Ted poderia simplesmente apontar a arma para ele e atirar por pura raiva.

Mas Abee não havia se tornado o chefe da família por fraquejar, nem mesmo quando o irmão estava em seus piores momentos. Ele continuou recostado na caminhonete com calculada indiferença enquanto Ted se aproximava. Abee cutucou os dentes. Em seguida, examinou seu dedo, sabendo que o irmão estava bem ali.

– Já acabou?

⚜

Dawson estava na marina atrás do hotel em New Bern. Barcos se estendiam em suas vagas em ambos os lados. Tinha ido diretamente para lá depois de sair do cemitério, sentando-se à beira da água enquanto o sol começava a se pôr.

Era o quarto lugar em que ele ficava em quatro dias e o fim de semana o deixara esgotado física e emocionalmente. Por mais que tentasse, não conseguia visualizar seu futuro. Amanhã, depois de amanhã e a interminável sequência de semanas e anos não pareciam ter sentido algum. Tivera seus motivos para escolher a vida que levava, mas agora esses motivos não existiam mais. Amanda, e agora Marilyn Bonner, o haviam libertado para sempre e Tuck estava morto. O que lhe restava? Seguir em frente? Ficar onde estava? Continuar no emprego? Tentar algo novo? Qual era seu propósito, agora que tudo o que orientava sua existência tinha desaparecido?

Sabia que não conseguiria encontrar as respostas ali. Levantando-se, caminhou penosamente para o saguão do hotel. Seu voo era cedo na segunda-feira e ele sabia que precisaria acordar muito antes do nascer do sol para poder devolver o carro alugado a tempo de fazer o check-in no aeroporto. De acordo com o itinerário, chegaria a Nova Orleans antes do meio-dia e estaria de volta a sua casa pouco depois disso.

Quando retornou ao quarto, deitou-se na cama sem tirar as roupas, sentindo-se mais perdido do que nunca e relembrando a sensação dos lábios de Amanda nos seus. *Talvez ela precise de tempo*, escrevera Tuck. Antes de cair em um sono agitado, Dawson se agarrou à esperança de que, de alguma forma, seu amigo tivesse razão.

⚜

Parado em um sinal vermelho, Jared olhou para o pai pelo retrovisor. Devia ter enchido mesmo a cara, concluiu. Alguns minutos atrás, ao estacionar no clube, o encontrara recostado em uma das colunas, com o olhar turvo e desfocado e um bafo que poderia acender uma churrasqueira – o que provavelmente explicava por que ele estava calado. Sem dúvida queria esconder quanto havia bebido.

Jared já estava acostumado àquele tipo de situação. Os problemas do pai o deixavam mais triste do que zangado. Sua mãe, por outro lado, ficaria no estado de sempre: tentando agir com naturalidade enquanto o marido se arrastava pela casa bêbado feito um gambá. Por mais que não valesse a pena se irritar, ele sabia que, por trás daquela fachada, ela estaria fervendo de raiva. A mãe iria se esforçar ao máximo para manter a civilidade no tom de voz, mas, independentemente de onde Frank se sentasse, ela iria para outro cômodo, como se isso fosse a coisa mais normal do mundo na vida de um casal.

A coisa ficaria feia naquela noite, mas Jared deixaria isso nas mãos de Lynn, supondo que ela chegasse antes de seu pai apagar. Quanto a ele, já havia ligado para Melody e os dois iriam nadar na casa de um amigo.

O sinal finalmente ficou verde e Jared, com a imagem de Melody na cabeça, pisou fundo no acelerador, sem perceber que outro carro ainda atravessava correndo o cruzamento.

O outro veículo se chocou contra o dele com um estrondo ensurdecedor, espalhando cacos de vidro e lascas de metal por toda parte. A armação da porta, destroçada e retorcida, explodiu para dentro em direção ao peito do rapaz no mesmo instante em que o air bag foi acionado. Jared se debateu contra o cinto de segurança, a cabeça sendo jogada de um lado para o outro à medida que o carro começava a girar pelo cruzamento. *Vou morrer*, pensou ele, mas não conseguiu reunir fôlego suficiente para produzir qualquer som.

Quando o carro enfim parou, Jared precisou de um instante para entender que ainda estava respirando. O peito doía, ele mal conseguia mexer o pescoço e achou que fosse sufocar por conta do cheiro fortíssimo causado pelo acionamento do air bag.

Tentou se mexer, mas foi invadido por uma dor lancinante no peito. A porta e o volante estavam prendendo seu corpo e ele lutou para se soltar. Contorcendo-se para a direita, Jared se libertou de repente do peso que o esmagava.

Lá fora, outros veículos paravam no cruzamento. As pessoas estavam saindo de seus carros, algumas já com os celulares em punho, ligando para a emergência. Através do vidro trincado, Jared percebeu que o capô de seu carro estava erguido como uma pequena tenda.

Ouvia pessoas gritando para que ele não se movesse, mas suas vozes pareciam vir de muito longe. Jared virou a cabeça mesmo assim, pensando de repente no pai, e viu a máscara de sangue que cobria o rosto de Frank. Foi só então que começou a gritar.

Amanda estava a uma hora de casa quando o celular tocou. Estendendo a mão para o banco do carona, teve que revirar a bolsa para encontrá-lo, atendendo apenas no terceiro toque.

Enquanto ouvia a voz trêmula de Jared relatar o ocorrido, ficou paralisada. De um jeito confuso, ele lhe contou sobre a ambulância no local do acidente, sobre todo o sangue que cobria Frank. Tranquilizou-a dizendo estar bem, mas que os paramédicos estavam mandando que entrasse na ambulância com Frank. Os dois seriam levados para o hospital da Universidade Duke.

Amanda agarrou firme o telefone. Pela primeira vez desde a doença de Bea, ela sentiu um medo avassalador se apoderar dela. Medo de verdade, do tipo que não deixa espaço para pensar ou sentir mais nada.

– Estou a caminho – disse. – Chegarei o mais rápido possível...

Mas então, por algum motivo, a ligação foi cortada. Ela rediscou o número no mesmo instante, mas ninguém atendeu.

Jogando o carro para a outra faixa, ela acelerou e, piscando os faróis, ultrapassou o veículo à frente. Precisava chegar ao hospital *imediatamente*. Mas o tráfego ainda estava pesado no litoral.

Depois de sua visitinha à casa de Tuck, Abee percebeu que estava faminto. Não vinha tendo muito apetite desde a infecção, mas agora ele havia voltado com tudo, outro sinal de que os antibióticos estavam funcionando e muito bem. Quando chegaram ao Irvin's, acabou pedindo um cheeseburger, acompanhado de rodelas de cebola fritas e batatas com queijo derretido e pimenta. Embora ainda não tivesse acabado de comer, sabia que iria limpar os pratos. Talvez até sobrasse espaço para um pedaço de torta ou um sorvete depois.

Ted, por outro lado, não estava tão bem. Também tinha pedido cheeseburger, mas estava dando mordidas pequenas e mastigando devagar. Detonar o carro parecia ter esgotado suas últimas reservas de energia.

Enquanto esperavam pela comida, Abee havia telefonado para Candy. Dessa vez ela atendeu ao primeiro toque e os dois conversaram por um tempo. Ela lhe disse que já estava no trabalho e se desculpou por não ter retornado suas ligações, mencionando que havia tido um problema com o carro. Candy pareceu feliz em ouvir sua voz, flertando com ele como sempre. Quando desligou, Abee se sentiu muito melhor e inclusive se perguntou se não estaria tirando conclusões precipitadas sobre o que tinha visto algumas noites atrás.

Talvez fosse a comida e o fato de estar se sentindo melhor, mas, enquanto mastigava o sanduíche, ele se pegou pensando na conversa com Candy, tentando entender o que o estava incomodando. Porque havia *algo* naquela ligação que o incomodava. Em parte, era o fato de Candy ter falado que havia tido problemas com o *carro*, não com o *telefone*. Afinal, por mais ocupada que tivesse estado, poderia ter retornado suas ligações. Mas Abee não estava convencido de que fosse isso.

Ted chegou à metade de sua refeição e foi ao banheiro. Enquanto seu irmão voltava para a mesa, Abee pensou que ele poderia muito bem estar no elenco de algum filme de terror barato, mas os outros clientes do restaurante se esforçavam ao máximo para ignorá-lo, preferindo se concentrar em seus pratos. Ele sorriu. Era bom ser um Cole.

Ainda assim, não conseguia parar de pensar na conversa com Candy e, lambendo os dedos entre as mordidas, refletia sobre o assunto.

Frank e Jared tinham sofrido um acidente.

As palavras se repetiam na cabeça de Amanda, deixando-a mais agitada a cada minuto. Os nós de seus dedos estavam brancos de tanto apertar o volante enquanto ela piscava repetidas vezes os faróis, pedindo passagem.

Eles tinham sido levados em uma ambulância. Jared e Frank estavam sendo levados às pressas para o hospital. Seu marido e seu filho...

O carro à sua frente mudou de faixa e Amanda passou zunindo por ele, aproximando-se depressa do veículo que estava mais adiante.

Ela se lembrou de que a voz de Jared lhe parecera apenas trêmula, nada mais que isso.

Mas o sangue...

Em tom de pânico, Jared mencionara que Frank estava coberto de sangue. Amanda agarrou o telefone com força e tentou ligar para o filho novamente.

Poucos minutos atrás, ele não havia atendido, mas ela tentou acreditar que era por estarem dentro da ambulância ou na emergência do hospital, onde telefones são proibidos. Lembrou a si mesma que havia paramédicos, médicos ou enfermeiras cuidando de Frank e Jared. Queria se convencer de que, quando o filho finalmente atendesse, ela sem dúvida se arrependeria de seu pânico desnecessário. No futuro, essa seria uma história para ser contada à mesa do jantar, sobre como mamãe tinha dirigido até o hospital como uma louca, sem o menor motivo.

Mas novamente Jared não atendeu e Frank também não. Quando ambas as ligações caíram na caixa de mensagens, Amanda sentiu o nó em seu estômago se apertar mais do que nunca. De repente, teve certeza de que o acidente de carro tinha sido sério, muito pior do que o filho tinha deixado transparecer. Não sabia de onde vinha essa certeza, mas não conseguia afastar esse pensamento.

Largou o telefone no banco do carona e pisou fundo no acelerador, correndo até estar a centímetros de distância do carro à sua frente. O motorista enfim lhe deu passagem e ela o deixou para trás a toda a velocidade, sem nem ao menos menear a cabeça para agradecer.

19

No sonho, Dawson estava de volta à plataforma no momento em que a série de explosões começava a sacudi-la, mas dessa vez o silêncio era total e os acontecimentos se desenrolavam em câmera lenta. Ele observou a súbita ruptura do tanque de armazenamento seguida pelas chamas que saltaram em direção ao céu e acompanhou a fumaça negra assumir lentamente o formato de um cogumelo. Viu as ondas de choque atravessarem o convés, engolindo sem pressa tudo o que havia em seu caminho, arrancando as colunas e as máquinas de seus suportes. Nas explosões seguintes, homens foram lançados ao mar, cada espasmo de seus braços perfeitamente visível. O fogo consumia o convés em ritmo lento. Tudo ao seu redor estava sendo destruído pouco a pouco.

Mas ele continuava parado no mesmo lugar, imune às ondas de choque e aos destroços, que milagrosamente se desviavam do seu corpo. Logo em frente, perto do guindaste, ele viu um homem surgir de uma nuvem oleosa de fumaça, mas, como Dawson, ele era imune à devastação ao redor. Por um instante a fumaça pareceu se agarrar a ele, mas então foi afastada como se fosse uma cortina. Dawson arquejou de espanto ao reconhecer o homem de cabelos pretos com seu casaco azul.

O estranho parou de se mover, seus traços indistintos à luminosidade fraca ao longe. Dawson quis chamá-lo, mas nenhum som saiu de seus lábios; quis se aproximar, mas seus pés pareciam colados ao chão. Em vez disso, eles ficaram simplesmente olhando um para o outro na plataforma e, apesar da distância, Dawson achou que começava a reconhecê-lo.

Foi então que acordou, correndo os olhos ao redor enquanto uma onda de adrenalina inundava seu corpo. Ele estava no hotel em New Bern, logo em frente ao rio, e, embora soubesse que tinha sido apenas um sonho, sentiu um calafrio percorrer sua coluna. Sentando-se na cama, apoiou os pés no chão.

O relógio mostrava que ele dormira por mais de uma hora. Lá fora o sol tinha quase acabado de se pôr e as cores do quarto estavam esmaecidas.

Como em um sonho...

Dawson se levantou e olhou à sua volta, encontrando a carteira e as chaves ao lado da tevê. Quando as viu, algo se acendeu em sua memória e, atravessando o quarto, ele revirou os bolsos do paletó que havia usado. Tornou a conferi-los para se certificar de que não estava enganado, então remexeu sua bolsa. Por fim, pegou a carteira e as chaves e desceu as escadas apressado em direção ao estacionamento.

Vasculhou cada centímetro do carro alugado, examinando minuciosamente o porta-luvas, o porta-malas, os espaços entre os bancos, o chão. Porém já estava começando a recordar o que tinha acontecido mais cedo.

Ele havia deixado a carta de Tuck na bancada depois de lê-la. A mãe de Amanda tinha passado na frente da oficina e ele voltara sua atenção para ela, que estava na varanda, então *se esquecera de pegar a carta de volta.*

Ainda devia estar lá. Podia deixá-la para trás, é claro... Só que não conseguia se imaginar fazendo uma coisa dessas. Era a última carta que Tuck lhe escrevera, seu último presente, e Dawson queria levá-la para casa.

Sabia que Ted e Abee estariam procurando por ele na cidade inteira, mas ainda assim se viu cruzando a ponte em seu carro, voltando para Oriental. Estaria lá em 40 minutos.

Alan Bonner respirou fundo, tomou coragem e entrou no Tidewater. O bar estava ainda mais vazio do que o esperado. Havia dois caras no balcão e alguns outros perto da mesa de sinuca dos fundos; apenas uma das mesas estava ocupada, por um casal que contava dinheiro, parecendo prestes a ir embora. Bem diferente da noite de sábado, mais ainda da noite de sexta. Com o jukebox tocando ao fundo e a televisão perto da registradora ligada, o lugar estava quase aconchegante.

Candy enxugava o balcão e sorriu para ele antes de acenar com seu pano. Ela estava de calça jeans e blusa de malha, o cabelo preso em um rabo de cavalo. E, embora não estivesse tão embonecada como de costume, continuava mais bonita do que qualquer outra garota da cidade. Ele sentiu um frio na barriga ao se perguntar se ela aceitaria ou não jantar com ele.

Alan se empertigou, pensando: *Não aceite desculpas*. Iria sentar-se no bar, agir normalmente e, pouco a pouco, conduzir a conversa ao ponto em que pudesse convidá-la a sair. Lembrou a si mesmo que Candy tinha decididamente flertado com ele antes e, embora talvez fosse da natureza dela agir assim, Alan tinha certeza de que não era só isso. Ele tinha percebido. *Sabia*. Então, respirando fundo uma segunda vez, foi andando em direção ao balcão.

⚜

Amanda cruzou a porta da emergência do hospital como um furacão, lançando olhares alucinados para os pacientes e as famílias que estavam ali. Continuara telefonando sem parar para Jared e Frank, mas nenhum dos dois havia atendido. Finalmente, ligara para Lynn em total desespero. A filha ainda estava a algumas horas dali. Ela desmoronara ao ouvir a notícia e prometera chegar o mais rápido possível.

Ainda parada, Amanda correu os olhos pela sala, na esperança de encontrar Jared. Rezou para que sua preocupação fosse infundada. Então, surpresa, avistou Frank do outro lado do recinto. Ele se levantou e começou a ir em sua direção, parecendo menos machucado do que ela esperava. Amanda olhou por sobre o ombro de Frank, tentando localizar o filho. Mas Jared não estava ali.

– Onde está Jared? – perguntou com urgência assim que Frank chegou ao seu lado. – Você está bem? O que aconteceu? O que está havendo?

Ela ainda vociferava perguntas quando Frank pegou seu braço e a levou para fora.

– Jared foi internado – disse ele.

Apesar das horas que haviam transcorrido desde que Frank saíra do clube, sua voz continuava arrastada. Amanda percebia que ele estava tentando parecer sóbrio, mas o cheiro acre de álcool saturava seu hálito e seu suor.

– Não sei o que está acontecendo – continuou Frank. – Ninguém diz nada. Mas a enfermeira mencionou algo sobre um cardiologista.

As palavras dele amplificaram a ansiedade que invadia Amanda.

– Por quê? Qual o problema?

– Não sei.

– Jared vai ficar bem?

– Ele parecia ótimo quando chegamos aqui.

– Então por que está sendo examinado por um cardiologista?

– Não sei.

– Ele me falou que você estava coberto de sangue.

Frank tocou a base inchada do nariz, onde uma mancha preta e azul cercava um pequeno corte.

– Bati feio com o rosto, mas eles conseguiram estancar o sangramento. Não foi nada de mais. Vou ficar bem.

– Por que não atendeu seu telefone? Eu liguei 100 vezes!

– Meu celular ainda está no carro...

Mas Amanda tinha parado de ouvir à medida que registrava o peso de tudo o que Frank tinha dito. Jared havia sido internado. Era seu filho quem tinha se ferido. Seu filho, não seu marido. Jared...

Sentindo-se como se tivesse levado um soco no estômago e subitamente enojada de Frank, ela o deixou falando sozinho e marchou em direção à enfermeira que estava atrás da mesa da recepção. Esforçando-se ao máximo para controlar sua histeria crescente, Amanda exigiu saber o que estava acontecendo com o filho.

A enfermeira tinha poucas respostas e limitou-se a repetir o que Frank já havia contado. *O bêbado do Frank*, pensou ela novamente, incapaz de conter a onda de fúria. Então espalmou as duas mãos com força sobre a mesa, assustando todos os presentes.

– Preciso saber o que está acontecendo com meu filho! – exclamou. – *Agora!*

Problemas com o carro, pensou Abee. Era isso que o estava incomodando na conversa que tivera mais cedo com Candy. Se o carro estava com problemas, como a garota tinha ido para o trabalho? E por que não lhe pedira que a levasse até lá ou lhe desse uma carona de volta para casa?

Será que alguma outra pessoa a levara? Aquele cara do bar?

Não, Candy não seria tão idiota. Abee poderia ligar e perguntar, é claro, mas havia uma maneira melhor de desvendar aquilo. O Irvin's não ficava muito longe da pequena casa em que ela morava, de modo que ele poderia muito bem dar uma passada para conferir se o carro dela estava por lá. Porque, se estivesse, significaria que alguém a levara ao trabalho – e então eles teriam uma conversa muito séria.

Ele jogou algumas notas em cima da mesa e fez sinal para que o irmão o seguisse. Ted não falara muito durante o jantar, mas Abee tinha a impressão de que ele estava um pouco melhor, apesar da falta de apetite.

– Para onde estamos indo? – perguntou Ted.

– Quero conferir uma coisa.

A casa de Candy ficava a poucos minutos dali, no final de uma rua um tanto deserta. Era um barraco decrépito, com fachada de lâminas de alumínio e cercado de arbustos malcuidados. Não era grande coisa, mas Candy não parecia se importar. Tampouco se esforçara para deixá-lo mais aconchegante.

Quando Abee chegou em frente à casa, viu que o carro não estava lá. Talvez ela tivesse conseguido colocá-lo para funcionar, raciocinou ele, mas, enquanto ficava ali sentado na caminhonete, percebeu que havia algo de estranho. Algo faltando, por assim dizer, e demorou alguns instantes até descobrir o que era.

A estatueta do Buda não estava lá, a que ficava na janela da frente, enquadrada por uma abertura nos arbustos. Seu amuleto da sorte, como Candy a chamava, e não havia motivo para que ela a tivesse tirado dali. A não ser que...

Ele abriu a porta da caminhonete e desceu. Quando Ted lançou-lhe um olhar interrogativo, Abee apenas balançou a cabeça.

Ele atravessou os arbustos malcuidados e entrou na varanda. Espiando pela janela da frente, confirmou que a estatueta não estava mesmo ali. O resto parecia igual. É claro que isso não significava muita coisa, já que ele sabia que o imóvel era mobiliado. Mas o fato de o Buda ter sumido o incomodava.

Abee deu a volta na casa, espiando pelas janelas, embora as cortinas bloqueassem em grande parte sua visão. Não dava para ver muito lá dentro. Quando se cansou daquilo, simplesmente arrombou a porta dos fundos com um chute, como Ted havia feito na casa de Tuck.

Então entrou, perguntando-se que diabo Candy poderia estar aprontando.

Como vinha fazendo de 15 em 15 minutos desde que chegara à sala de espera, Amanda foi até o posto de enfermagem perguntar se tinham mais notícias. A enfermeira respondeu com paciência que já lhe dera toda a informação que possuía: Jared havia sido internado, estava sendo examinado por um cardiologista e o médico sabia que os pais estavam ali, esperando. Assim que tivesse mais alguma informação, Amanda seria a primeira a saber. Havia compaixão na voz da mulher ao dizer isso e Amanda meneou a cabeça em agradecimento antes de virar-lhe as costas.

Mesmo estando no hospital, ela ainda não conseguia compreender o que estava fazendo ali, como tudo aquilo poderia ter acontecido. Embora Frank e a enfermeira tivessem tentado lhe explicar, suas palavras não significavam nada naquele momento. Amanda não queria que lhe dissessem o que estava acontecendo, queria falar com Jared. Precisava vê-lo, ouvir sua voz para saber que ele estava bem. E, quando o marido tentou colocar a mão em suas costas para consolá-la, Amanda se afastou dando uma sacudidela brusca, como se tivesse sofrido uma queimadura.

Era por culpa de Frank que Jared estava ali. Se ele não tivesse enchido a cara, o filho teria ficado em casa, ou saído com uma garota, ou ido à casa de algum amigo. Passaria longe daquele cruzamento e nunca teria ido parar no hospital. Ele estava apenas tentando ajudar. Estava sendo responsável.

Mas Frank...

Amanda não conseguia olhar para ele. Precisava se conter para não começar a gritar.

O relógio na parede parecia contar os minutos em câmera lenta.

Por fim, depois de uma eternidade, ela ouviu a porta que conduzia ao consultório se abrir e, quando se virou, viu um médico usando um uniforme cirúrgico atravessá-la. Ficou observando enquanto ele se aproximava da enfermeira de plantão, que assentiu e apontou para ela. Amanda congelou de medo à medida que o médico se aproximava. Analisou seu rosto em busca de um sinal do que ele iria lhe dizer, mas sua expressão não deixou transparecer nada.

Ela se levantou e Frank fez o mesmo.

– Eu sou o Dr. Mills – falou ele, sinalizando para que o acompanhassem através das portas duplas que conduziam a outro corredor.

Quando as portas se fecharam às suas costas, o Dr. Mills se virou para encará-los. Apesar dos fios grisalhos em sua cabeça, Amanda percebeu que o médico provavelmente era mais jovem do que ela.

Amanda precisaria de mais do que uma conversa para absorver por completo o que ele lhes disse, mas compreendeu o básico: embora externamente parecesse estar bem, Jared havia sofrido uma lesão devido ao impacto da porta do carro contra seu tórax. O plantonista detectara um sopro no coração e suspeitara que pudesse ser consequência do trauma, então internara o rapaz para avaliação. Lá dentro, o quadro de Jared piorara de forma rápida e acentuada. O médico prosseguiu, dizendo palavras como "cianose", e lhes informou que haviam implantado um marca-passo transvenoso, mas que a capacidade cardíaca de Jared continuava diminuindo. A suspeita era de que a válvula tricúspide houvesse se rompido. Era quase certo que o rapaz precisaria de uma operação para substituí-la. Ele estava respirando com a ajuda de aparelhos, explicou o médico, mas agora necessitavam da permissão dos pais para a cirurgia. Sem ela, concluiu o Dr. Mills sem rodeios, Jared iria morrer.

Jared iria morrer.

Amanda se apoiou em uma parede para não cair enquanto o médico olhava primeiro para Frank e então de volta para ela.

– Preciso que a senhora assine este formulário de consentimento – falou o Dr. Mills.

Naquele instante Amanda teve certeza de que o médico também sentira o cheiro de álcool no hálito de Frank. Foi então que começou a odiar o marido, *odiá-lo* de verdade. Como se estivesse em um sonho, foi com um movimento quase involuntário que ela assinou o papel que o médico lhe estendia.

O Dr. Mills os conduziu a outra parte do hospital e os deixou em uma sala de espera vazia. A mente de Amanda estava entorpecida pelo choque.

Jared precisava de uma cirurgia, ou iria morrer.

Ele não podia morrer. Tinha apenas 19 anos e a vida inteira pela frente.

Fechando os olhos, ela se afundou em uma poltrona, tentando, sem sucesso, compreender o mundo que desmoronava à sua volta.

⚜

Candy não precisava daquilo. Não naquela noite.

O rapaz na ponta do bar, Alan, Alvin, ou sabe-se lá como se chamava, queria tanto chamá-la para sair que estava praticamente ofegante. E o que era pior: o movimento estava tão fraco naquela noite que pelo jeito ela não conseguiria gorjeta suficiente para encher o tanque do carro. Perfeito. Simplesmente perfeito.

– Ei, Candy!

Era o rapaz outra vez, debruçando-se sobre o balcão como um cachorrinho carente.

– Pode me trazer outra cerveja, por favor?

Ela forçou um sorriso enquanto abria uma garrafa e andava até ele para entregá-la. Enquanto se aproximava da outra extremidade do balcão, ele fez uma pergunta, mas, de repente, faróis iluminaram a porta – ou de um carro que passava ou de alguém parando no estacionamento – e ela se surpreendeu olhando para a entrada. Esperando.

Quando ninguém entrou, suspirou aliviada.

– Candy?

A voz do rapaz chamou sua atenção de volta. Ele afastou da testa o cabelo preto e lustroso.

– Me desculpe. O que foi?

– Perguntei como está sendo seu dia.

– Maravilhoso – respondeu ela com um suspiro. – Simplesmente maravilhoso.

⚜

Frank sentou na poltrona em frente à de Amanda, ainda oscilando um pouco e com o olhar perdido. Ela se esforçou ao máximo para fingir que ele não estava ali.

Fora isso, tudo em que conseguia se concentrar eram seus medos e seus pensamentos sobre Jared. No silêncio da sala de espera, anos inteiros da vida do filho foram condensados como em um passe de mágica. Ela se lembrou de como ele lhe parecera pequeno em seus braços nas primeiras semanas de vida.

Lembrou-se de como era pentear seu cabelo e se viu colocando um sanduíche em uma merendeira do Parque dos Dinossauros em seu primeiro dia no jardim de infância. Lembrou-se do nervosismo de Jared antes do primeiro baile no ensino médio e da maneira como ele sempre bebia leite direto da caixa, por mais que ela o proibisse de fazer aquilo. Vez por outra, os sons do hospital a arrancavam de seu devaneio e, com um sobressalto, Amanda recordava que lugar era aquele e o que estava acontecendo. Então o medo voltava a dominá-la.

Antes de sair, o médico lhes dissera que a cirurgia poderia levar horas, que talvez se estendesse até a meia-noite, mas ela imaginou que provavelmente alguém lhes daria alguma notícia antes disso. Queria saber o que estava acontecendo. Queria que alguém lhe explicasse a situação de uma maneira clara, mas o que realmente queria era que alguém a abraçasse e prometesse que seu garotinho – embora ele já fosse quase um homem – ficaria bem.

⚜

Abee estava parado no quarto de Candy, seus lábios formando uma linha cerrada à medida que ele compreendia o que estava acontecendo.

O closet estava vazio. As gavetas estavam vazias. A porra do armário do banheiro estava vazio.

Não era de espantar que ela não tivesse atendido o telefone mais cedo. Candy estava ocupada fazendo as malas. Mas e quando finalmente atendeu? Ora, a pobrezinha devia ter se esquecido de mencionar os planos de sair da cidade.

Mas ninguém abandonava Abee Cole. Ninguém.

E se fosse por conta daquele novo namorado dela? E se eles planejassem fugir *juntos*?

A ideia o enfureceu de tal forma que ele saiu como um raio pela porta dos fundos destroçada. Contornando a casa, voltou às pressas para a caminhonete, certo de que precisava ir ao Tidewater *imediatamente*.

Candy e o namoradinho iriam aprender uma lição naquela noite. Os dois. E seria o tipo de lição que eles dificilmente esqueceriam.

20

Dawson não conseguia se lembrar de uma noite mais escura do que aquela. Não havia lua, apenas uma escuridão sem fim, pontuada pelo tênue cintilar das estrelas.

Já estava se aproximando de Oriental e não conseguia deixar de sentir que voltar era um erro. Precisaria atravessar toda a cidade para chegar à casa de Tuck e sabia que seus primos poderiam estar à sua espera em qualquer parte. Mais adiante, depois da curva na qual sua vida havia mudado para sempre, Dawson notou o brilho das luzes da cidade erguendo-se por sobre as copas das árvores. Se fosse mudar de ideia, precisava fazê-lo agora. Inconscientemente, ele tirou o pé do acelerador. Foi então, à medida que o carro desacelerava, que Dawson sentiu que era observado.

⚜

Abee apertava o volante com força enquanto a caminhonete cruzava a cidade em disparada, cantando os pneus. Deu uma guinada para a esquerda e entrou no estacionamento do Tidewater, fazendo o veículo derrapar ao pisar fundo no freio e parar em uma vaga para cadeirantes. Pela primeira vez desde que detonara o Stingray, até mesmo Ted mostrava sinais de vida, a expectativa de violência pairando no ar dentro da caminhonete.

O veículo mal havia parado quando Abee saltou, com Ted seguindo-o de perto. Abee não conseguia aceitar que Candy pudesse mentir para ele. Obviamente vinha planejando a fuga fazia algum tempo e acreditava que ele não iria descobrir. Estava na hora de mostrar a ela quem dava as cartas por ali. *E pode ter certeza de que não é você, Candy.*

Enquanto seguia, furioso, em direção à porta de entrada, Abee notou que o Mustang conversível de Candy não estava no estacionamento, o que significava que ela o havia deixado em outro lugar. Na casa de algum sujeito. Os dois provavelmente tinham rido pelas costas de Abee. Conseguia ouvir Candy zombando da sua cara, do idiota que ele era, e isso lhe dava vontade de entrar no bar como um furacão, apontar sua arma e simplesmente sair puxando o gatilho.

Mas não faria desse modo. Ah, não. Porque primeiro ela precisava *entender* o que exatamente estava acontecendo. Precisava *entender* que quem dava as cartas era ele.

Ao seu lado, Ted mantinha-se extraordinariamente firme, quase empolgado. O som da música do jukebox vinha baixinho de lá de dentro e a corda de neon que formava o nome do bar tingia seus rostos de um vermelho luminoso.

Abee assentiu para Ted, ergueu a perna e escancarou a porta com um chute.

⚜

Dawson desacelerou a carro até quase parar, cada nervo de seu corpo em estado de alerta. Ao longe, conseguia ver as luzes de Oriental. Então foi invadido por uma sensação repentina de déjà-vu, como se já soubesse o que estava por vir e não pudesse evitá-lo, mesmo que quisesse.

Ele se debruçou sobre o volante. Se apertasse os olhos, poderia ver a loja de conveniência, a mesma pela qual havia passado durante sua corrida matinal. A torre da igreja batista, iluminada por holofotes, parecia pairar sobre o centro comercial. A luz dos postes emprestava um brilho sinistro ao asfalto, realçando o caminho que levava à casa de Tuck e provocando-o com a possibilidade de talvez não conseguir chegar lá. As estrelas que vira antes tinham desaparecido. O céu que agora cobria a cidade era de um negrume quase sobrenatural. Mais adiante, à direita, erguia-se o prédio atarracado que substituíra o bosque quase no meio da curva da rodovia nos limites da cidade.

Dawson vasculhou o cenário com atenção, esperando... algo. Quase imediatamente, foi recompensado com um lampejo de movimento além da janela do carona.

Ali estava ele, parado logo depois dos fachos de luz dos faróis, no matagal que margeava a rodovia. O homem de cabelos pretos.

O *fantasma*.

⚜

Aconteceu tão rápido que Alan nem ao menos conseguiu entender.

Lá estava ele, conversando com Candy – ou pelo menos tentando – enquanto ela se preparava para lhe servir outra cerveja, quando de repente a porta do bar foi escancarada com tanta força que a metade de cima foi arrancada da dobradiça.

Antes que Alan pudesse se encolher, Candy já havia reagido. Como se um raio tivesse passado por seu rosto, ela entendeu o que estava acontecendo, interrompeu o movimento de lhe entregar a cerveja, fez um "Merda!" com a boca e largou a garrafa.

Quando o vidro se despedaçou no chão de concreto, Candy já estava fugindo aos gritos.

Atrás dela, um rugido ecoou:

– *QUEM VOCÊ PENSA QUE É, PORRA?!*

Alan se encolheu enquanto Candy corria para a extremidade oposta do bar, em direção ao escritório do gerente. O rapaz frequentava o Tidewater havia tempo suficiente para saber que lá a porta era de aço reforçado e tinha trincos de segurança, por causa do cofre.

Recuando de medo, Alan observou Abee passar correndo com a arma apontada para Candy, perseguindo-a até o outro extremo do bar. Abee também sabia para onde ela estava indo.

– *AH, NÃO, VOCÊ NÃO VAI FAZER ISSO, SUA PIRANHA!*

Candy lançou um olhar aterrorizado por sobre o ombro antes de agarrar a maçaneta do escritório. Com um grito, ela se lançou pela porta aberta.

Fechou-a assim que Abee se apoiou no balcão e saltou por sobre ele. Garrafas vazias e copos saíram voando. A registradora se espatifou no chão, mas ele conseguiu esticar as pernas para a frente.

Ou quase. Aterrissou cambaleando, derrubando garrafas da prateleira à frente do espelho como se fossem pinos de boliche. Elas mal conseguiram desacelerá-lo. Num piscar de olhos, Abee já havia fincado os pés no chão e estava diante da porta do escritório.

Alan observou tudo, cada cena se desenrolando individualmente com uma precisão surreal, violenta. Mas, quando seu raciocínio alcançou o que de fato estava acontecendo, o pânico invadiu cada centímetro do seu corpo.

Isto não é um filme.

Abee começou a esmurrar a porta, atirando-se contra ela, sua voz um trovão.

– *ABRA ESTA DROGA DE PORTA!*

Isto é real.

Ele ouvia os gritos histéricos de Candy vindo do escritório trancado.

Ai, meu Deus...

Nos fundos do bar, os caras que estava jogando sinuca dispararam em direção à saída de emergência, largando seus tacos no caminho. Foi o estalo dos tacos se chocando contra o chão de concreto que fez o coração de Alan saltar no peito, acordando um instinto primitivo de sobrevivência.

Ele precisava sair dali.

Precisava sair dali *imediatamente*!

Alan saltou de onde estava sentado como se tivesse sido apunhalado, fazendo o banco cair para trás e agarrando-se ao balcão para manter o equilíbrio. Virando-se na direção da porta caída, pôde ver o estacionamento lá fora. Para além dele, a estrada principal o chamava. O rapaz saiu correndo naquela direção.

Percebia de forma muito vaga que Abee estava esmurrando a porta do escritório e gritando que iria matar Candy se ela não a abrisse. Mal notou as mesas e cadeiras viradas. A única coisa que importava era alcançar a saída e dar o fora do Tidewater o mais rápido possível.

Ouvia o barulho de seus tênis batendo no chão de concreto, mas a porta caída não parecia se aproximar nem um centímetro. Como se fosse uma daquelas saídas das casas mal-assombradas de parques de diversões...

Muito ao longe, ouviu Candy gritar:

– Me deixe em paz!

Ele nem chegou a ver Ted, ou a cadeira que veio em sua direção, antes que ela se chocasse contra suas pernas, derrubando-o. Alan tentou amortecer a queda, por instinto, mas não conseguiu interrompê-la. Sua testa bateu com força no chão e o impacto o atordoou. Ele viu clarões de luz branca antes de mergulhar na escuridão.

Foi aos poucos que o mundo voltou a entrar em foco.

Alan sentia gosto de sangue enquanto lutava para livrar as pernas da cadeira e virar de barriga para cima. Uma bota desceu com força em sua mandíbula e sua cabeça foi pressionada contra o chão.

Sobre ele, Ted Cole apontava uma arma em sua direção, parecendo achar aquilo divertido.

– Aonde você pensa que vai?

Dawson parou o carro no acostamento. De certa forma, esperava que o vulto desaparecesse nas sombras quando descesse do veículo, mas o homem de cabelos pretos continuou no mesmo lugar, cercado pelo mato que chegava à altura dos joelhos. Estava a uns 50 metros de distância, perto o suficiente para que Dawson notasse a brisa noturna agitando seu casaco. Se desse um pique, poderia alcançá-lo em menos de 10 segundos, mesmo correndo pelo mato alto.

Sabia que não era sua imaginação. Conseguia *sentir* aquela presença com tanta clareza quanto sentia seu coração bater. Sem desgrudar os olhos do homem, Dawson estendeu o braço para dentro do carro e desligou o motor, apagando os faróis. Mesmo na escuridão, conseguia ver a camisa branca que ele usava, emoldurada pelo casaco aberto. Mas, como sempre, não era possível distinguir seu rosto.

Dawson saiu da estrada, pisando na faixa de cascalho estreita que a ladeava. O homem não se moveu.

Então ele seguiu em frente, adentrando o matagal, e o vulto continuou parado ali, impassível.

Mantendo o olhar fixo no homem, Dawson foi lentamente diminuindo a distância entre os dois. Cinco passos. Dez. Quinze. Se fosse dia, já conseguiria enxergá-lo perfeitamente, seria capaz de discernir os traços de seu rosto. Mas, naquela escuridão, os detalhes permaneciam ocultos.

Mais perto ainda. Ele se movia com cautela, sentindo-se invadido por uma onda de descrença. Nunca havia estado tão próximo daquele vulto fantasmagórico, perto o bastante para agarrá-lo num só pique.

Continuou a observá-lo, imaginando quando deveria começar a correr. Mas o estranho pareceu ler seus pensamentos, pois recuou um passo.

Ele se deteve. O vulto fez o mesmo.

Dawson deu outro passo e observou o homem de cabelos pretos recuar novamente. Então, ao arriscar mais dois passos rápidos, viu seus movimentos serem imitados com precisão.

Mandando a cautela às favas, Dawson disparou a correr. O homem de cabelos pretos se virou e também saiu correndo. Dawson acelerou, mas a distância entre os dois permanecia estranhamente constante, o casaco azul se agitando como se quisesse provocá-lo.

Dawson apertou ainda mais o passo e o estranho fez uma curva, mudando de direção. Deixando de se afastar da estrada, ele começou a correr paralelamente a ela e Dawson fez o mesmo. Estavam seguindo em direção a Oriental, rumo ao prédio quadrado e atarracado perto da curva.

A curva...

Dawson não conseguia diminuir a distância, mas o homem de cabelos pretos tampouco se afastava. O vulto havia parado de mudar de direção e, pela primeira vez, Dawson teve a impressão de que ele tinha um propósito em mente ao conduzi-lo adiante. Havia algo de desconcertante nessa ideia, mas, em meio à perseguição, não teve tempo de refletir sobre o assunto.

A bota de Ted pressionava com força o rosto de Alan. Ele sentia suas orelhas sendo esmagadas e o salto da bota cortar-lhe dolorosamente o queixo. A arma apontada para sua cabeça parecia enorme, tapando todo o resto da visão, e ele sentiu o intestino revirar de repente. *Vou morrer*, pensou.

– Agora que já viu isto aqui – falou Ted, balançando a arma sem deixar de apontá-la para ele –, se eu deixar você se levantar, não vai tentar sair correndo, vai?

Alan tentou engolir, mas a garganta não obedeceu.

– Não – grasnou.

Ted colocou mais peso ainda sobre a bota. A dor foi intensa e Alan gritou. Suas orelhas estavam em chamas e pareciam ter sido achatadas até virarem dois discos de papel. Estreitando os olhos em direção a seu agressor enquanto balbuciava um pedido de misericórdia, notou que o outro braço de Ted estava em uma espécie de gesso e que seu rosto estava preto e roxo. Incompreensivelmente, se pegou imaginando o que teria acontecido a ele.

Ted se afastou.

– Levante-se – disse.

Alan se esforçou para livrar as pernas da cadeira e se levantou devagar, quase caindo para a frente ao sentir uma pontada forte no joelho. A porta aberta estava a poucos metros de distância.

– Nem pense nisso – rosnou Ted. Ele gesticulou, apontando para o bar. – Pra lá.

Alan mancou de volta ao balcão. Abee continuava diante da porta, xingando e atirando-se contra ela. Então se virou na direção de Alan.

Abee entortou a cabeça para um lado, encarando-o. Parecia fora de si. Alan sentiu o intestino revirar mais uma vez.

– Estou com seu namorado aqui fora! – gritou ele.

– Ele não é meu namorado! – gritou Candy de volta, mas o som estava abafado. – Estou ligando para a polícia!

A essa altura, Abee já contornava o bar, aproximando-se de Alan, que ainda estava sob a mira da arma de Ted.

– Achou que vocês dois poderiam simplesmente fugir? – vociferou Abee.

Alan abriu a boca para responder, mas o terror lhe roubou a voz.

Abee então se abaixou, apanhando um taco de sinuca. Alan ficou observando-o girar o taco na mão, como um batedor de beisebol preparando-se para assumir sua base, mas louco e fora de controle.

Deus, por favor, não...

– Achou que eu não iria descobrir? Que não sabia o que estavam planejando? Eu vi vocês dois na sexta!

A poucos passos de distância, Alan ficou paralisado, incapaz de se mover enquanto Abee inclinava o taco para trás. Ted recuou meio passo.

Ah, Deus...

– Não sei do que você está falando – respondeu Alan com dificuldade.

– Ela deixou o carro na sua casa? – perguntou Abee. – É lá que ele está?

– O quê?... Eu...

Antes que Alan pudesse acabar de falar, Abee foi para cima dele brandindo o taco. A madeira se chocou contra sua cabeça, enchendo o mundo de explosões de luz ofuscantes antes de a escuridão retornar.

O rapaz caiu no chão, enquanto Abee o atacava com o taco uma segunda vez e depois uma terceira. Alan tentou se proteger, mas apenas ouviu o som nauseante de seu braço se quebrando. Quando o taco se partiu em dois, Abee lhe deu um pontapé forte na cara com o bico de aço da bota. Então Ted começou a chutar-lhe os rins, causando explosões de dor.

Quando Alan desatou a gritar, a surra começou para valer.

Correndo pelo matagal, eles se aproximavam do prédio atarracado. Dawson conseguia ver alguns carros e caminhões na sua frente e, pela primeira vez, notou um tênue brilho vermelho em cima da entrada. Lentamente, eles começaram a tomar aquela direção.

À medida que o estranho de cabelos pretos se deslocava sem o menor esforço à sua frente, Dawson tinha a incômoda sensação de que o conhecia. Os ombros relaxados, o ritmo constante dos braços, a cadência das passadas... Dawson já tinha visto aquele jeito de correr, e não apenas na mata atrás da casa de Tuck. Ainda não conseguia se lembrar de onde, mas a resposta parecia cada vez mais próxima, como bolhas que subissem à superfície da água. O estranho olhou por sobre o ombro, como se atento a cada pensamento de Dawson. Então, pela primeira vez, ele pôde ver com clareza seus traços. E teve certeza de que tinha visto aquele homem antes.

Antes do dia da explosão.

Dawson tropeçou e voltou a se aprumar enquanto um calafrio percorria suas costas.

Não era possível.

Tinham se passado 24 anos. Desde então, Dawson tinha sido preso e posto em liberdade, trabalhara em plataformas de petróleo no golfo do México, amara e perdera o amor por duas vezes, dera adeus ao homem que o acolhera e que a velhice tinha levado embora. Mas o estranho – pois era isso que ele era e sempre tinha sido, um estranho – não havia envelhecido um só dia. Estava idêntico ao que era na noite em que saíra para correr na estrada molhada depois de atender seus pacientes no consultório. Agora Dawson percebia quem ele era: o rosto surpreso que tinha visto ao dar uma guinada para fora da estrada, quando transportava os pneus de que Tuck precisava, no caminho de volta para Oriental...

Fora ali, lembrou-se mais uma vez Dawson. Fora ali que o Dr. David Bonner, marido e pai, tinha sido morto.

Dawson respirou fundo e tropeçou novamente, mas o homem mais uma vez pareceu ler seus pensamentos. Ele assentiu sem sorrir assim que chegou ao caminho de cascalho do estacionamento. Tornando a virar para a frente, o homem acelerou, passando a seguir em paralelo à fachada do prédio. Dawson sentia o suor em seu corpo à medida que também alcançava, cambaleante, o estacionamento. Mais à frente, o estranho – o Dr. Bonner – havia parado de correr e estava perto da entrada do prédio, banhado pela luz vermelha sinistra do letreiro de neon.

Dawson se aproximou, concentrando-se no Dr. Bonner, enquanto o fantasma lhe dava as costas e entrava.

Ele apertou o passo, atravessando poucos segundos depois a porta de um bar mal iluminado, mas, a essa altura, o médico tinha desaparecido.

Dawson precisou de apenas um instante para registrar a cena: as mesas e cadeiras viradas, o som abafado de uma mulher gritando ao fundo enquanto a tevê continuava no último volume. Seus primos Ted e Abee estavam curvados sobre alguém no chão, espancando-o com selvageria, de forma quase ritualística, até pararem de repente e erguerem os olhos em sua direção. Dawson vislumbrou a figura ensanguentada no chão e a reconheceu de imediato.

Alan...

Dawson estudara o rosto daquele jovem em inúmeras fotos ao longo dos anos e, naquele momento, notou sua impressionante semelhança com o pai – o homem que Dawson vira durante todo aquele tempo, o homem que o conduzira até ali.

À medida que ele apreendia a cena, tudo se paralisou. Ted e Abee congelaram, aparentemente incapazes de acreditar que alguém – quem quer que fosse – tivesse entrado ali de repente. O som da respiração dos dois era rascante, ambos encarando Dawson como lobos interrompidos durante um banquete.

O Dr. Bonner o salvara por um motivo.

Este pensamento invadiu sua mente no mesmo instante em que os olhos de Ted brilharam, prenunciando uma reação. Seu primo começou a erguer a arma, mas, quando puxou o gatilho, Dawson já estava saltando para trás de uma mesa, saindo do percurso da bala. De repente ele compreendeu por que tinha sido levado até ali – e talvez até o sentido de toda a sua vida.

A cada respiração gorgolejante, Alan tinha a sensação de ser apunhalado.

Não conseguia sair do chão, mas, apesar da vista embaçada, enxergava o que estava acontecendo.

Desde que o estranho entrara correndo no bar, girando a cabeça de um lado para outro como se estivesse perseguindo alguém, Ted e Abee tinham parado de surrá-lo e, por algum motivo, voltado sua atenção para o recém-chegado. Alan não entendia o motivo disso, apenas se encolheu e começou a rezar quando ouviu tiros. O estranho tinha se jogado atrás de algumas mesas e Alan já não o via, mas, quando se deu conta, garrafas de bebida estavam voando por cima da sua cabeça em direção a Ted e Abee, enquanto tiros ricocheteavam pelo bar. Ouviu Abee gritar e o som abafado de madeira se partindo enquanto pedaços de uma cadeira se despedaçavam à sua volta. Ted saíra de seu campo de visão, mas o som de sua arma disparando permanecia, incessante.

Quanto a ele mesmo, tinha certeza de que estava morrendo.

Dois dos seus dentes estavam no chão e sua boca estava cheia de sangue. Ele sentira as costelas se quebrarem onde Abee o havia chutado. A parte da frente de sua calça estava úmida – ou ele tinha se molhado ou estava sangrando por conta dos golpes no rim.

Notou o som de sirenes ao longe, mas, convencido de que estava à beira da morte, não conseguiu reunir energias para se importar com isso. Ouvia cadeiras se quebrando e garrafas retinindo. De algum lugar muito distante, escutou Abee grunhir quando uma garrafa de bebida se chocou contra algo sólido.

Os pés do estranho passaram correndo por ele em direção ao balcão. Então vieram gritos e um tiro que despedaçou o espelho da parede ao fundo. Alan sentiu a chuva de cacos de vidro cortar sua pele. Outro grito e mais sons de briga. Abee começou a soltar um berro agudo, interrompido de forma abrupta pelo barulho de algo sendo batido contra o chão.

A cabeça de alguém?

Mais sons de briga. Do chão, Alan viu Ted cambalear para trás, por pouco não pisando em seu pé. Ted gritava enquanto tentava se equilibrar, mas Alan achou ter ouvido um vestígio de temor em sua voz quando outro tiro ecoou pelo bar.

Alan fechou os olhos, então tornou a abri-los no instante em que outra cadeira passava voando. Ted disparou outro tiro desesperado em direção ao teto e o estranho foi para cima dele como um touro, empurrando-o contra a parede. Uma arma deslizou ruidosamente pelo chão quando Ted foi arremessado para o lado.

O homem estava em cima de Ted, que tentava se arrastar para longe, enquanto Alan continuava sem conseguir se mover. Atrás dele, o som de um punho se chocando contra um rosto se fez ouvir repetidas vezes. Ao ritmo dos golpes em seu queixo, os gritos de Ted eram abafados ou voltavam a ecoar. Então Alan começou a ouvir apenas os socos e Ted se calou. Ouviu mais um murro, seguido por outros dois, cada vez mais lentos.

Por fim, tudo o que restou foi a respiração pesada de um homem.

O som das sirenes estava mais próximo agora, mas Alan, caído no chão, sabia que o resgate havia chegado tarde demais.

Eles me mataram, ouviu em sua cabeça à medida que sua visão escurecia. De repente, sentiu que alguém o agarrava pela cintura e começava a levantá-lo.

A dor era excruciante. Ele gritou ao sentir seu corpo ser erguido, enlaçado por um braço. Milagrosamente, sentiu suas pernas se moverem por conta própria à medida que o homem meio o arrastava, meio o carregava em direção à entrada. Alan via o céu escuro lá fora, mas mal enxergava a porta caída para a qual estavam seguindo.

Embora não houvesse necessidade, surpreendeu-se dizendo com a voz rouca:

– Meu nome é Alan. – Ele se apoiou contra o homem. – Alan Bonner.

– Eu sei – respondeu o estranho. – Vim tirar você daqui.

Vim tirar você daqui.

Quase inconsciente, Ted não conseguiu registrar por completo as palavras, mas, por instinto, sabia o que estava acontecendo. *Dawson estava se safando outra vez.*

A fúria que sentiu era mais forte do que a própria morte.

Forçou-se a abrir um olho empapado de sangue enquanto Dawson mancava em direção à porta escorando o namorado de Candy. Aproveitando que o primo estava de costas, Ted vasculhou a área ao redor em busca da arma. *Lá estava ela.* A poucos metros de distância, debaixo de uma mesa quebrada.

As sirenes já estavam perto.

Reunindo suas últimas reservas de energia, Ted se jogou na direção da pistola, satisfeito ao segurá-la firme e sentir seu peso. Girou a arma para a porta, apontando-a para Dawson. Não fazia ideia de quantos tiros restavam, mas sabia que aquela era sua última chance.

Ele mirou. E então puxou o gatilho.

21

À meia-noite, Amanda estava entorpecida. Esgotada mental, física e emocionalmente, tinha passado horas de exaustão e desassossego na sala de espera. Já havia folheado revistas sem registrar absolutamente nada e andara para lá e para cá de forma compulsiva, tentando conter o pavor que sentia ao pensar no filho. No entanto, à medida que a meia-noite se aproximava, sentiu sua ansiedade se esvair, deixando apenas uma casca vazia.

Lynn havia chegado uma hora antes e seu pânico era evidente. Concentrando-se em Amanda, bombardeou a mãe com uma série interminável de perguntas que ela não sabia responder. Em seguida, voltou-se para Frank, angustiada por ouvir detalhes do acidente. Um motorista havia atravessado o cruzamento em alta velocidade, dissera ele, encolhendo os ombros com impotência. A essa altura já estava sóbrio, mas, embora estivesse claramente preocupado com Jared, não mencionou por que o filho tinha passado por aquele cruzamento, para começo de conversa, ou mesmo por que estava levando o pai para casa.

Amanda não dirigira a palavra a Frank durante as horas que os dois passaram na sala de espera. Sabia que Lynn notara o silêncio entre os dois, mas a filha também estava calada, absorta em preocupações com o irmão. Em determinado momento, perguntou a Amanda se deveria ir buscar Annette na colônia de férias. Amanda lhe pediu para esperar até que tivessem uma noção mais definida do que estava acontecendo. Annette era nova demais para entender todas as implicações daquilo e, para ser franca, Amanda não se sentia em condições de cuidar de sua caçula naquele momento. Precisava de todas as suas forças só para não desmoronar.

193

À 00h20 daquela que era a noite mais longa da vida de Amanda, o Dr. Mills finalmente entrou na sala de espera. Estava obviamente cansado, mas havia trocado seu uniforme cirúrgico antes de ir falar com eles. Amanda se levantou, seguida de Lynn e Frank.

– A cirurgia foi um sucesso – disse ele sem rodeios. – Estamos muito confiantes de que Jared irá ficar bem.

✤

Fazia horas que Jared havia sido operado, mas Amanda só pôde ver o filho quando ele finalmente foi transferido para a UTI. Embora o setor estivesse normalmente fechado para visitas noturnas, o Dr. Mills abriu uma exceção.

A essa altura, Lynn tinha levado Frank para casa. Ele tinha dito que a pancada no rosto lhe causara uma dor de cabeça muito forte, mas prometera voltar na manhã seguinte. Lynn se oferecera para retornar ao hospital depois e ficar com a mãe, mas Amanda vetara a ideia. Ela passaria a noite com Jared.

Durante as horas seguintes, Amanda permaneceu sentada ao lado da cama do filho, escutando os bipes do monitor cardíaco e o chiado artificial do respirador que bombeava ar para seus pulmões. Sua pele tinha a cor de plástico velho e suas bochechas pareciam ter murchado. Aquele não se parecia com o rapaz de que se lembrava, com o menino que havia criado; era um estranho naquele ambiente tão alheio à vida cotidiana da família.

Apenas suas mãos pareciam intactas e Amanda segurou uma delas, retirando forças de seu calor. Quando a enfermeira trocou o curativo, ela vislumbrou o corte profundo que marcava seu tronco e teve que desviar os olhos.

O médico dissera que Jared provavelmente acordaria mais tarde naquele mesmo dia e, ao lado do seu leito, ela se perguntou quanto o filho se lembraria do acidente e da chegada ao hospital. Teria ficado com medo quando seu quadro piorou de repente? Teria desejado que ela estivesse ali? Esse pensamento foi como um soco no estômago e Amanda jurou que ficaria ao lado de Jared o tempo que fosse preciso.

Não havia dormido nem por um instante desde que chegara ao hospital. À medida que as horas passavam sem que o rapaz desse sinal de que fosse acordar, ela começou a ficar sonolenta, ninada pelos sons constantes e ritmados dos equipamentos da UTI. Inclinou-se para a frente, apoiando a cabeça na barra da cama. Vinte minutos depois, uma enfermeira a acordou, sugerindo que fosse para casa descansar um pouco.

Amanda balançou a cabeça, tornando a olhar para o filho, tentando transferir suas forças para seu corpo debilitado. Para se consolar, pensou no que o Dr. Mills dissera: assim que se recuperasse, Jared levaria uma vida praticamente normal. Poderia ter sido pior, dissera-lhe o médico, e Amanda repetia essa opinião como um mantra para afastar as chances de uma tragédia mais grave.

O hospital começava a voltar à vida à medida que a luz do sol surgia no céu. Enfermeiras trocavam de turnos, carrinhos com o café da manhã passavam, médicos começavam a fazer suas rondas. O nível de barulho foi aumentando até se tornar um burburinho constante. Uma enfermeira avisou enfaticamente a Amanda que precisava verificar o cateter, de modo que ela saiu com relutância da UTI e seguiu em direção à lanchonete. Talvez um pouco de cafeína lhe desse a energia de que precisava. Tinha de estar ali quando Jared finalmente acordasse.

Embora fosse muito cedo, a fila já estava longa, cheia de pessoas que, como ela, haviam passado a noite em claro. Um homem que beirava os 30 parou atrás de Amanda.

– Minha mulher vai me matar – confidenciou quando os dois alinharam suas bandejas.

Amanda ergueu uma sobrancelha.

– Por quê?

– Nosso bebê nasceu na noite passada e ela me pediu para vir aqui pegar um café para ela. Disse para eu me apressar, porque a falta de cafeína estava lhe dando dor de cabeça, mas não pude deixar de parar no berçário para dar mais uma olhadinha.

Apesar de tudo, Amanda sorriu.

– Menino ou menina?

– Menino – respondeu ele. – Gabriel. Gabe. É nosso primeiro filho.

Amanda pensou em Jared. Pensou em Lynn e em Annette. Pensou em Bea. O hospital tinha sido palco tanto dos dias mais felizes quanto dos mais tristes de sua vida.

– Meus parabéns – disse ela.

A fila se arrastava enquanto as pessoas escolhiam sem pressa. Amanda conferiu as horas depois de enfim conseguir pagar seu café. Tinha passado 15 minutos fora. Tinha quase certeza de que não poderia entrar com o copo na UTI, então se sentou a uma mesa perto da janela e observou enquanto o estacionamento em frente começava a encher aos poucos.

Quando terminou de beber o café, foi ao banheiro. A imagem que viu no espelho refletia alguém cansado e que obviamente não dormira, uma pessoa quase irreconhecível. Jogou água fria no rosto e no pescoço e passou os minutos seguintes se esforçando ao máximo para ficar mais apresentável. Pegou o elevador para subir de volta e refez seus passos em direção à UTI. Quando se aproximou da porta, uma enfermeira se levantou e bloqueou seu caminho.

– Sinto muito, mas a senhora não pode entrar agora – disse ela.

– Por que não? – perguntou Amanda, estacando.

A enfermeira não quis responder, a expressão em seu rosto era inflexível. Amanda se sentiu novamente tomada pelo pânico.

Ficou esperando quase uma hora diante da porta da UTI, até que o Dr. Mills finalmente saiu para falar com ela.

– Sinto muito – disse ele –, mas houve uma complicação séria no quadro do seu filho.

– M-m-mas eu estava com ele agora mesmo – gaguejou ela, incapaz de pensar em outra coisa para dizer.

– Ele teve uma isquemia no ventrículo direito – disse o médico, balançando a cabeça.

Amanda franziu o cenho.

– Não sei o que o senhor está dizendo! Fale de um jeito que eu entenda!

A expressão em seu rosto era de compaixão e sua voz era branda.

– O seu filho... – disse ele enfim. – Jared... sofreu um infarto agudo.

Amanda piscou, sentindo as paredes do corredor se fecharem ao seu redor.

– Não – falou ela. – Isso não é possível. Ele estava dormindo... estava se recuperando quando eu saí.

O Dr. Mills ficou calado e Amanda se sentiu zonza, quase fora do próprio corpo, enquanto continuava falando:

– O senhor disse que ele iria ficar bem. Que a cirurgia tinha sido um sucesso. Disse que ele acordaria mais tarde.

– Sinto muito...

– Como Jared pode ter tido um ataque cardíaco? – protestou, incrédula. – Ele só tem 19 anos!

– Não sei ao certo. É quase garantido que tenha sido um coágulo. Pode estar relacionado ou ao trauma original ou ao trauma da cirurgia, mas não temos como afirmar – explicou o Dr. Mills. – É raro, mas tudo pode acontecer quando o coração sofre uma lesão tão grave. – Ele tocou seu braço. – O que posso lhe dizer é que, se tivesse acontecido em qualquer outro lugar que não a UTI, ele talvez não tivesse sobrevivido.

A voz de Amanda começou a tremer.

– Mas ele sobreviveu, certo? Vai ficar bem, não vai?

– Não sei dizer. – O rosto do médico tornou a se fechar.

– Como assim, não sabe dizer?

– Estamos tendo dificuldade em manter o ritmo sinusal.

– Pare de falar como médico! – exclamou ela. – Só me diga o que preciso saber! Meu filho vai ficar bem?

Pela primeira vez, o Dr. Mills desviou o olhar.

– O coração do seu filho está falhando – disse ele. – Sem uma... intervenção, não sei por quanto tempo ele poderá resistir.

Amanda cambaleou, como se as palavras fossem golpes. Apoiou-se na parede, tentando digerir o que o médico dizia.
– O senhor não está dizendo que ele vai morrer, está? – sussurrou ela. – Ele não pode morrer. É jovem, saudável e forte. O senhor precisa fazer alguma coisa.
– Estamos fazendo todo o possível – falou o Dr. Mills, soando cansado.
De novo, não, era só nisso que ela conseguia pensar. *Já perdemos Bea. Jared não, por favor.*
– Então façam mais! – insistiu Amanda, meio implorando, meio gritando. – Façam uma cirurgia, tudo o que for preciso!
– Uma cirurgia está fora de cogitação no momento.
– Então façam o que for preciso para salvá-lo! – gritou Amanda, sua voz falhando.
– Não é tão simples assim...
– Por que não? – Seu rosto refletia sua incompreensão.
– Preciso convocar uma reunião de emergência com a comissão de transplantes.
Ao ouvir essas palavras, o pouco de calma que restava em Amanda desapareceu subitamente.
– Transplante?
– Sim – falou o Dr. Mills, lançando um olhar na direção da porta da UTI e então voltando a encará-la. Ele suspirou. – Seu filho precisa de um coração novo.

Logo depois, Amanda foi levada de volta para a mesma sala de espera em que havia ficado durante a primeira cirurgia de Jared.
Dessa vez não estava sozinha. Havia outras três pessoas lá, todas com a mesma expressão tensa e desamparada de Amanda. Ela se deixou cair em uma poltrona, tentando, sem sucesso, reprimir a terrível sensação de déjà-vu.
Não sei por quanto tempo ele poderá resistir.
Ah, meu Deus...
De repente já não suportava ficar presa naquela sala de espera. O cheiro de antisséptico, as pavorosas luzes fluorescentes, os rostos cansados e ansiosos... Era uma repetição das semanas e meses que eles tinham passado em salas idênticas àquela, durante a doença de Bea. O desespero, a agonia... Ela precisava sair dali.
Levantando-se, ela jogou a bolsa no ombro e desceu pelos corredores azulejados e impessoais até encontrar uma saída. Quando chegou a um pequeno terraço ao ar livre, sentou-se em um banco de pedra e respirou fundo o ar matinal. Então sacou o celular. Conseguiu pegar em casa Lynn e Frank, que já estavam

de saída para o hospital. Amanda relatou o ocorrido enquanto cada um ouvia de uma extensão. Lynn fez outra série de perguntas irrespondíveis, mas Amanda a interrompeu para pedir que telefonasse para a colônia de férias em que Annette estava e tomasse as providências para buscar a irmã. A viagem de ida e volta duraria três horas e Lynn protestou, dizendo que queria ver Jared, mas Amanda respondeu com firmeza que precisava que a filha fizesse aquilo por ela. Frank não disse uma só palavra.

Depois Amanda telefonou para a mãe. Explicar o que havia acontecido nas últimas 24 horas de alguma forma tornou o pesadelo ainda mais real e ela desabou antes que conseguisse terminar.

– Estou a caminho – limitou-se a dizer sua mãe. – Estarei aí o mais rápido possível.

⚜

Quando Frank chegou, eles se reuniram no consultório do Dr. Mills no terceiro andar para discutir a possibilidade de Jared receber um coração.

Embora Amanda tivesse escutado e compreendido tudo o que o Dr. Mills dissera sobre o procedimento, só dois detalhes permaneceram em sua mente.

O primeiro foi que Jared poderia não ser aprovado pela comissão de transplantes – apesar da gravidade do quadro do rapaz, não havia precedentes de uma vítima de acidente de trânsito que fosse aceita na lista de espera. O Dr. Mills não podia garantir que Jared conseguisse entrar.

O segundo foi que, mesmo que Jared fosse aprovado, a única coisa que poderia determinar se haveria ou não um coração adequado disponível seria a sorte – e eles precisariam de muita.

Em outras palavras, as chances eram mínimas em ambos os casos.

Não sei por quanto tempo ele poderá resistir.

No caminho de volta para a sala de espera, Frank parecia tão atordoado quanto ela. A raiva de Amanda e a culpa de Frank formavam uma barreira intransponível entre os dois. Uma hora mais tarde, uma enfermeira surgiu para atualizá-los, dizendo que o quadro de Jared tinha se estabilizado por enquanto e que os dois poderiam visitar a UTI se quisessem.

Estabilizado. Por enquanto.

Amanda e Frank pararam ao lado do leito do filho. Ela conseguia ver a criança que ele havia sido e o jovem que se tornara, mas mal podia relacionar essas imagens à pessoa inconsciente prostrada na cama. Frank sussurrou suas desculpas, pedindo a Jared para "aguentar firme", e suas palavras desencadearam em Amanda uma onda de ira e incredulidade que ela teve de lutar para conter.

Frank parecia ter envelhecido 10 anos desde a noite anterior. Desalinhado e cabisbaixo, ele era a tristeza em pessoa, mas Amanda não conseguiu sentir nenhuma compaixão por ele, que certamente se culpava do que havia acontecido. Em vez disso, ela apenas correu os dedos pelos cabelos de Jared, acompanhando o ritmo dos bipes digitais dos monitores. Enfermeiras pairavam sobre outros pacientes, verificando cateteres e ajustando o fluxo de medicamentos como se aquele fosse um dia perfeitamente normal. Podia ser um dia normal na rotina de uma UTI, mas não havia nada de normal naquilo tudo. Daquele dia em diante, a vida de Amanda e de sua família nunca mais seria a mesma.

A comissão de transplantes se reuniria em breve. Não havia precedentes de inclusão de um paciente como Jared na lista de espera. Se dissessem não, seu filho iria morrer.

Lynn chegou ao hospital com Annette, que abraçava seu bicho de pelúcia favorito, um macaco. Abrindo uma rara exceção, as enfermeiras permitiram que as irmãs entrassem juntas na UTI para ver Jared. Lynn ficou pálida e deu um beijo na bochecha do irmão. Annette deixou o macaco ao lado dele no leito.

Na sala de reuniões vários andares acima da UTI, a comissão de transplantes estava prestes a realizar uma votação de emergência. O Dr. Mills apresentou o perfil de Jared e o histórico do caso, assim como o caráter urgente da situação.

– Diz aqui que ele sofre de insuficiência cardíaca congestiva – falou um dos membros da comissão, franzindo as sobrancelhas para o relatório que tinha diante de si.

O Dr. Mills assentiu.

– Como detalhei no relatório, o infarto causou danos graves ao ventrículo direito do paciente.

– Um infarto que muito provavelmente foi originado pelas lesões sofridas em um acidente de carro – rebateu o outro médico. – Como regra geral, vítimas de acidentes não recebem corações.

– Só porque em geral elas não vivem tempo suficiente para se beneficiarem do procedimento – assinalou o Dr. Mills. – Esse paciente, no entanto, sobreviveu. Ele é jovem, saudável e tem excelentes possibilidades de recuperação. Ainda não conhecemos a verdadeira causa do infarto e, como sabemos, insuficiência cardíaca congestiva satisfaz os requisitos para um transplante. – Ele pôs o relatório de lado e se inclinou, encarando os colegas um por um. – Sem um transplante, duvido que o paciente sobreviva outras 24 horas. Precisamos incluí-lo na lista. – Um quê de súplica se insinuou em sua voz. – Ele ainda é jovem. Precisamos lhe dar a chance de viver.

Alguns dos membros da comissão trocaram olhares descrentes. O Dr. Mills sabia no que estavam pensando: aquele não só era um caso sem precedentes, como também o tempo disponível era muito curto. As chances de encontrarem um doador a tempo eram quase nulas, o que significava que, qualquer que fosse a decisão que tomassem, ainda assim seria provável que o paciente morresse. No entanto, havia outra questão que nenhum dos membros da comissão mencionara, um cálculo mais frio que tinha a ver com dinheiro. Se Jared fosse acrescentado à lista, seu nome contaria ou como um sucesso ou como um fracasso do programa de transplantes como um todo – e ter uma taxa de sucessos mais alta conferia melhor reputação ao hospital. Mais verbas para pesquisas e cirurgias. Mais dinheiro para transplantes no futuro. Em um contexto mais amplo, significava que, a longo prazo, mais vidas poderiam ser salvas, mesmo que uma precisasse ser sacrificada agora.

Mas o Dr. Mills conhecia bem seus colegas e sabia, no fundo do coração, que cada paciente e conjunto de circunstâncias eram especiais. Eles entendiam que nem sempre a situação se resumia a números. Eram profissionais que às vezes corriam riscos para ajudar um paciente. Para a maioria daqueles homens, assim como para ele, esse era o motivo que os levara a escolher a medicina. Eles queriam salvar vidas e, naquele dia, resolveram tentar mais uma vez.

No fim das contas, a inclusão de Jared foi aprovada por unanimidade pela comissão de transplantes. Em menos de uma hora, o rapaz foi classificado como paciente de prioridade máxima – caso, por algum milagre, surgisse um doador.

⚜

Quando o Dr. Mills lhes deu a notícia, Amanda levantou-se de um salto e o abraçou, agarrando-se a ele com uma força desesperada.

– Obrigada – disse ela com um suspiro. – Obrigada. – Amanda repetia a mesma palavra sem parar. Tinha medo de dizer qualquer outra coisa, de externar sua esperança no milagre de encontrarem um doador.

⚜

Quando Evelyn chegou à sala de espera, precisou olhar somente uma vez para a família traumatizada para saber que alguém precisava chamar para si a responsabilidade de cuidar deles. Alguém que pudesse apoiá-los, não que precisasse de apoio.

Ela os abraçou um por um, demorando mais no abraço de Amanda. Então, dando um passo para trás para analisar o grupo, perguntou:
– Bem, quem precisa de um lanche?

Sem demora, Evelyn levou Lynn e Annette para lanchar, deixando Frank e Amanda sozinhos. Amanda não conseguia nem mesmo pensar em comer. Quanto a Frank, ela pouco se importava. Tudo o que conseguia fazer era pensar em Jared.
E esperar.
E rezar.
Quando uma das enfermeiras da UTI passou pela sala de espera, Amanda saiu correndo atrás dela, alcançando-a no corredor. Com a voz trêmula, fez a pergunta óbvia.
– Não – respondeu a moça –, sinto muito. Até o momento, não temos notícias de nenhum doador em potencial.

Ainda parada no corredor, Amanda levou as mãos ao rosto.
Sem que ela percebesse, Frank tinha saído da sala de espera e se postara ao seu lado enquanto a enfermeira se afastava às pressas.
– Vão encontrar um doador – disse Frank.
Quando ele tentou tocá-la, Amanda virou para o outro lado.
– Vão encontrar – repetiu ele.
Os olhos de Amanda flamejaram.
– Se tem alguém que não pode me *prometer* isso, é você.
– Não, é claro que não...
– Então não diga nada – falou ela. – Não diga coisas sem sentido.
Frank tocou o nariz inchado.
– Só estou tentando...
– Tentando o quê? Fazer com que eu me sinta melhor? Meu filho está morrendo! – Sua voz ecoou pelo corredor azulejado, fazendo cabeças se virarem em sua direção.
– Ele é meu filho também – disse Frank baixinho.
A raiva que Amanda estava reprimindo explodiu, vindo à tona de repente.
– Então por que o fez sair de casa para buscar você? – gritou ela. – Por que se embebedou a ponto de não conseguir voltar sozinho?
– Amanda...

201

– A culpa é sua! – vociferou ela.

Dos dois lados do corredor, pacientes esticaram as cabeças para espiar pelas portas de seus quartos e enfermeiras pararam de andar no ato.

– Ele não deveria estar no carro! Não tinha motivo para estar ali! Mas você ficou tão bêbado que não pôde se virar sozinho! De novo! Como sempre faz!

– Foi um acidente – tentou defender-se Frank.

– Não foi! Será que você não entende? Você comprou a cerveja, você a bebeu... *você* provocou tudo. Foi você quem colocou Jared naquele carro!

A respiração de Amanda estava pesada e ela agora nem sequer percebia a presença de qualquer outra pessoa no corredor.

– Eu lhe pedi que parasse de beber – sibilou ela. – Implorei que parasse. Mas você nunca parou. Nunca deu importância ao que eu queria ou ao que era melhor para as crianças. A única coisa em que sempre pensou foi em si mesmo e em como sofreu depois da morte de Bea.

O ar entrou de um jato em seus pulmões quando ela respirou fundo para prosseguir:

– Quer saber de uma coisa? Eu também fiquei arrasada. Fui eu quem deu à luz aquela garotinha. Fui eu quem a pegou no colo, amamentou e trocou fraldas enquanto você estava no trabalho. Fui eu que estive o tempo todo ao lado dela quando ela ficou doente. Fui eu, não você. *Eu*. – Amanda bateu com seu dedo no peito. – Mas, por algum motivo, foi você quem não conseguiu lidar com a morte dela. E sabe o que aconteceu? Junto com a minha filha, eu acabei perdendo o homem com quem me casei. Mas mesmo assim encontrei uma maneira de seguir adiante e tentar melhorar as coisas.

O rosto de Amanda estava contorcido de amargura e ela deu as costas a Frank.

– Meu filho está respirando por aparelhos e o tempo dele está se esgotando porque eu nunca tive coragem de largar você – desabafou. – É isso que eu deveria ter feito há muito tempo.

Na metade do seu desabafo, Frank tinha baixado os olhos e agora encarava o chão. Esgotada, Amanda começou a descer o corredor, afastando-se dele.

Ela parou por um instante, virou-se e acrescentou:

– Eu sei que foi um acidente. Sei que está arrependido. Mas seu arrependimento não é suficiente. Se não fosse por você, não estaríamos aqui. Nós dois sabemos disso.

Suas últimas palavras ecoaram por toda a ala do hospital e Amanda esperou que ele fosse retrucar. Mas ele permaneceu calado e ela finalmente foi embora dali.

Quando os familiares receberam permissão para visitar novamente a UTI,

Amanda e as meninas se revezaram para sentar ao lado de Jared. Amanda ficou quase uma hora com ele. Saiu assim que Frank chegou. Evelyn entrou para ver o neto em seguida, ficando apenas alguns minutos.

Depois que Evelyn conduziu o restante da família para fora da UTI, Amanda voltou sozinha para o lado do leito do filho e continuou ali até depois da troca de plantão das enfermeiras.

Ainda não havia notícias de um doador.

A hora do jantar chegou e passou. Mais tarde, Evelyn foi até a UTI e arrastou Amanda para a lanchonete. Embora pensar em comida quase lhe embrulhasse o estômago, sua mãe fez questão de vigiar enquanto ela comia um sanduíche em silêncio. Engolindo cada bocado sem gosto com um esforço mecânico, Amanda finalmente empurrou a última mordida goela abaixo e amassou a embalagem de celofane.

Em seguida, levantou-se e voltou para junto do filho.

Às oito da noite, quando o horário de visitas se encerrava, Evelyn determinou que seria melhor as meninas voltarem para casa por um tempo. Frank as acompanhou, mas Amanda, graças a uma nova exceção aberta pelo Dr. Mills, continuou com Jared na UTI.

Ao cair da noite, a atividade frenética do hospital desacelerou. Amanda permanecia sentada, imóvel, ao lado do leito do filho. Entorpecida, notou a troca de plantão das enfermeiras, mas não conseguiu se lembrar dos nomes delas. Implorava a Deus a todo momento que salvasse a vida de seu filho, da mesma forma como havia implorado que salvasse Bea.

Sua única esperança era que desta vez Ele a ouvisse.

Pouco depois da meia-noite, o Dr. Mills entrou na sala.

– A senhora deveria ir para casa descansar um pouco – disse ele. – Prometo que ligo se tiver alguma notícia.

Amanda se recusava a largar a mão de Jared, erguendo o queixo com teimosia.

– Não vou deixá-lo sozinho.

Eram quase três da manhã quando o Dr. Mills voltou à UTI. A essa altura, Amanda já estava exausta demais para se levantar.

– Aconteceu.

Amanda se virou para encará-lo, de repente certa de que o médico lhe diria que a última chance deles tinha se esgotado. *Não tem mais jeito*, pensou ela, entorpecida. *É o fim.*

Em vez disso, viu algo parecido com esperança no rosto do Dr. Mills.

– Encontramos um doador compatível – disse ele. – As chances eram uma em um milhão, mas, de alguma forma, ele apareceu.

Amanda sentiu um fluxo de adrenalina percorrer seus membros, cada nervo seu despertando à medida que ela tentava entender o que ele dizia.

– Um doador compatível?

– Sim, um coração. Ele está sendo transportado para o hospital agora mesmo e a cirurgia já foi marcada. A equipe está se reunindo neste exato momento.

– Isso significa que Jared vai viver? – perguntou Amanda, com a voz rouca.

– O plano é esse.

Pela primeira vez desde que chegara ao hospital, Amanda começou a chorar.

22

Diante da insistência do Dr. Mills, Amanda finalmente voltou para casa. Disseram-lhe que Jared seria levado para o pré-operatório para ser preparado para a cirurgia e que ela não poderia acompanhá-lo. Depois disso, o transplante em si levaria entre quatro e seis horas, dependendo de haver ou não complicações.

– Não – acrescentou o Dr. Mills, antes mesmo que ela pudesse perguntar. – Não há motivo para esperarmos nenhuma complicação.

Por mais que ainda sentisse raiva, ela ligou para Frank depois de receber a notícia e antes de deixar o hospital. Como Amanda, ele não havia dormido e – embora ela tivesse esperado ouvir a voz arrastada de sempre – estava sóbrio quando atendeu o telefone. Ficou obviamente aliviado com a notícia e lhe agradeceu por ter ligado.

Ela não viu o marido ao chegar em casa e suspeitou que, já que sua mãe estava no quarto de hóspedes, ele estivesse dormindo no sofá da saleta. Embora estivesse exausta, o que precisava mesmo era de um banho e passou um bom tempo debaixo do delicioso jato d'água antes de finalmente ir para a cama.

Ainda faltavam cerca de duas horas para o amanhecer e, enquanto fechava os olhos, Amanda disse a si mesma que não iria dormir muito, só um pequeno cochilo antes de voltar ao hospital.

Em vez disso, caiu num sono pesado por seis horas.

⚜

Sua mãe estava segurando uma caneca de café quando Amanda veio às pressas pelo corredor, louca para voltar ao hospital e tentando lembrar onde havia deixado as chaves.

– Liguei para lá há pouco – disse Evelyn. – Lynn disse que não há nenhuma notícia além do fato de Jared ainda estar sendo operado.

– Preciso ir assim mesmo – balbuciou Amanda.

– Claro que precisa. Mas não antes de tomar um café. – Evelyn estendeu a caneca para ela. – Preparei para você.

Amanda revirou as pilhas de correspondências e quinquilharias em cima dos balcões, ainda procurando suas chaves.

– Não tenho tempo...

– Você vai levar uns cinco ou 10 minutos para beber este café – disse a mãe em um tom que não admitiria protestos.

Distraída, Amanda viu a caneca fumegante surgir em sua mão.

– Não vai mudar nada – prosseguiu Evelyn. – Nós duas sabemos que, assim que chegar ao hospital, tudo o que você vai poder fazer é esperar. E o que importa para Jared é que você esteja a seu lado quando ele acordar, mas isso só vai acontecer daqui a muitas horas. Então pare alguns minutos antes de sair correndo. – Sentando-se em uma das cadeiras da cozinha, sua mãe apontou para o lugar ao seu lado. – Tome um café e coma alguma coisa.

– Não posso tomar café da manhã enquanto meu filho está sendo operado! – argumentou Amanda.

– Sei que está preocupada – falou Evelyn, seu tom surpreendentemente gentil. – Eu também estou. Mas sou sua mãe e também me preocupo com o seu bem-estar, porque sei quanto o restante desta família depende de você. Nós duas sabemos que você funciona muito melhor depois de comer e tomar um café.

Amanda hesitou e então levou a caneca aos lábios. Estava mesmo uma delícia.

– A senhora acha mesmo que isto está certo? – Ela franziu as sobrancelhas, indecisa, enquanto sentava ao lado da mãe e apoiava a caneca na mesa.

– É claro. Você tem um longo dia pela frente. Na hora em que Jared acordar, vai precisar que você esteja forte.

Amanda agarrou a caneca.

– Estou com medo – admitiu.

Para surpresa de Amanda, Evelyn cobriu as mãos da filha com as suas.

– Eu sei. Também estou.

Amanda olhou para as próprias mãos, que ainda envolviam a caneca de café, cercadas e protegidas pelas mãos minúsculas e bem cuidadas da mãe.

– Obrigada por ter vindo.

Evelyn se permitiu abrir um pequeno sorriso.

– Não tive escolha – falou ela. – Você é minha filha e precisava de mim.

❧

Juntas, Amanda e a mãe foram de carro até o hospital, encontrando o restante da família na sala de espera. Annette e Lynn correram para lhe dar um abraço, enterrando os rostos em seu pescoço. Frank se limitou a menear a cabeça e murmurar um olá. Percebendo na mesma hora a tensão entre os dois, Evelyn se apressou em tirar as meninas dali, levando-as para almoçar antes da hora.

Quando Amanda e Frank ficaram sozinhos, ele se virou para encará-la.

– Sinto muito – disse. – Por tudo.

Amanda olhou para o marido.

– Eu sei.

– Deveria ter sido eu, não Jared.

Amanda ficou calada.

– Posso deixá-la sozinha, se quiser – disse ele, quebrando o silêncio. – Posso encontrar outro lugar para me sentar.

Amanda suspirou antes de balançar a cabeça.

– Fique. Ele é seu filho. Seu lugar é aqui.

Frank engoliu em seco.

– Eu parei de beber, se isso significa alguma coisa. Desta vez é pra valer. Eu juro.

Amanda o interrompeu com um gesto.

– Não faça isso, está bem? Não quero entrar nesse assunto agora. Não é a hora nem o lugar e só vai servir para me deixar mais irritada ainda. Já ouvi essa história antes e não tenho condições de lidar com mais isso ainda por cima.

Frank assentiu. Dando-lhe as costas, voltou para seu lugar. Amanda se sentou em uma poltrona junto à parede oposta. Nenhum dos dois falou mais nada até Evelyn voltar com as crianças.

❧

Pouco depois do meio-dia, o Dr. Mills entrou na sala de espera. Todos se levantaram. Amanda avaliou seu rosto esperando o pior, mas seu medo foi quase imediatamente atenuado pela expressão de cansaço e alegria do médico.

— A cirurgia correu bem — começou ele, antes de explicar os detalhes do procedimento.
Quando ele terminou, Annette puxou sua manga.
— Jared vai ficar bem?
— Sim — respondeu o médico com um sorriso. Ele estendeu a mão para tocar sua cabeça. — Seu irmão vai ficar bem.
— Quando poderemos vê-lo? — perguntou Amanda.
— Ele ainda está se recuperando, mas talvez daqui a algumas horas.
— Ele vai estar acordado?
— Sim — respondeu o Dr. Mills. — Ele estará acordado.

Quando a família foi informada de que poderia entrar para visitar Jared, Frank balançou a cabeça.
— Vá primeiro — disse ele a Amanda. — Nós esperamos. Podemos entrar depois.
Amanda seguiu a enfermeira até a sala de pós-operatório. Mais adiante, o Dr. Mills a aguardava.
— Ele está acordado — falou o médico, meneando a cabeça e acompanhando seus passos. — Mas devo alertá-la de que tem muitas perguntas e não aceitou muito bem a notícia. Preciso pedir que faça todo o possível para não perturbá-lo.
— O que devo dizer?
— Apenas converse com seu filho — respondeu ele. — A senhora sabe o que dizer. É a mãe dele.
Diante da sala de pós-operatório, Amanda respirou fundo e o Dr. Mills abriu a porta. Ela entrou no recinto bem iluminado, localizando imediatamente o filho em um leito com as cortinas abertas.
Jared estava branco como uma folha de papel, com as bochechas murchas. Virou a cabeça para o lado e um breve sorriso se abriu em seu rosto.
— Oi, mãe — sussurrou, os resquícios da anestesia deixando suas palavras engroladas.
Amanda tocou seu braço, tomando cuidado para não mexer nos inúmeros tubos, esparadrapos e aparelhos conectados ao seu corpo.
— Oi, querido. Como você está?
— Cansado — murmurou ele. — Dolorido.
— Eu sei — disse ela. Amanda afastou o cabelo da testa de Jared antes de se sentar na cadeira de plástico ao seu lado. — E deve continuar sentindo dor por alguns dias. Mas não vai precisar ficar aqui por muito tempo. Só uma semana, mais ou menos.

Ele piscou, suas pálpebras movendo-se devagar. Como costumava fazer quando criança, logo antes de ela apagar as luzes na hora de dormir.

– Colocaram outro coração em mim – falou ele. – O médico disse que era minha única chance.

– Era – ela confirmou.

– Como vai ser? – Jared sacudiu o braço, agitado. – Eu vou ter uma vida normal?

– É claro que vai – disse Amanda, tranquilizando-o.

– Tiraram meu *coração*, mãe. – Jared agarrou o lençol. – Me disseram que vou precisar tomar remédios pelo resto da vida.

Seu rosto jovem se encheu de perplexidade e medo. Ele sabia que seu futuro tinha sido irrevogavelmente alterado e, por mais que Amanda desejasse proteger o filho dessa nova realidade, sabia que era impossível.

– Sim, você fez um transplante de coração – falou ela, mantendo o olhar firme. –E sim, vai passar o resto da vida tomando remédios. Mas isso significa que você está vivo.

– Por quanto tempo? Nem os médicos sabem dizer.

– E tem mesmo importância?

– É claro que tem – retrucou Jared. – Eles me disseram que os órgãos transplantados duram em média 15 ou 20 anos. Daí eu provavelmente vou precisar de outro coração.

– E nós vamos encontrar outro. E, nesse meio-tempo, você vai viver. Depois viverá mais um pouco. Como todas as pessoas neste mundo.

– Você não está entendendo, mãe. – Jared virou a cabeça para o outro lado, em direção à parede.

Amanda notou sua reação e buscou as palavras certas para ajudá-lo a aceitar aquele novo mundo no qual havia despertado.

– Sabe no que eu fiquei pensando enquanto esperava aqui no hospital durante os últimos dois dias? – começou a falar. – Fiquei pensando que existem tantas coisas que você ainda não fez, tantas experiências que ainda não teve. Como a satisfação de terminar a faculdade, a emoção de comprar uma casa, a alegria de conseguir um bom emprego ou conhecer a garota dos seus sonhos e se apaixonar.

Jared não deu nenhum sinal de ter escutado, mas sua imobilidade tensa dizia a Amanda que ele estava ouvindo.

– Você ainda vai poder fazer todas essas coisas – prosseguiu ela. – Vai cometer erros e lutar, como todo mundo, mas, quando estiver ao lado da pessoa certa, sentirá uma felicidade quase completa, como se fosse o maior felizardo do mundo. – Ela estendeu a mão para afagar seu braço. – E, no fim das contas, o transplante de coração não tem nada a ver com nenhuma dessas coisas. Porque você ainda está vivo e isso significa que irá amar e ser amado... E, no fim, isso é tudo o que importa.

Jared ficou imóvel na cama por tanto tempo que Amanda se perguntou se o torpor pós-operatório não o havia feito pegar no sono. Então ele virou a cabeça devagar.

– Você acredita mesmo nisso tudo? – perguntou ele, hesitante.

Pela primeira vez desde que recebera a notícia do acidente, Amanda pensou em Dawson Cole. Ela se aproximou do filho.

– Em cada palavra.

23

Morgan Tanner estava parado na oficina de Tuck, as mãos entrelaçadas diante de si enquanto examinava o monte de sucata que um dia havia sido o Stingray. Ele fez uma careta, pensando que o dono não iria gostar nem um pouco daquilo.

Estava na cara que o estrago era recente. Uma chave de roda se projetava da lataria do carro num pedaço em que ela havia sido parcialmente arrancada. Morgan tinha certeza de que nem Dawson nem Amanda o teriam deixado daquele jeito. Eles tampouco poderiam ser responsáveis pela cadeira que tinha sido atirada pela janela em direção à varanda. Tudo aquilo parecia ser obra de Ted e Abee Cole.

Embora não tivesse nascido em Oriental, Morgan estava a par do que acontecia na cidade. O tempo lhe ensinara que, se ficasse ouvindo com atenção no Irvin's, poderia aprender muita coisa sobre a história daquela parte do mundo e sobre as pessoas que viviam ali. É claro que, em um lugar como o Irvin's, era preciso desconfiar um pouco de qualquer informação. Boatos, fofocas e insinuações eram tão comuns quanto a verdade propriamente dita. Mesmo assim, ele sabia mais sobre a família Cole do que a maioria das pessoas poderia esperar. Incluindo bastante coisa a respeito de Dawson.

Depois que Tuck lhe contara sobre seus planos para Dawson e Amanda, Tanner se preocupara o suficiente com a própria segurança para descobrir o máximo possível sobre os Cole. Embora Tuck tivesse garantido que Dawson tinha bom caráter, Tanner havia se dado o trabalho de conversar com o xerife que o prendera e também com o promotor e o defensor público. A comunidade jurídica do condado de Pamlico era pequena e não foi nada difícil conseguir que os colegas lhe falassem sobre um dos crimes mais célebres de Oriental.

Tanto o promotor quanto o defensor público acreditavam que houvera outro carro na estrada e que Dawson tivera que desviar dele e acabara saindo da pista. Mas, como o juiz e o xerife da época eram amigos da família de Marilyn Bonner, não puderam fazer muita coisa a respeito. Isso bastou para desiludir Tanner quanto à justiça nas cidades pequenas. Em seguida, ele conversou com um carcereiro aposentado da unidade correcional em Halifax, que por sua vez lhe informou que Dawson tinha sido um detento-modelo. Também telefonou para alguns dos antigos chefes de Dawson na Louisiana, para verificar sua idoneidade. Foi só então que concordou em aceitar o pedido de ajuda de Tuck.

Agora, depois de finalizar os detalhes referentes à propriedade de Tuck – e resolver a questão do Stingray –, seu papel naquela história chegaria ao fim. Levando em conta tudo o que havia acontecido, inclusive as prisões de Ted e Abee Cole, Morgan considerava uma sorte que seu nome não tivesse surgido em nenhuma das conversas que entreouvira no Irvin's. E, como bom advogado que era, ele não deixara nada escapar da própria boca.

Ainda assim, toda aquela situação o perturbava mais do que ele deixava transparecer. Nos últimos dias, tinha chegado até a fazer algumas ligações muito incomuns, que não o deixaram nada à vontade.

Dando as costas ao carro, ele vasculhou a bancada, procurando a ordem de serviço. Encontrou-a na prancheta e precisou apenas correr os olhos por ela para descobrir tudo de que precisava. Mas, quando a estava devolvendo à bancada, notou algo familiar.

Ele o pegou, sabendo que o vira antes. Analisou-o por alguns momentos e refletiu sobre as consequências, então enfiou a mão no bolso e pegou seu celular. Buscou o nome na lista de contatos e selecionou o comando de chamada.

Do outro lado da linha, o telefone começou a tocar.

Amanda havia passado a maior parte dos últimos dois dias no hospital com Jared e estava ansiosa para dormir na própria cama naquela noite. A cadeira ao lado do leito era incrivelmente desconfortável e o próprio Jared pedira que ela fosse embora.

– Preciso de um tempo sozinho – dissera ele.

Enquanto ela ficava sentada no pequeno jardim coberto aproveitando um pouco de ar fresco, Jared estava no andar de cima, tendo sua primeira consulta com a psicóloga, para alívio de Amanda. Fisicamente, ela sabia que o progresso do filho estava sendo muito bom. O lado emocional, no entanto, era outra história. Embora Amanda quisesse acreditar que a conversa dos dois tivesse aberto a Jared uma porta, ou pelo menos uma fresta, para uma nova maneira de pensar sobre sua condição, o rapaz estava em conflito, debatendo-se com a sensação de que muitos anos tinham sido tirados de sua vida.

Seu filho queria de volta o que tinha antes: um corpo perfeitamente saudável e um futuro relativamente descomplicado, mas isso já não era possível. Ele estava tomando imunossupressores para que seu organismo não rejeitasse o novo coração e, uma vez que esses medicamentos o deixavam suscetível a infecções, doses cavalares de antibióticos também estavam sendo administradas, além de um diurético para evitar a retenção de líquidos. E, embora o rapaz fosse receber alta na semana seguinte, teria que realizar consultas regulares durante no mínimo um ano para monitorar seu progresso. Também teria que fazer fisioterapia e seguir uma dieta rigorosa. Além de tudo isso, precisaria se consultar semanalmente com uma psicóloga.

O caminho à frente seria desafiador para toda a família, mas onde antes havia apenas desespero agora Amanda sentia esperança. Jared era mais forte do que imaginava. Levaria tempo, mas ele encontraria uma maneira de superar aquilo tudo. Ao longo dos últimos dois dias, ela havia vislumbrado essa força, ainda que o próprio filho não tivesse se dado conta dela. E Amanda sabia que a terapia também iria ajudá-lo.

Frank e Evelyn vinham cuidando de trazer Annette para o hospital e de levá-la de volta para casa – Lynn vinha de carro sozinha. Amanda sabia que estava passando menos tempo do que deveria com as meninas. Estava ciente de que elas também sofriam, mas não tinha escolha.

Decidiu que naquela noite iria comprar uma pizza a caminho de casa. Mais tarde, talvez vissem um filme juntas. Não era grande coisa, mas, àquela altura, era tudo o que ela poderia fazer. Assim que Jared recebesse alta, as coisas começariam a voltar ao normal. Ela telefonaria para a mãe e lhe contaria sobre seus planos...

Enfiando a mão na bolsa, ela sacou o celular e notou um número desconhecido na tela. O ícone de mensagem de voz também estava piscando.

Ligou para o número. Tanner atendeu imediatamente.

– Obrigado por retornar minha ligação – disse ele com a mesma formalidade cordial que demonstrara quando Amanda e Dawson o haviam conhecido. – Antes de eu começar, permita-me dizer que sinto muito por entrar em contato em um momento tão difícil para a senhora.

Amanda piscou, confusa, perguntando-se como ele teria ficado sabendo.

– Obrigada, mas Jared está melhor. Estamos muito aliviados.

Tanner ficou calado, como se tentasse interpretar o que ela acabara de dizer.

– Bem, então... Estou ligando porque fui até a casa de Tuck hoje pela manhã e, enquanto examinava o carro...

– Ah, sim – interrompeu-o Amanda. – Eu ia falar sobre isso com o senhor.

211

Dawson terminou de consertá-lo antes de ir embora. Está pronto para ser entregue ao dono.

Novamente, Tanner demorou alguns segundos para prosseguir.

– O que quero dizer é que encontrei a carta que Tuck escreveu para Dawson – continuou ele. – Ele deve tê-la deixado aqui e eu não sabia bem se deveria ou não encaminhá-la à senhora.

Amanda passou o celular para a outra orelha, perguntando-se por que Tanner teria ligado para ela.

– A carta era para Dawson – disse ela. – Seria melhor enviá-la para ele, o senhor não acha?

Ela o ouviu suspirar do outro lado da linha.

– Suponho que a senhora não tenha sido informada sobre o ocorrido – falou ele devagar. – Na noite de domingo. No Tidewater.

– O que aconteceu? – Amanda franziu as sobrancelhas, totalmente confusa.

– Detesto ter que lhe contar isso ao telefone. A senhora poderia vir ao meu escritório hoje à noite? Ou amanhã pela manhã?

– Não – respondeu ela. – Eu já voltei para Durham. O que está havendo? O que aconteceu?

– Eu realmente preferiria lhe dar a notícia pessoalmente.

– Não vai ser possível – disse ela, começando a perder a paciência. – Apenas me diga o que está havendo. O que aconteceu no Tidewater? E por que o senhor não pode simplesmente enviar a carta para Dawson?

Tanner hesitou antes de finalmente pigarrear.

– Houve um... confronto no bar. O lugar foi basicamente destruído e vários tiros foram disparados. Ted e Abee Cole foram presos e um jovem chamado Alan Bonner ficou gravemente ferido. Bonner ainda está no hospital, mas, pelo que sei, vai ficar bem.

Ouvir aqueles nomes um atrás do outro fez o sangue latejar nas têmporas de Amanda. Ela sabia, naturalmente, que outro nome interligava todos eles.

– Dawson estava lá? – perguntou ela, sua voz pouco mais que um sussurro.

– Sim – respondeu Morgan Tanner.

– O que aconteceu?

– Pelo que consegui descobrir, Ted e Abee Cole estavam atacando Alan Bonner quando Dawson entrou de repente no bar. Então os dois largaram o rapaz e foram atrás dele. – Tanner se deteve. – A senhora precisa entender que a polícia ainda não divulgou o boletim oficial...

– Dawson está bem? É só isso que eu preciso saber.

Ela conseguia ouvir a respiração de Tanner do outro lado da linha.

– Dawson estava ajudando Alan Bonner a sair do bar quando Ted conseguiu disparar um último tiro. Ele foi baleado.

212

Amanda sentiu cada músculo de seu corpo se retesar, preparando-se para o que sabia estar por vir. Aquelas palavras, como tantas que tinha ouvido nos últimos dias, pareciam incompreensíveis.

– A bala... Ele foi atingido na cabeça. Não teve a menor chance, Amanda. Quando chegou ao hospital, já havia sofrido morte cerebral.

Enquanto Tanner falava, Amanda sentiu sua mão se afrouxar em volta do telefone, que caiu no chão. Ela ficou olhando para o aparelho, antes de finalmente estender o braço e pressionar o botão para encerrar a chamada.

Dawson. Não Dawson. Ele não pode estar morto.

Mas então tornou a ouvir o que Tanner tinha dito. Ele fora ao Tidewater. Ted e Abee estavam lá. Ele salvara Alan Bonner e agora estava morto.

Uma vida por outra, pensou ela. O truque cruel de Deus.

Amanda vislumbrou de repente a imagem deles dois de mãos dadas, passeando por um campo de flores silvestres. E, quando as lágrimas finalmente vieram, chorou por Dawson e por todos os dias que eles nunca passariam juntos. Até, talvez, como Tuck e Clara, o momento em que suas cinzas de alguma forma se encontrassem em um campo ensolarado, muito longe do velho caminho de suas vidas comuns.

Epílogo
Dois anos depois

Amanda guardou duas travessas de lasanha na geladeira e foi conferir o bolo no forno. Embora Jared só fosse completar 21 anos dali a alguns meses, ela passara a considerar o dia 23 de junho uma espécie de segundo aniversário dele. Nessa mesma data, dois anos atrás, seu filho havia recebido um coração novo, outra chance de viver. Se isso não fosse motivo para comemoração, ela não sabia o que mais poderia ser.

Ela estava sozinha em casa. Frank estava no trabalho, Annette tinha dormido na casa de uma amiga depois de uma festa do pijama e Lynn ainda não havia voltado da loja onde conseguira um emprego temporário. Enquanto isso, antes que seu estágio em uma firma de gestão de capitais começasse, Jared planejava aproveitar um de seus últimos dias livres jogando bola com um grupo de amigos. Amanda o alertara de que o dia estava muito quente e o fizera prometer se hidratar bastante.

"Vou me cuidar", dissera ele ao sair, para tranquilizá-la. Ultimamente, talvez por estar amadurecendo, ou talvez por conta de tudo o que lhe havia acontecido, Jared parecia entender que as preocupações de Amanda eram algo intrínseco à maternidade.

Nem sempre ele tinha sido tão tolerante. Logo após o acidente, parecia interpretar tudo de forma equivocada. Quando Amanda o olhava com preocupação, ele dizia que a mãe o estava sufocando; quando tentava manter uma conversa, ele estourava de raiva. A mãe entendia os motivos por trás de tanto mau humor: a recuperação era dolorosa, os remédios muitas vezes o deixavam nauseado e músculos que antes eram rígidos estavam fracos, apesar da fisioterapia, o que só aumentava sua sensação de desamparo.

A recuperação emocional fora dificultada pelo fato de que, ao contrário da maioria dos pacientes transplantados, que haviam esperado e torcido pela chance de ganharem alguns anos de vida, Jared não conseguia deixar de sentir que, no caso dele, os anos haviam sido perdidos. Às vezes era grosseiro com amigos que iam visitá-lo e, poucas semanas depois do acidente, Melody, a garota na qual pensara tanto durante aquele fatídico fim de semana, lhe informara que estava namorando. Visivelmente deprimido, o rapaz decidira se dar férias da faculdade.

Tinha sido um caminho longo e às vezes desanimador, mas, com a ajuda da terapeuta, Jared começara a dar a volta por cima. A terapeuta também havia sugerido a Frank e Amanda que se consultassem com ela regularmente para falar sobre os desafios de Jared e sobre qual a melhor maneira de ajudar o filho a enfrentá-los. Com um histórico de problemas no relacionamento, às vezes era difícil para os dois deixarem de lado seus conflitos de modo a dar a Jared a segurança e o incentivo de que ele precisava, mas, no fim das contas, o amor que sentiam pelo filho falou mais alto. Eles fizeram o possível para apoiá-lo enquanto ele atravessava períodos de tristeza, desamparo e raiva, até chegar ao ponto em que finalmente conseguiu aceitar sua nova condição.

No começo do último verão, o rapaz se matriculara em um curso de extensão na área de economia numa faculdade próxima e, para orgulho e alívio de Amanda e Frank, logo em seguida anunciara que, no outono, retomaria seu curso integral na Davidson. Mais tarde naquela mesma semana, em tom quase despreocupado, ele mencionara durante o jantar que tinha lido sobre um homem que vivera 31 anos depois de um transplante de coração. Uma vez que a medicina avançava a cada ano, Jared calculava que fosse viver ainda mais tempo.

Voltar a estudar fizera muito bem a seu estado de espírito. Depois de se consultar com um médico, ele também começara a correr, chegando a fazer quase 10 quilômetros por dia. Passara a frequentar a academia três a quatro vezes por semana e aos poucos recuperara a forma física. Fascinado pelo curso que havia feito durante o verão, decidira se concentrar em economia quando retornou à Davidson. Semanas depois de voltar à faculdade, conheceu outra aluna de economia, uma garota chamada Lauren, e os dois se apaixonaram perdidamente. Já começavam inclusive a falar em casamento logo depois que se formassem. Tinham passado as duas últimas semanas juntos em uma missão humanitária no Haiti organizada pela igreja que Lauren frequentava. Exceto pelo fato de ter de tomar sua medicação à risca e se abster de álcool, Jared levava a vida normal de um jovem de 21 anos. E não se incomodara com o desejo da mãe de lhe fazer um bolo para celebrar o transplante. Depois de dois anos, finalmente chegara ao ponto em que, apesar de tudo, se considerava um felizardo.

No entanto, havia uma mudança recente no modo de pensar de Jared com o qual Amanda ainda não sabia muito bem como lidar. Algumas noites atrás, enquanto ela colocava os pratos no lava-louça, Jared se juntara a ela na cozinha, recostando-se no balcão.

– E então, mãe? Você vai fazer aquela parada beneficente para a Duke este outono?

O rapaz sempre se referira aos almoços de arrecadação de fundos que a mãe organizava como "parada beneficente". Por motivos óbvios, desde o acidente ela havia deixado de participar do evento e também de trabalhar como voluntária no hospital.

– Sim – respondeu. – Eles me pediram para assumir a organização novamente.

– Porque os dois anos sem você foram um fiasco, não é? Pelo menos foi o que a mãe de Lauren disse.

– Os eventos não foram um fiasco. Só não deram tão certo quanto o planejado.

– Fico feliz que você volte a fazer isso. Quero dizer... por Bea.

Ela sorriu.

– Eu também.

– É bom para o hospital, também, não é? Esse dinheiro faz falta...

Ela pegou um pano de prato e secou as mãos, analisando-o.

– Por que tanto interesse de repente?

Jared coçou, distraído, a cicatriz debaixo da camisa.

– Andei pensando que talvez você pudesse usar seus contatos no hospital para descobrir uma coisa para mim – respondeu ele. – Algo que eu tenho me perguntado ultimamente.

Enquanto o bolo esfriava em cima do balcão, Amanda saiu para a varanda dos fundos e inspecionou o jardim. Apesar dos irrigadores automáticos que Frank instalara no ano anterior, a grama estava ressecada em alguns trechos. Naquela manhã, antes que o marido saísse para trabalhar, ela o vira parado, carrancudo, diante de uma parte amarronzada e sem vida do gramado. Nos últimos dois anos, Frank desenvolvera uma obsessão por ele. Diferentemente da maioria dos vizinhos, ele insistia em cuidar pessoalmente do jardim. Dizia que aquilo o ajudava a relaxar depois de um dia inteiro tratando cáries e moldando coroas. Embora Amanda imaginasse haver alguma verdade nisso, também enxergava algo de compulsivo naquele hábito. Chovesse ou fizesse sol, Frank cortava a grama dia sim, dia não, formando um padrão quadriculado.

Apesar da incredulidade inicial de Amanda, Frank não tomara uma só cerveja, ou mesmo um gole de vinho, desde o dia do acidente. No hospital, ele havia jurado que pararia de vez e vinha cumprindo a promessa. Depois de dois anos, Amanda já não esperava que ele pudesse ter uma recaída, o que explicava em grande parte o fato de os dois estarem se dando melhor. Não era um relacionamento perfeito, de forma alguma, mas tampouco era tão ruim quando havia sido. Nas semanas que se seguiram ao acidente, o casal discutira quase todos os dias. A dor, a culpa e a raiva haviam transformado suas palavras em verdadeiras lâminas e tornado os ataques verbais uma rotina. Durante meses Frank passara as noites no quarto de hóspedes e, ao longo do dia, era raro que os dois chegassem a estabelecer contato visual.

Por mais difíceis que tivessem sido aqueles meses, Amanda nunca havia conseguido ser capaz de dar o passo final e pedir o divórcio. Levando em conta o estado emocional de Jared, ela não suportava se imaginar traumatizando-o ainda mais. O que não percebia era que sua determinação em preservar a família não estava surtindo o efeito desejado. Poucos meses depois de Jared voltar do hospital, Frank estava conversando com o filho na sala de estar quando Amanda chegou. Como de hábito àquela altura, Frank se levantou e foi embora. Jared o observou sair e se virou em direção à mãe:

– Não foi culpa dele – falou. – Era eu quem estava dirigindo.

– Eu sei.

– Então pare de culpá-lo.

Ironicamente, foi a terapeuta do rapaz quem acabou por convencer Amanda e Frank a buscarem ajuda profissional para seu relacionamento. A tensão dentro de casa estava afetando a recuperação de Jared, assinalara ela, e, se eles realmente quisessem ajudar o filho, deveriam tentar uma terapia de casal. Sem um ambiente familiar estável, seria mais difícil que o rapaz aceitasse sua nova condição e aprendesse a lidar com ela.

Amanda e Frank por fim cederam. Em carros separados, seguiram para sua consulta inicial com o terapeuta. Na primeira sessão, tudo o que conseguiram foi discutir, como vinham fazendo havia meses. Já na segunda, foram capazes de conversar sem levantar suas vozes. E, acatando o pedido gentil porém firme do terapeuta e para alívio de Amanda, Frank começou a frequentar também reuniões do AA. No começo, ia cinco vezes por semana, mas ultimamente os encontros tinham passado a ser semanais. Inclusive fazia três meses que Frank era padrinho de um dos membros. Encontrava-se regularmente para tomar café da manhã com um bancário de 34 anos recém-divorciado que, ao contrário dele, ainda não conseguia se manter sóbrio. Antes disso, Amanda não havia se permitido acreditar que Frank teria sucesso a longo prazo.

Era indiscutível que Jared e as meninas tinham se beneficiado da melhora na atmosfera dentro de casa. Em alguns momentos Amanda até chegava a considerar aquela fase um recomeço para o casal. Nos últimos tempos, o passado quase nunca era o assunto principal de suas conversas. Agora, os dois já conseguiam rir de vez em quando na companhia um do outro. Saíam juntos todas as sextas-feiras – outra recomendação do terapeuta – e, embora isso ainda parecesse forçado às vezes, sabiam que era importante. Sob vários aspectos, depois de muitos anos, estavam se conhecendo novamente.

Havia algo de gratificante nisso, mas Amanda sabia que nunca haveria paixão no casamento deles. Frank simplesmente não era assim, nunca seria – mas isso não a incomodava. Ela havia conhecido o tipo de amor pelo qual valia a pena arriscar tudo, o tipo de amor que era tão raro quanto um vislumbre do paraíso.

Dois anos. Dois anos tinham se passado desde seu fim de semana com Dawson Cole, dois longos anos desde o dia em que Morgan Tanner lhe telefonara para dar a notícia de que ele havia morrido.

Ela guardou as cartas junto com a fotografia de Tuck e Clara e com o trevo de quatro folhas, escondendo-os no fundo da sua gaveta de pijamas, onde Frank jamais mexeria. Às vezes, quando a dor da perda lhe parecia forte demais, ela tirava aqueles objetos de seu esconderijo. Relia as cartas e segurava o trevo de quatro folhas, perguntando-se quem exatamente eles haviam sido um para o outro naquele fim de semana. Tinham se amado, mas não chegaram a ser amantes; tinham sido amigos, mas também estranhos depois de tantos anos separados. Só que a paixão havia sido real, tão presente quanto o chão sob seus pés.

No ano anterior, alguns dias depois do aniversário de morte de Dawson, Amanda fizera uma viagem a Oriental. Parando o carro no cemitério, ela caminhara até o limite da propriedade, onde uma pequena subida dava vista para um bosque de árvores frondosas. Era ali que os restos mortais de Dawson estavam enterrados, longe dos Cole e mais longe ainda dos jazigos das famílias Bennett e Collier. Parada diante da lápide simples, olhando para os lírios recém-cortados que alguém deixara ali, ela imaginara que, se por algum capricho do destino, fosse enterrada no jazigo dos Collier naquele mesmo cemitério, suas almas acabariam se encontrando – como haviam se encontrado em vida, não só uma, mas duas vezes.

Antes de sair, Amanda tinha ido até o túmulo do Dr. Bonner para prestar condolências no lugar de Dawson. E ali, diante da lápide, vira um buquê de lírios idêntico ao primeiro. Marilyn Bonner, imaginou ela. Então lágrimas brotaram de seus olhos e ela voltou para o carro.

O tempo não havia diminuído em nada suas lembranças de Dawson. Ao contrário, seus sentimentos por ele pareciam ter ficado mais fortes. Por mais estranho que parecesse, o amor dele lhe dera a determinação de que precisava para superar as dificuldades dos últimos dois anos.

Sentada na varanda enquanto o sol de fim de tarde atravessava as árvores, ela fechou os olhos e enviou uma mensagem silenciosa para Dawson. Lembrou-se de seu sorriso e da sensação de ter a mão dele contra a sua, pensou no fim de semana que os dois tinham passado juntos. Nada mudaria no dia seguinte: ela iria se lembrar de tudo novamente. Esquecer-se dele ou de qualquer detalhe daquele fim de semana seria uma traição. E se havia algo que Dawson merecia, era lealdade – do mesmo tipo que ele lhe dedicara durante os longos anos que ficaram separados. Ela o amara no passado e voltara a amá-lo outra vez. Nada jamais conseguiria mudar esse sentimento. Dawson renovara sua vida de uma forma que Amanda nunca havia imaginado ser possível.

Amanda já havia posto a lasanha no forno e estava preparando uma salada quando Annette entrou em casa. Frank chegou poucos minutos depois. Após dar um beijo na esposa, trocou algumas palavras com ela e foi mudar de roupa. Annette a ajudou a pôr cobertura no bolo enquanto tagarelava sem parar sobre a festa na casa da amiga.

Jared foi o próximo a chegar, acompanhado de três amigos. Depois de beber um copo d'água, deixou os rapazes no sofá da sala jogando videogame e foi tomar banho.

Lynn apareceu meia hora depois, também trazendo duas amigas. Antes que Amanda se desse conta, todos os jovens haviam migrado para a cozinha, os amigos de Jared flertando com as amigas de Lynn, perguntando o que as garotas iriam fazer mais tarde e dando a entender que poderiam ir junto. Annette deu um abraço no pai, que tinha voltado à cozinha, e implorou que ele a levasse para ver um filme *teen*. Frank deu um gole em seu chá diet gelado e começou a provocá-la com promessas de que, em vez disso, a levaria para ver algo com armas e explosões, o que fez a menina soltar gritinhos de protesto.

Amanda observava tudo aquilo com um sorriso distraído iluminando seu rosto. Reunir a família para jantar não era exatamente raro, mas também não era tão comum assim. E o fato de haver mais pessoas presentes só tornava a refeição mais animada para todos.

Servindo-se de uma taça de vinho, ela saiu devagar para a varanda dos fundos e ficou observando um casal de pássaros saltar de galho em galho.

– Vamos? – chamou Frank do vão da porta da varanda. – As crianças estão ficando inquietas.

– Diga que já podem se servir – disse ela. – Vou ficar um pouco aqui fora.

– Quer que eu arrume seu prato?

– Quero, obrigada. – respondeu ela, assentindo. – Mas pode deixar que eles se sirvam primeiro.

Frank se afastou da porta e, pela janela, Amanda o observou se misturar aos demais na sala de jantar.

Atrás dela, a porta tornou a se abrir.

– Oi, mãe. Você está bem?

O som da voz de Jared fez com que ela se virasse.

– Estou ótima.

Depois de um instante, ele fechou a porta com cuidado atrás de si e caminhou até ela.

– Tem certeza? – perguntou. – Parece que tem alguma coisa incomodando você.

– Só estou um pouco cansada. – Ela conseguiu abrir um sorriso tranquilizador. – Onde está Lauren?

– Vai chegar daqui a pouco. Quis passar em casa para tomar um banho antes.

– Ela se divertiu?

– Acho que sim. Acertou a bola, pelo menos. Ficou muito empolgada por ter conseguido.

Amanda olhou para Jared, acompanhando o contorno de seus ombros, do pescoço, das faces, ainda conseguindo ver o garotinho que ele tinha sido um dia.

Ele hesitou.

– Então... Eu queria perguntar se você acha que poderia me ajudar com aquilo. Não chegou a me responder naquela noite. – Ele chutou um pequeno arranhado no chão da varanda. – Queria mandar uma carta para a família. Para agradecer, sabe? Se não fosse pelo doador, eu não estaria aqui.

Amanda baixou os olhos, lembrando-se da pergunta que Jared lhe fizera algumas noites atrás.

– É natural querer descobrir quem doou seu coração – disse ela enfim, escolhendo suas palavras com cuidado. – Mas existem bons motivos para manterem o anonimato.

Havia alguma verdade nas palavras de Amanda, mesmo que não fosse a verdade inteira.

– Ah. – Os ombros de Jared caíram um pouco. – Achei mesmo que fosse o caso – disse ele. – Tudo o que me contaram foi que o doador tinha 42 anos quando morreu. Eu só queria... descobrir mais sobre ele.

Eu poderia lhe contar, pensou Amanda. *Muito mais.* Havia suspeitado da verdade desde a ligação de Morgan Tanner. Só precisava de alguns telefonemas para confirmar. Acabara descobrindo que, naquela noite de segunda-feira, dois anos antes, os aparelhos que sustentavam a vida de Dawson tinham sido desligados. Mesmo depois que os médicos tiveram certeza de que não havia chances de recuperação, eles ainda o mantiveram nos aparelhos, porque Dawson era doador de órgãos.

Amanda sabia que ele tinha salvado a vida de Alan – mas, no fim das contas, também salvara a de Jared. E para ela isso significava... tudo. *Eu lhe dei o melhor de mim*, Dawson lhe dissera certa vez, e, a cada batida do coração de seu filho, ela sabia que era exatamente isso o que havia feito.

– Que tal um abraço antes de voltarmos lá para dentro? – pediu ela.

Jared girou os olhos, mas abriu os braços assim mesmo.

– Eu te amo, mãe – murmurou ele, puxando-a para perto.

Amanda fechou os olhos, sentindo o ritmo constante no peito do filho.

– Eu também te amo.

CONHEÇA OUTROS TÍTULOS DO AUTOR

Uma longa jornada

Aos 91 anos, com problemas de saúde e sozinho no mundo, Ira Levinson sofre um terrível acidente de carro. Enquanto luta para se manter consciente, a imagem de Ruth, sua amada esposa que morreu há nove anos, surge diante dele. Ira se agarra a isso e relembra diversos momentos de sua longa vida em comum. Perto dali, Sophia Danko, uma jovem estudante de história da arte, vai a um rodeio. Lá, é assediada pelo ex-namorado e acaba sendo salva por Luke Collins, o caubói que acabou de vencer a competição.

Aos poucos, Sophia começa a descobrir um novo mundo e percebe que Luke talvez tenha o poder de reescrever o futuro que ela havia planejado. Isso se o terrível segredo que ele guarda não puser tudo a perder.

Ira e Ruth. Luke e Sophia. Dois casais de gerações diferentes que o destino cuidará de unir, mostrando que, para além do desespero, da dificuldade e da morte, a força do amor sempre nos guia nesta longa jornada que é a vida.

O guardião

Quarenta dias após a morte de seu marido, Julie Barenson recebe uma encomenda deixada por ele: um filhote de cachorro dinamarquês e um bilhete no qual Jim promete que sempre cuidará dela.

Quatro anos mais tarde, Julie enfim está pronta para voltar a amar, mas seus primeiros encontros não são nada promissores. Até que surge Richard Franklin, um belo e sofisticado engenheiro que a trata como uma rainha.

Julie está animada, mas, por alguma razão, não consegue compartilhar isso com Mike Harris, seu melhor amigo. Ele, por sua vez, é incapaz de esconder o ciúme que sente dela.

Quando percebe que seu desconforto diante de Mike é causado por um sentimento mais forte que amizade, Julie se vê dividida entre esses dois homens. Ela tem que tomar uma decisão. Só não pode imaginar que, em vez de lhe trazer felicidade, essa escolha colocará sua vida em perigo.

CONHEÇA OS CLÁSSICOS
DA EDITORA ARQUEIRO

Queda de gigantes e *Inverno do mundo*, de Ken Follett

*Não conte a ninguém, Desaparecido para sempre, Confie em mim,
Cilada* e *Fique comigo*, de Harlan Coben

A cabana e *A travessia*, de William P. Young

A farsa, A vingança e *A traição*, de Christopher Reich

Água para elefantes, de Sara Gruen

O símbolo perdido, O Código Da Vinci, Anjos e demônios, Ponto de impacto
e *Fortaleza digital*, de Dan Brown

Julieta, de Anne Fortier

O guardião de memórias, de Kim Edwards

*O guia do mochileiro das galáxias; O restaurante no fim do universo;
A vida, o universo e tudo mais; Até mais, e obrigado pelos peixes!* e
Praticamente inofensiva, de Douglas Adams

O nome do vento e *O temor do sábio*, de Patrick Rothfuss

A passagem e *Os doze*, de Justin Cronin

A revolta de Atlas, de Ayn Rand

A conspiração franciscana, de John Sack

INFORMAÇÕES SOBRE A ARQUEIRO

Para saber mais sobre os títulos e autores
da EDITORA ARQUEIRO,
visite o site www.editoraarqueiro.com.br
e curta as nossas redes sociais.
Além de informações sobre os próximos lançamentos,
você terá acesso a conteúdos exclusivos e poderá participar
de promoções e sorteios.

www.editoraarqueiro.com.br

facebook.com/editora.arqueiro

twitter.com/editoraarqueiro

instagram.com/editoraarqueiro

Se quiser receber informações por e-mail,
basta se cadastrar diretamente no nosso site
ou enviar uma mensagem para
atendimento@editoraarqueiro.com.br

Editora Arqueiro
Rua Funchal, 538 – conjuntos 52 e 54 – Vila Olímpia
04551-060 – São Paulo – SP
Tel.: (11) 3868-4492 – Fax: (11) 3862-5818
E-mail: atendimento@editoraarqueiro.com.br